AMORI E BUGIE

Hollywood Hearts, 6

Jean C. Joachim

Romance Contemporaneo

Moonlight Books

NOTIZIE SULL'E-BOOK ACQUISTATO: L'acquisto non rimborsabile di questo e-book consente di possedere solo UNA copia LEGALE per la lettura personale sul proprio computer o dispositivo. **Non è consentita la rivendita o la distribuzione senza previa autorizzazione scritta dell'editore e del proprietario del copyright di questo libro.** Questo libro non può essere copiato in alcun formato, venduto o trasferito da un computer all'altro attraverso il caricamento su un programma di condivisione di file peer to peer, gratuitamente o a pagamento, o come premio in qualsiasi concorso. Tale azione è illegale e viola le leggi sul Copyright degli Stati Uniti. È vietata la distribuzione di questo e-book, in tutto o in parte, online, offline, in stampa o con qualsiasi altro mezzo attualmente conosciuto o ancora da inventare. Se non si desidera più questo libro, è necessario eliminarlo dal computer.

ATTENZIONE: La riproduzione o la distribuzione non autorizzate di quest'opera protetta da copyright sono illegali. La violazione legale del copyright, compresa la violazione senza guadagno monetario, è soggetta a indagini dell'FBI ed è punibile con una pena fino a

5 anni in prigione federale e una multa di $250.000.

JEAN C. JOACHIM

5 anni in prigione federale e una multa di $250.000.

Un romanzo Moonlight Books

Romance contemporaneo

Amori e bugie

Copyright © 2013 Jean C. Joachim

Progetto di copertina di Dawné Dominique

A cura di Tabitha Bower

Revisione di Laurie White

All cover art and logo copyright © 2015 by Moonlight Books

Copyright di copertina e logo © 2015 by Moonlight Books

TUTTI I DIRITTI RISERVATI: Quest'opera letteraria non può essere riprodotta o trasmessa in alcuna forma o con alcun mezzo, compresa la riproduzione elettronica o fotografica, in tutto o in parte, senza espressa autorizzazione scritta.

Tutti i personaggi e gli eventi di questo libro sono frutto d'invenzione. Qualsiasi somiglianza con persone reali, vive o morte, è puramente casuale.

EDITORE

Moonlight Books

Dedica

A i miei lettori, che mi ispirano per continuare a scrivere.

RINGRAZIAMENTI

Grazie a: Larry Joachim per le consulenze legali, Marilyn Lee, JJ's Book Buddies, i Tuesday Tales writers, la mia curatrice Tabitha Bower e Sandy Sullivan.

Altri libri di Jean C. Joachim

<u>BOTTOM OF THE NINTH</u>
DANA ALEXANDER, PITCHER
MATT JACKSON, CATCHER
JAKE LAWRENCE, THIRD BASE

<u>FIRST & TEN SERIES</u>
GRIFF MONTGOMERY, QUARTERBACK
BUDDY CARRUTHERS, WIDE RECEIVER
PETE SEBASTIAN, COACH
DEVON DRAKE, CORNERBACK
SLY "BULLHORN" BRODSKY, OFFENSIVE LINE
AL "TRUNK" MAHONEY, DEFENSIVE LINE
HARLEY BRENNAN, RUNNING BACK
OVERTIME, THE FINAL TOUCHDOWN
A KINGS' CHRISTMAS

<u>THE MANHATTAN DINNER CLUB</u>
RESCUE MY HEART
SEDUCING HIS HEART
SHINE YOUR LOVE ON ME
TO LOVE OR NOT TO LOVE

<u>HOLLYWOOD HEARTS SERIES</u>
SE TI AMASSI
UN AMORE DA RED CARPET
RICORDI D'AMORE

UN AMORE DA FILM
L'ULTIMA CHANCE PER L'AMORE
His Leading Lady (Series Starter)

<u>NOW AND FOREVER SERIES</u>
NOW AND FOREVER 1, A LOVE STORY
NOW AND FOREVER 1, THE BOOK OF DANNY
NOW AND FOREVER 3, BLIND LOVE
NOW AND FOREVER 4, THE RENOVATED HEART
NOW AND FOREVER 5, LOVE'S JOURNEY
NOW AND FOREVER, CALLIE'S STORY(series starter)

<u>MOONLIGHT SERIES</u>
SUNNY DAYS, MOONLIT NIGHTS
APRIL'S KISS IN THE MOONLIGHT
UNDER THE MIDNIGHT MOON

<u>LOST & FOUND DUET (with BEN TANNER)</u>
LOVE LOST & FOUND
DANGEROUS LOVE, LOST & FOUND

<u>SHORT STORY</u>
UN'HOUSESITTER PER NATALE
SWEET LOVE REMEMBERED
TUFFER'S CHRISTMAS WISH

AMORI E BUGIE
Hollywood Hearts 6

Jean C. Joachim
Capitolo Uno

ERICA CONTROLLÒ IL suo lucidalabbra nello specchietto retrovisore e accarezzò la crocchia che nascondeva la sua folta e sensuale chioma bionda. *Come posso evitare che Gunther Quill, mio nuovo capo e affascinante produttore, mi faccia delle avances? Vestendomi come un uomo.*

Aveva modificato il suo aspetto per nascondere il suo corpo sinuoso e i suoi magnifici capelli biondi. La camicia bianca del negozio dell'usato era di due taglie più grande e nascondeva il suo seno. *Niente scollatura. Look sciatto. Sono davvero io?* Indossò la sua rigida giacca blu navy, con taglio da uomo, del suo abito di seconda mano. *Sembro la direttrice di una prigione.* Un paio di occhiali finti completavano il suo look, sebbene nulla potesse nascondere i suoi grandi e luminosi occhi azzurri. *Alcune persone non guardano mai oltre gli occhiali. Spero che lui sia una di quelle.*

Per il suo nuovo lavoro, Erica era costretta a convivere con una delle più grandi bugie della sua vita e si sentiva tremendamente a disagio. Amy, la sua compagna di stanza ed ex assistente di Quill, aveva convinto Erica a mentire sul suo curriculum, sostenendo di essersi laureata in un college della Ivy League. Durante il colloquio, Erica aveva convinto Gunther a non essere interessata alla recitazione, anche se la carriera di attrice era il suo desiderio più grande e aveva talento.

Lui era deciso a non assumere qualcuno che potesse usarlo come trampolino di lancio. *Il che è esattamente ciò che ho intenzione di fare.* Si ricordò una sua frase, citata da Amy: 'Non ho intenzione di pagare qualcuno che possa usare i miei contatti per la sua carriera, ma per farmi da assistente. Tutto qui!'

Amy aveva convinto Erica che Quill era un tipaccio, un pessimo schiavista che meritava di essere ingannato. Erica non aveva né denaro né conoscenze e non aveva nessun modo per farsi strada in quel mondo. Almeno, fino a quel momento.

Mentire non era nel suo stile. La sua defunta madre diceva spesso che sua figlia era troppo sincera per ottenere qualcosa. Ma la sua incapacità di trovare lavoro le aveva fatto perdere le speranze. Amy sarebbe andata via presto. Erica doveva guadagnare dei soldi velocemente o si sarebbe ritrovata in mezzo a una strada. Gunther Quill era la sua unica possibilità. Quando ottenne il lavoro, l'umiliazione e la vergogna le riempirono il cuore, insieme al sollievo. *Grazie a Dio mamma non è qui ad assistere a tutto questo.*

Amy gongolava del suo piano per ingannare Quill, dicendosi che Erica poteva farcela perché era una brava attrice. Tuttavia, il suo primo giorno, le farfalle che aveva nello stomaco somigliavano più a dei serpenti e le sue ascelle erano madide di sudore. *Qual è la differenza tra recitare e mentire? Recitare è un po' come mentire su un palcoscenico, giusto? Quindi questo è solo mentire?*

A differenza di una piccola menzogna sul fatto di apprezzare il brutto vestito di un'amica, quella era una menzogna enorme e avrebbe potuto avere conseguenze gravi. *Che cosa succederebbe se lui se ne accorgesse? Mi licenzierebbe. Se perdessi questo lavoro...* Erica non osava pensare a ciò che sarebbe potuto succedere. *Magari, se mi impegnassi molto, potrei evitare il licenziamento. Ho solo bisogno di una pausa.*

Le sue scarpe producevano un rumore ritmato sul marciapiede. *Forza, forza, forza. Questa è la tua occasione. La tua unica opportunità di farcela. Devi coglierla. Impegnarti molto. Non posso andare a casa.* Fece un respiro profondo mentre attraversava le porte dell'edificio di uffici, entrò nell'ascensore e premette il pulsante per il decimo piano. *Era ora di affrontare il mostro di Amy, Gunther Quill.*

Ma a Erica non era sembrato un mostro quando le aveva fatto il colloquio. Solo guardarlo le aveva fatto venire i brividi. I suoi capelli scuri con alcuni capelli grigi sulle tempie e i suoi occhi scuri, che ardevano ovunque guardassero, le toglievano il respiro. Era alto, magro e terribilmente sexy.

Si aspettava un uomo imponente, con le sopracciglia gigantesche, il cipiglio fiero e le unghie sporche. Magari anche viscido. Era stata presa alla sprovvista da quell'uomo stupendo e impaziente che l'aveva tempestata di domande.

Erica digrignò i denti, preparandosi a ingannare l'attraente Gunther Quill e a stabilire un legame con un direttore del casting per assicurarsi un ruolo in un film. Quando guardò verso la porta, rimase senza fiato. C'era un insegna con *scritto Gunther Quill Produzioni*, in grandi lettere d'ottone. Afferrò la maniglia, fece un altro respiro profondo e la aprì.

"Eccoti. In perfetto orario. Bene. Quella è la tua scrivania. Prendi un taccuino e una penna e vieni nel mio ufficio." Gunther la guardò a malapena mentre pronunciava i suoi ordini, prima di sparire dietro la grande porta.

Erica raggiunse rapidamente la scrivania, mise la sua borsa nell'ampio cassetto, tirò fuori la penna e il taccuino e si precipitò nell'ufficio di Gunther. Si sedette su una moderna poltrona di pelle di fronte alla sua enorme scrivania di vetro, sulla quale vi erano un calendario degli appuntamenti, un computer e un raccoglitore. Gunther stava in piedi, con due enormi finestre alle spalle.

Fu presa alla sprovvista da quell'uomo alto, con le spalle larghe e la vita stretta. Sembrava che i suoi occhi marroni cambiassero colore mentre si muoveva per la stanza. Quando c'era poca luce, erano scuri come i cioccolatini fondenti *Hershey's Kisses*. Sotto il sole, vicino alla finestra, somigliavano più a dei cioccolatini al latte. La sua nuca era perfetta. La sua camicia bianca e la sua cravatta dorata erano perfette. Il suo abito grigio antracite, fatto su misura, si adattava al suo corpo come un guanto. E, quando lui la guardò con il suo meraviglioso sorriso, lei si sentì sciogliere.

Era davvero bello mentre camminava avanti e indietro, con la forza e la grazia di una pantera.

"Sai scrivere in stenografia?"

Lei scosse la testa. Lui aggrottò la fronte.

"Ok, parlerò lentamente. Si tratta di un'e-mail. Max Webster. I soliti saluti iniziali. Controlla le mie vecchie e-mail. 'Ho un nuovo progetto. Ti va bene giovedì a pranzo? A mezzogiorno al Satin Club?' Firma col mio nome."

Nell'ora successiva, lei non fece altro che prendere freneticamente appunti. Gunther sparava istruzioni, elenchi e domande a raffica, continuando a camminare incessantemente e a passarsi le dita tra i capelli. Erica si teneva al passo, scrivendo veloce e cercando di ricordare tutto ciò che non riusciva ad annotare.

Quando finalmente lui prese fiato e smise di parlare, le passò accanto per raggiungere la caraffa nera appoggiata sulla credenza in teak. Un'inebriante folata di una costosa colonia francese, o forse di un dopobarba - non era certa di quale fosse dei due - inebriò i suoi sensi. *Cavoli, che buon profumo! Sembra che non si faccia la barba da un paio di giorni. Stupendo!*

Lui si versò un bicchiere d'acqua, poi gliene offrì uno. Lei rifiutò. Le sue lunghe dita si strinsero intorno al bicchiere di cristallo luccicante. Lei si chiese come sarebbe stato essere toccata da lui. Lui avvicinò il bicchiere alle sue labbra sensuali. La sua bocca attirò il suo sguardo e il broncio del suo labbro inferiore le tolse il fiato. *Quelle labbra le facevano venire voglia di baciarlo.* Si passò la lingua sul labbro, senza rendersi conto di ciò che stava facendo, finché non notò lo sguardo di Gunther.

La pantera non perde mai una sola mossa della sua preda. Tieniti la lingua in bocca, ragazza.

Il telefono squillò, facendoli sobbalzare.

"Ciao, Whit. Come va?" Lui le fece cenno di andarsene.

Una conversazione privata. Dovrò cercare di capirlo da sola, la prossima volta, senza che lui me lo chieda. Devo ricordarmelo. Mentre usciva, notò un'altra porta vicino alla finestra. *Chissà dove conduce!* Non voleva fare la ficcanaso e si affrettò a svolgere tutti i compiti che lui le aveva assegnato.

Sulla sua scrivania, c'era un breve manuale che includeva la password del computer e la posizione delle varie cose. Era incompleto. *Era stata Amy a prepararlo, senza ombra di dubbio. Lei non era efficiente come affermava.*

Aprì *Microsoft Word* e cominciò a digitare. La luce dell'interfono del telefono di Gunther rimase accesa a lungo. Altre luci, probabilmente di altre due linee, si accendevano e si spegnevano di tanto in tanto. *Quell'uomo gestisce tre telefoni contemporaneamente?*

Lei continuò a lavorare, temendo che lui potesse uscire brontolando dal suo ufficio, impedendole di portare a termine i suoi compiti. Era ora di pranzo quando, alla fine, lui uscì dalla stanza. Lui si fermò davanti alla sua scrivania, sistemandosi la cravatta, che aveva evidentemente sciolto mentre parlava.

"Odio queste cose," borbottò lui. I suoi capelli erano tutti in disordine. Lei non riusciva a staccare gli occhi da lui. *Scommetto che abbia proprio quest'aspetto dopo aver fatto l'amore.* L'imbarazzo la fece arrossire sul collo ma, se Gunther se ne accorse, non fece alcun commento.

"Hai già fatto qualcosa?" le chiese, sfidandola con il suo tono di voce beffardo e guardandola con un sopracciglio alzato. Lei prese il suo taccuino.

"Allora, Max Webster ha confermato per il pranzo di giovedì. L'ho chiamato per cambiare la prenotazione alle dodici e trenta, perché il solito tavolo è già prenotato per mezzogiorno. L'ufficio di Dusty Carpenter manderà tre attrici, invece di due, per il ruolo di Cindy in *Insoliti Alleati*. La segretaria di Armin Cutter ha inviato un'e-mail. Lui vorrebbe incontrarti. L'ufficio di Charlotte Grim ha inviato i comunicati stampa che volevi per *Hustle and Dance*. Eccoli." Lei gli consegnò la copia cartacea.

"Armin Cutter di *Worldwide*?" Lui sollevò le sopracciglia.

Lei annuì.

"Tutto qui?"

"Il pranzo con Claude Reisse è confermato per oggi all'una. La cena con Dorrie Rodgers e suo marito è confermata per domani sera. Ho suddiviso quella montagna di copioni in base al genere. Thriller, fantascienza, storie di ragazzi, film per ragazze e così via. Che cosa devo fare adesso?" Gunther la guardò, con un sorriso appena accennato sulle labbra. *Credevi che non fossi in grado, vero?* Lei cercò di trattenere un sorriso compiaciuto, con scarso successo. *Non sono Amy.*

I loro sguardi si incrociarono. Una scossa le attraversò il corpo. Erica si spostò sulla sua sedia, sperando di nascondere la sua reazione.

"Hai intenzione di indossare quel... quel... vestito fuori moda tutti i giorni?"

Lei annuì.

"Non ti sta nemmeno bene." Lui esaminò le sue curve, facendola arrossire.

Lei si tirò giù la giacca e l'orlo della gonna. *Ha la vista a raggi X?* "Non tutti possono permettersi abiti di lusso, signor Quill."

"Gunther, per favore. Il signor Quill era mio padre. Spero che, dopo uno stipendio o due, potrai permetterti un abbigliamento più appropriato. Questo è un ufficio di produzione cinematografica, non un carcere. Mi piace che le mie assistenti si vestano decentemente. Tuttavia, per ora va bene così. Tra due settimane, dopo che verrai pagata, mi aspetto di vedere qualcosa di più... ehm... alla moda. Hai firmato i documenti? Adesso vado a pranzo. Se hai del tempo libero, leggi alcuni di quei copioni e dimmi che ne pensi."

Due settimane? Devo pagare l'affitto adesso. Erica cercò di sorridere, ma l'ansia ebbe il sopravvento su di lei.

"Non preoccuparti. Sei stata brava. Molto brava, in effetti. Decisamente meglio di Amy."

Dopo aver pronunciato quelle parole, lui uscì rapidamente dalla porta, lasciandola stupita e preoccupata. Erica si riempì un bicchiere d'acqua dal frigorifero e aprì il suo piccolo sandwich. Prese la scaletta di un copione che aveva attirato la sua attenzione e si mise a leggerla mentre mangiava. *Sembra che avrò un sacco di materiale da leggera gratuitamente.*

La lettura allontanò per un po' la preoccupazione dell'affitto dalla sua mente. Quando finì, aprì una nuova pagina sul suo taccuino e vi scrisse il titolo della sceneggiatura. Quindi, si appoggiò allo schienale e continuò da dove aveva interrotto, mentre puliva una mela.

STAVA ANCORA LEGGENDO quando Gunther ritornò alle due e mezza. Lui notò la una busta marrone, tutta accartocciata. *Lei ha un budget limitato. Quel vestito orribile e la maglietta. Non sono nemmeno della sua taglia. Che cosa nasconde lì sotto? Si porta anche il pranzo da casa? È praticamente al verde.*

La sua mente tornò indietro per un attimo al suo primo lavoro a Broadway, come assistente di un produttore. Laurel, la sua ragazza di allora, gli preparava sempre il pranzo da portarsi al lavoro. Mettevano da parte ogni centesimo, risparmiando quello che potevano per un pasto occasionale da *Sardi* o in qualche altro ristorante di lusso. Avevano anche un conto di risparmio in comune. Avevano dei grandi sogni all'epoca.

Poi, Laurel si era ustionata, causando la fine della sua carriera e il suo suicidio. In pochi secondi, la sua nostalgia si trasformò in dolore. Lui scosse la testa e tornò al presente. *Quella busta marrone non è molto romantica.*

"Hai un ragazzo?" Lui la osservò attentamente.

Lei chiuse il copione ed evitò il suo sguardo. "Non al momento."

"Bene. Si fanno un sacco di straordinari in questo lavoro. I film non si fanno dalle nove alle cinque. Guadagnerai molto bene per farlo. Non dovrò preoccuparmi di qualche ragazzo affamato di sesso che verrà qui a chiedermi di lasciarti andare? Allora, per me va bene."

Lei spalancò gli occhi. Lui la guardò di nuovo. *Quei vestiti orribili non mi ingannano. Non sei brutta. Non lo sei affatto. Con un po' di trucco e i vestiti giusti, potresti essere passabile. Magari sei anche sexy sotto quell'orrendo abito.* A Gunther non interessavano quelle passabili, ma solo quelle bellissime.

Dorrie, la sua ex fidanzata e ora amica, l'aveva avvertito di non provarci con le sue assistenti. Poteva mettersi nei guai o persino essere denunciato per molestie sessuali. Avrebbe dovuto impegnarsi per attenuare il suo interesse per ciò che si nascondeva sotto i vestiti di Erica. *Con quell'aspetto, non avrò nessuna tentazione. Perfetto. Non sono bravo con le tentazioni. Tuttavia, mi piacerebbe dare un'occhiata.*

"Quando finisci, vieni nel mio ufficio con il tuo taccuino," disse, sistemandosi la cravatta.

Erica appallottolò carta stagnola del suo panino, la gettò nella spazzatura, poi lo seguì e chiuse la porta. Lui ricominciò a passeggiare su e giù, sciogliendosi la cravatta e appoggiandola sulla sua enorme sedia, mentre le parlava, dettandole lettere ed e-mail.

"Una parte del tuo lavoro consiste nel semplificarmi la vita."

Lei annuì.

"Ciò significa gestire anche compiti personali, come la lavanderia a secco. Chiamare il barbiere per farlo venire qui. Mi faccio sistemare i capelli ogni tre settimane. Segnalo sul calendario. Si chiama Mario. Lo troverai nell'elenco telefonico."

"Si fa tagliare i capelli qui in ufficio?"

"Mi fa risparmiare tempo."

"Non è costoso?"

"Una spesa necessaria. Chiamalo e prendi accordi."

"Sissignore."

"Non chiamarmi 'signore.' Non sei la mia serva."

"Mi scusi."

Gunther fece una smorfia. Lui tirò fuori il portafoglio e prese alcune banconote da cinquecento dollari. Attraversando la stanza, gliele mise in mano. "Ecco. Va' a comprarti un vestito e una camicia decenti, o una blusa, o quello che vuoi. Non riesco a guardare quella roba."

Lei arrossì. I suoi occhi si inumidirono.

Idiota. Ho esagerato. Dorrie mi ucciderà se sbaglio anche con questa ragazza. "Non intendo insultarti, Erica, ma insomma. Ti sei guardata allo specchio?"

"Non tutti possono permettersi dei bei vestiti, signor... Gunther," disse lei, con voce tremante. Lei si alzò dalla sua sedia e si diresse verso la porta. Con i suoi modi da pantera, lui si mosse rapidamente e la fermò.

"So cosa vuol dire essere poveri. Non sono sempre stato ricco. Ma devi avere un bell'aspetto per lavorare qui. E tu non ce l'hai. La Gunther Quill Productions deve avere un aspetto vincente. Tutte le persone coinvolte devono averlo. Questo è un prestito. Potrai restituirmelo... quando potrai. Come se ti dessi del denaro per comprare un'uniforme."

Sperava che le sue parole potessero tranquillizzarla. Lei si asciugò alcune lacrime dalle guance. *Oh, Dio, no! Non piangere. Non posso sopportare le lacrime!*

"Perché non ti prendi il resto della giornata libera? Va' a fare shopping."

Lei piegò le banconote a metà e incrociò il suo sguardo.

"Brava, ragazza. Ho un appuntamento per cena." Lei rimase in piedi mentre lui iniziava a sbottonarsi la camicia. Lui ridacchiò, vedendo la sua espressione sorpresa. Le prese la mano e la guidò verso la finestra, fermandosi davanti all'altra porta. Lui la aprì, mostrandole un armadio sulla sinistra e un'altra porta sulla destra, che dava su un enorme bagno, completo di un grande box doccia.

"Di solito, mi lavo dopo una giornata di lavoro. Riunioni serali, anteprime e feste presuppongono di indossare uno smoking. Quindi, doccia e cambio di vestiti. Non ci stavo provando con te."

L'espressione di sollievo sul suo viso lo fece sorridere. *Non tutte le donne sarebbero sollevate. Credo di non essere il suo tipo. Davvero? Io sono il tipo di qualsiasi donna.*

"Mi dispiace, signor... Gunther. Sono nuova."

"Posso immaginare cosa ti ha detto Amy."

Lei arrossì un'altra volta.

"Non preoccuparti. Non sei il mio tipo, comunque... senza offesa," disse lui. Lei inspirò, attirando il suo sguardo. *Ma, se io aprissi quei bottoni, vedrei un seno perfetto?*

"Nessuna offesa. Penso che lavoreremo bene insieme. Questo è il punto, giusto?"

Sembra delusa? O me lo sto immaginando?

Lei annuì, uscendo dalla stanza. Gunther si tolse la camicia e la gettò nel cesto che teneva nell'armadio. Dopo aver appeso i pantaloni e la giacca, si tolse le mutande ed entrò nella doccia.

Quella ragazza è intelligente. Dovrebbe esserlo, con la sua istruzione da stronzetta ricca. Sembra una che lavora sodo, almeno finora. Ha già superato Amy. Questa ragazza ricorda cosa fare e scrive tutto. Potrebbe essere una buona partner. Mi ha fissato quell'incontro con Webster. Lui mi odia profondamente a causa di Grace Brewster. Sistemerò tutto. Ho dei piani per te, Max. E anche per Gracie.

Compiaciuto di sé stesso per aver assunto un'assistente efficiente e non vedendo l'ora di vedere Dorrie, anche se la sua fidanzata stava per arrivare, si mise a fischiettare il suo motivetto preferito mentre si asciugava. Quando fu vestito e pronto per la cena, Erica era ancora al lavoro alla sua scrivania.

"È un problema se mi porto un copione a casa?"

"Assolutamente no. Purché non parli con nessuno di ciò che leggerai. Tutto in questo ufficio è strettamente confidenziale. Se dovessi scoprire che parli con qualcuno di ciò che sto facendo, ti licenzierò. Capito?" Lui la indicò mentre parlava.

"Certo. Lo capisco. Non rivelerei mai a nessuno i suoi... ehm, tuoi affari."

"Bene. Non puoi finire domani mattina?"

"Immagino di sì."

"Va' a fare shopping. Comprati anche qualcosa di decente per cena," disse lui, lasciando cadere due banconote da venti dollari sulla sua scrivania, prima di voltarsi e uscire dalla porta.

GUNTHER ERA ANDATO via da appena due minuti prima che Erica scoppiasse in lacrime. Mise i quaranta dollari nella borsetta e tirò fuori un fazzoletto di carta. L'umiliazione per le sue critiche sui suoi vestiti le ardeva nel petto. La sua offerta di pagarle un vestito nuovo e la cena, dopo aver visto quanto lei fosse povera, la fece vergognare.

I soldi che aveva guadagnato lavorando come modella non erano male, ma non era un lavoro regolare e lei aveva anche spedito del denaro a casa. Suo padre si era risposato dopo la morte di sua madre. Lui e la sua nuova moglie avevano due bambini e una predisposizione al gioco d'azzardo in rapida espansione. Erica rifiutava di dare denaro a suo padre o a sua moglie, ma non poteva rifiutare di darne al suo fratellastro Billy e alla sua sorellastra, che lei chiamava Chickie.

Non glielo chiedevano, ma lei sapeva che non avevano la possibilità di comprare dei nuovi vestiti e che talvolta il cibo scarseggiava. Quindi, Erica mandava loro tutto ciò che poteva dopo ogni lavoro. Lei attaccava con lo scotch alcune banconote da venti dollari in un libro e lo spediva a Billy, in modo che suo padre non le trovasse. Billy aveva tredici anni, mentre Chickie ne aveva solo undici.

Mentre lei prendeva le sue cose per andare via, arrivò un'e-mail da Whitmarsh Eddy, il famoso insegnante di recitazione. Lei la aprì.

Gunther –

Stasera farò dei provini per una borsa di studio nella mia scuola di recitazione. Voglio offrire 25 sessioni gratuite a qualcuno di grande talento. Conosci qualcuno da mandarmi? Più siamo, meglio è. Stasera alle otto nel mio studio in Hollywood Boulevard. Grazie.

Whit

Erica si appoggiò allo schienale della sedia. *Una borsa di studio! Magari posso vincerla. La prima possibilità ottenuta lavorando per Gunther.* La speranza, da tempo assopita nel suo cuore, risbocciò all'improvviso, come un cespuglio di rose assetate sotto la pioggia battente. Aveva cinquecento dollari per i vestiti e quaranta dollari per la cena, quindi poteva mangiare al fast food e fare benzina alla sua vecchia auto. Spense il computer e chiuse a chiave il cassetto della scrivania, mettendo la chiave nella sua borsetta.

Essendo parsimoniosa per abitudine, Erica si fermò in un negozio economico e comprò due tailleur e due bluse scollate per cinquecento dollari, invece di un solo abito. *Non posso preoccuparmi che lui ci provi con me. Finora, sembra che si stia comportando bene.*

Quindi, tornò a casa a cambiarsi per il provino.

Amy era seduta sul divano, intenta a sorseggiare un bicchiere di vino. Stava sogghignando quando entrò Erica.

"Allora, il drago ti ha incenerita sputando fuoco contro di te?"

"No."

"Quante volte ti ha insultata?"

"Nessuna, in realtà. Voleva solo che mi vestissi meglio."

"Lo sapevo! Come previsto. Te l'avevo detto," disse Amy, versandosi dell'altro vino.

"Ha ragione, questa roba non va bene. Ma i nuovi tailleur saranno perfetti."

"Nuovi vestiti? Pensavo fossi al verde."

"Gunther mi ha dato dei soldi per comprare dei vestiti," disse Erica, agitando le due banconote da venti dollari davanti a Amy. "E quaranta dollari per una cena decente."

"Cosa? Non ha mai fatto niente del genere per me."

Erica scrollò le spalle e si tolse l'enorme giacca.

"Sei andata a letto con lui?"

"Come puoi chiedermi questo?"

"Allora, l'hai fatto?"

"No!" esclamò Erica, in preda alla rabbia. *Solo perché ho fatto un lavoro migliore di te. Che coraggio! Aveva ragione a licenziarti. Non eri molto brava.*

"Non so perché le donne cadono sempre ai suoi piedi. Non penso che sia molto attraente. Deve essere un grande produttore, così pensano che le ingaggerà o qualcosa del genere."

Gunther Quill è l'uomo più attraente che abbia incontrato da anni. Forse da sempre. "Ha un certo... non so che."

"Sì, un brutto carattere e una linguaccia velenosa." Amy mise il broncio e bevve un sorso del suo vino.

Mi piacerebbe molto avvicinarmi a quella linguaccia velenosa. Erica si sentì arrossire sulle guance per i suoi pensieri lascivi su Gunther.

Amy socchiuse gli occhi mentre fissava la sua amica. "Lo trovi attraente, vero?"

Erica si voltò per nascondere il suo imbarazzo.

"Proprio così. E andresti a letto con lui se ne avessi anche solo mezza possibilità, vero?"

"Non ho detto questo."

"Non è necessario. Ce l'hai scritto in faccia. Sta' lontana da lui, Erica. È un serpente. Si mangia in un boccone le dolci ragazzine come te."

"Non sono una dolce ragazzina, Amy. Sono una donna adulta. Ho trentadue anni. Me la cavo da sola da anni. So badare a me stessa."

"Contro Gunther Quill? Stai scherzando. Fidati di me. È un ragno."

Erica portò le buste nella sua stanza e chiuse la porta. Indossò un paio di jeans attillati e una canottiera. Sciogliendosi i capelli, lasciò che le sue lunghe ciocche dorate le cadessero liberamente sulle spalle. Sistemarli con le dita sarebbe stato sufficiente. Si truccò gli occhi e si mise una goccia di profumo tra i seni prima di uscire da casa.

Lo studio di Whitmarsh Eddy era una stanza grande, con una piccola scrivania nell'angolo e circa due dozzine di sedie pieghevoli sparse qua e là. Ragazzi e ragazze attraenti vagavano lì intorno. Lei sentì che alcuni si rivolgevano a lui come "Whit" e immaginò che fossero già nella sua classe.

Poi, ne notò alcuni che sembravano nervosi quanto lei. *Sicuramente, anche loro devono fare il provino.*

Lei si fermò accanto a un ragazzo di altezza media, con le spalle larghe e i capelli e gli occhi dello stesso colore dei suoi. *Potremmo essere fratello e sorella.* Quell'idea la calmò.

"Sei qui per il provino?"

Lei annuì. "Erica," disse lei, porgendogli la mano.

"Sam. Sam Rawlings."

Mi serve un cognome. Non posso dire di chiamarmi Wheeler. Gunther potrebbe scoprirlo. Probabilmente non mi prenderanno, ma è meglio stare tranquilla. Si guardò intorno e i suoi occhi si illuminarono quando vide una grossa pietra rotonda, che faceva da fermacarte sulla scrivania. "Erica Stone."

Sam le fece un cenno con la testa, guardandola dal basso all'alto prima di incrociare il suo sguardo. *Gli uomini si esercitano a fare quello *sguardo per poter esaminare il nostro corpo. Pensano che non ce ne accorgiamo.* Lei ridacchiò tra sé e sé.

"Che cosa c'è di così buffo? Non so tu, ma io sono spaventata a morte."

"Non ho alcuna possibilità, quindi non sono preoccupato. Tutti qui sembrano molto più esperti di me. Prova a rilassarti. Essere troppo nervosa non ti aiuta."

Lui intrecciò le dita con le sue. "Forse, tenendoti per mano, potrei calmarmi."

"Bel tentativo, Sam."

Lui ridacchiò e abbassò lo sguardo sul pavimento. "Come immaginavo."

Prima che Erica potesse rispondere, Whitmarsh Eddy, dall'alto del suo metro e ottanta e con i suoi centodieci chili, si alzò e si diresse verso il centro della stanza. Sollevò le mani e tutte le conversazioni si interruppero.

"Vedo che abbiamo molta affluenza per i provini di stasera. Per favore, i miei studenti a sinistra, mentre i ragazzi e le ragazze che sono qui per i provini a destra."

Sam ed Erica si sedettero accanto. Un fremito improvviso nel petto le fece desiderare di correre fuori dalla porta. *Lo sto facendo davvero. Se ne sceglierà uno solo, non sarò l'unica a non farcela stasera. Ce ne saranno almeno altri quindici come me. Calmati!*

L'insegnante di recitazione spiegò loro di aver selezionato quattro brani, due per uomini e due per donne. Prese il foglio di iscrizione e fece l'appello, poi consegnò loro i brani da leggere e diede loro cinque minuti per prepararsi. Alcuni degli artisti non erano molto bravi e mostrarono la loro scarsa comprensione delle battute delle classiche commedie americane.

Sam fece il provino prima di Erica. Lei gli strinse la mano e gli augurò buona fortuna. Secondo Erica, lui era il migliore del gruppo. Rimase colpita dalla sua interpretazione di un discorso del protagonista di 'Morte di un commesso viaggiatore'.

Lei notò che il signor Eddy la fissò un paio di volte mentre stava lì seduta ad ascoltare gli altri attori. Quando Sam si sedette, lei si sporse per sussurrargli: "Sei stato il migliore." All'improvviso, una grande figura apparve davanti a lei. Lei alzò lo sguardo e vide Whitmarsh Eddy in piedi davanti a lei, con un foglio in mano.

"Dovresti leggere questo."

Erica abbassò lo sguardo e vide un famoso monologo di Blanche DuBois in *Un tram che si chiama Desiderio*. Il respiro le si bloccò in gola e, per un attimo, le lacrime stavano per scenderle dagli occhi. *Blanche è così vulnerabile. Lui se ne accorge quando mi guarda?* Il suo sguardo incrociò i suoi comprensivi occhi marroni. Lei annuì. "Ottima scelta," sussurrò lei, leggendo quelle parole.

Quando arrivò il suo turno, le parole diventarono reali per Erica. La tristezza mozzafiato della situazione del personaggio le penetrò nel cuore. Tutti i suoi anni di solitudine, lottando per avere successo o semplicemente per rimanere a galla, le tornarono subito in mente. Il dolore, la rabbia e il risentimento nei confronti di suo padre l'avevano resa coraggiosa, persino disinvolta, altezzosa e superiore. Era stata perfetta: la miglior lettura che avesse mai fatto in una scuola di teatro o in qualunque altro posto. Quando finì, le persone applaudirono.

L'emozione della performance la spinse ad andare nel bagno delle donne, per sciacquarsi il viso con l'acqua fredda. *Devo calmarmi. Non sono Blanche. Ho altre opzioni. Avrò un'opportunità.* Quando tornò, Sam le rivolse uno sguardo ammirato e le accarezzò la mano. "Non male, per una principiante."

Sono stata brava, ma lo sono stata abbastanza da battere Sam? Probabilmente no.

Alla fine dei provini, l'insegnante chiese agli artisti di uscire fuori per conferire con i suoi studenti. Sam si appoggiò al muro e la tirò accanto a sé. "Sei stata brava, Erica."

"Non quanto te. Sei un professionista, vero?"

"Se intendi un attore pagato, sì. Ho fatto un po' di TV, qualche pubblicità e qualche spettacolo estivo. Tu?"

"Solo qualche spettacolo estivo."

"Forse questa sarà la tua occasione fortunata."

Prima che potessero continuare la conversazione, uno degli studenti di recitazione venne a chiamarli tutti. Sam prese la mano di Erica tra le sue e si sedette. Whitmarsh fece un breve discorso su come tutti loro fossero stati bravi. Erica sapeva che stava mentendo. Poi, assegnarono l'intera borsa di studio a Sam. Erica batté forte le mani, nascondendo la sua delusione con un sorriso.

L'insegnante sollevò di nuovo le mani e tutti nella stanza si zittirono: "Quest'anno, ho deciso di fare qualcosa di diverso. Anche se Sam Rawlings è stato evidentemente l'attore più raffinato del gruppo, c'è stata un'altra performance eccezionale, anche se non così professionale, che mi ha colpito. Ho intenzione di assegnare una seconda borsa di studio alla signorina Erica Stone, per l'esibizione più emozionante di Blanche DuBois che io abbia mai visto."

Erica non poteva credere alle sue orecchie. Le lacrime le annebbiarono gli occhi, mentre si copriva la bocca con le mani. Sam le sorrise e applaudì insieme agli altri.

Whit congedò i concorrenti e fece cenno a Sam e a Erica di unirsi agli studenti. "La vostra prima lezione inizierà domani. Ci incontreremo due volte alla settimana, dalle otto alle undici. Non arrivate in ritardo. Presentatevi agli altri."

Una studentessa preparò un tavolo con dei dolcetti, mentre un'altra versava il caffè. Erica stava morendo di fame. Diede un morso a una ciambella zuccherata. "Se ne mangerai troppe, il tuo fisico si rovinerà," la avvertì Sam.

"Non preoccuparti del mio fisico."

"Mi piacerebbe conoscerlo meglio... molto meglio."

"Hai appena vinto il premio per i peggiori abbordaggi della storia," disse Erica, tra un boccone e l'altro.

Sam scoppiò a ridere. "Non puoi darmi la colpa di averci provato."

"Assumi uno scrittore."

Sam ed Erica decisero di andare a mangiare da Buns and Burgers prima della lezione successiva, poi le loro strade si separarono. Erica non riuscì a smettere di sorridere, mentre tornava a casa col suo macinino. Amy stava aspettando la sua amica in pigiama. Sorrise quando Erica le comunicò la notizia.

"Bene! Ti avevo detto che lavorare per Gunther ti avrebbe portato dei vantaggi. Hai appena iniziato e hai già trovato un contatto."

Erica abbracciò la sua amica. "Hai ragione. Sono una ragazza molto fortunata. Questa sarà una grande esperienza."

"Gunther non morirà quando lo scoprirà?"

"Non hai intenzione di dirglielo, vero?" Erica mise la mano sul braccio della sua coinquilina.

"Assolutamente no. Un giorno, lo lascerai per una parte interessante e lui sarà così incazzato che non saprà cosa fare."

"Nessuno è insostituibile, Amy." Erica si sedette sul divano e sollevò le gambe.

"Gunther odia perdere, in qualsiasi cosa. Questo lo ucciderà. E io sarò a ridere dietro le quinte."

Erica tirò fuori un mucchio di fogli dalla borsa e cominciò a leggere la prima pagina.

"Che cosa stai facendo?"

"Leggo una sceneggiatura. Lui mi ha chiesto di farlo."

"Lo chiedeva anche a me, ma io non avevo mai tempo. Non avevo la minima intenzione di portarmi a casa il suo lavoro. Accidenti. Era già abbastanza avere a che fare con lui durante il giorno. Inoltre, c'è Garth. Preferisco trascorrere il mio tempo a letto con lui che fare un favore al drago."

"Io non ho nessun Garth. Inoltre, questo è il mio campo. Mi piace farlo."

"Sei un'idiota. Gunther ha ottenuto molto più di quanto si meriti con te," sospirò Amy.

Proprio allora, una voce maschile chiamò dalla camera da letto. "Amy! Vieni a letto?"

"Garth?" le chiese Erica.

"Certamente non Gunther Quill! Mi piace quando Garth sente la mia mancanza."

"Buonanotte," disse Erica, non prestando molta attenzione, essendo già immersa nella lettura del copione.

Capitolo Due

Giovedì mattina, Gunther entrò nel suo ufficio alle otto e mezza, sorpreso di trovare Erica alla sua scrivania. *Amy non arrivava mai prima delle dieci.* Lui diede un'occhiata alla sua scollatura. Lei si abbassò gli occhiali sul naso e lo guardò di soppiatto.

"I contratti sono sulla tua scrivania. Ci sono tre sceneggiature che vorrei che leggesse. Ho inviato delle e-mail educate agli autori di altri sette copioni inaccettabili. Ecco tre messaggi telefonici che sono arrivati ieri sera dopo che sei andato via. Oh, e ho risposto ad alcune e-mail per te. Stanno aspettando la tua approvazione. Le tre attrici arriveranno domani. Ho programmato il loro arrivo a un'ora mezza di distanza l'una dall'altra, come richiesto. Per il pranzo con Max Webster di oggi, ho cambiato ristorante."

"Perché? Il Satin Club è il mio locale. Mi conoscono. Mi offrono il miglior servizio e mi permettono di fare una buona impressione."

"Da quello che ho letto su di lui... e su di te..." Lei si fermò e lo guardò intensamente. "Max non è molto entusiasta di questo pranzo. Almeno, così mi ha confidato al telefono la sua assistente. Ma è un uomo d'affari, quindi la incontrerà. Inoltre, ho promesso che tu ti comporterai bene."

"Io mi comporto sempre bene."

Lei gli lanciò un'occhiataccia severa e sorrise.

"Dove hai prenotato?"

"La prenotazione è per le dodici al Blue Window. Il locale preferito di Max."

"Il Blue Window? Quella topaia? Solo pesce. Locale economico."

"È il ristorante preferito di Max. È stato lui a richiederlo."

"Allora? Questo è il mio pranzo!"

"Potrebbe andare meglio con lui se tu fossi disposto a pranzare nel suo territorio, Gunther."

"Davvero? E come fai a saperlo? Dai molti anni di saggezza che hai acquisito... a proposito, quanti anni hai? Venticinque?" Lui strinse gli occhi.

"Ho trent'anni. Ho più esperienza di vita di quanto tu possa immaginare."

"Davvero? Eri una prostituta nella tua altra vita?" *Oh oh. Sta esagerando.*

Lei arrossì in viso e i suoi occhi brillarono. Lei mise giù il taccuino e la penna e si avvicinò a lui con la mano alzata. Lui le afferrò il polso mentre lei avvicinava la mano al suo viso.

"Mi dispiace," disse lui, tenendo il braccio alzato e cercando di nascondere il suo sguardo arrabbiato.

All'improvviso, il rossore sembrò scomparire dalla sua pelle. "Non dirmi mai più una cosa del genere."

"Non lo farò. E nessuna violenza fisica. "Un lieve profumo di gardenia gli stuzzicò il naso.

"Mi dispiace. Ho perso la pazienza."

"Probabilmente hai ragione. Il buon vecchio Max potrebbe essere più disponibile nel suo territorio. Se devo mangiare pesce, mangerò pesce." Lui aprì le dita.

"Va bene, allora." Lei si sistemò la gonna e tornò alla sua scrivania.

Lui colse l'occasione per osservarla da dietro. Scrutò con gli occhi i suoi fianchi ondeggianti. *Bel sedere. Splendide gambe.* Quando lei fu a distanza di sicurezza, lui proseguì: "A proposito, i vestiti nuovi non sono abbastanza all'altezza."

"Che cosa?" L'indignazione si fece di nuovo strada dentro di lei.

Tom si passò la mano fra i capelli. "Non sono abbastanza costosi."

"Sono tutto ciò che posso permettermi." Lei si sedette.

"Sei piuttosto furba..."

"Ho usato quei cinquecento dollari per comprare due tailleur invece di uno solo."

"Andrebbero bene se tu lavorassi per un uomo qualunque in un'azienda qualunque. Ma non se lavori per Gunther Quill." I suoi occhi si inumidirono mentre lui la fissava. Poi, il suo labbro inferiore iniziò a tremare. *Oh, no, merda. Lacrime! Non piangere!*

Il panico ebbe il sopravvento su Gunther, facendolo correre da lei. Le mise le mani sugli avambracci. "Ehi, non piangere. Non era una critica. So che non ti pago abbastanza per un guardaroba elegante. Nessun problema. Niente lacrime, adesso. Ok?" Le parole gli uscirono velocemente dalla bocca.

Lei fece un respiro profondo. Che cosa vuoi che faccia?"

"Me ne occuperò io. Chiamerò Maggie. Vale la pena di investire per te."

"Maggie?" Lei si asciugò gli occhi con le dita.

"Magdalena Oliver. Era una guardarobiera, ma ha avviato una sua attività disegnando abiti femminili. Ora è la migliore. I suoi vestiti sono sensazionali."

"Strano parlare con un uomo eterosessuale di moda femminile," disse lei.

Lui sorrise. "Un produttore deve conoscere tutto. Ma basta cascate del Niagara, ok?"

Lei annuì.

"Bene. Devo andare adesso. Sei molto più avanti di me," disse lui, entrando nel suo ufficio. Chiuse la porta e vi si appoggiò, tutto sudato. Tirò fuori un bel fazzoletto di cotone e si asciugò la fronte. *Cavoli, c'è mancato poco. Lei stava per piangere. Non posso perderla. È fantastica. Anni luce rispetto ad Amy.* Lui si ripromise di cercare di addolcire le sue parole, ma sapeva che sarebbe stato difficile. Gunther non era abituato a usare un linguaggio gentile e toni delicati.

Gunther era cresciuto in una famiglia severa. Suo padre aveva sempre avuto il pugno di ferro. Sua madre era più dolce, premurosa e allegra. Non aveva mai capito come fosse finita con suo padre. Armand Quill era uno promotore immobiliare di successo. Avevano vissuto in una piccola villa e avevano il meglio di tutto. Suo padre era spietato. Schiacciava le persone che si mettevano sulla sua strada, compreso Gunther e suo fratello minore, Gordon.

Quando era molto giovane, Gunther era arrogante e orgoglioso del successo di suo padre. Faceva persino il bullo con il suo fratellino, mentre sua madre non guardava. Tuttavia, quando iniziò a frequentare le superiori, iniziò a capire che il successo di suo padre andava a scapito degli altri. Suo padre non si faceva problemi a pignorare la casa di una famiglia in difficoltà o a superare in astuzia i suoi colleghi, così finì per ottenere una fetta di torta più grande. Gunther cominciò a disprezzare suo padre e prese il suo fratellino sotto la sua ala.

Armand Quill era stato molto chiaro. Non voleva dei figli rammolliti. Si aspettava la perfezione da entrambi i suoi ragazzi. Li trattava con disprezzo se non prendevano tutte A in pagella. Armand li prendeva in giro se piangevano o se mostravano qualche debolezza.

Gunther si impegnò duramente per compiacere suo padre fino alla laurea. Poi, si rese conto che nulla l'avrebbe mai soddisfatto, così ci rinunciò. Voltò le spalle ad Armand e cercò la propria fortuna con la sua ragazza, Laurel, a New York. Tuttavia, il ragazzo aveva sviluppato un certo gusto per la vittoria, un forte desiderio di essere il primo e il migliore.

Non molto tempo dopo aver trovato un lavoro interessante e ben pagato come assistente di un importante produttore di Broadway, suo padre e suo fratello rimasero uccisi in un incidente d'auto. Gunther e sua madre ne erano rimasti devastati. Fu allora che Gunther decise di diventare il produttore di maggior successo nel settore, per impressionare un padre esigente che non c'era più. Lavorava notte e giorno, risparmiando il più possibile per trasferirsi in California, dove avrebbe potuto guadagnare molto bene.

Laurel era stata l'unico elemento luminoso della sua vita oltre a sua madre, Clare Quill. Lei era dolce e gentile come Clare, oltre a essere un'attrice incredibilmente bella e di talento. Gunther si era considerato l'uomo più fortunato della terra ad averla al suo fianco.

Poi, un giorno, durante un barbecue a Bear Mountain, Laurel usò troppo combustibile sulla griglia.

Il suo viso si bruciò irreparabilmente quando le fiamme si sollevarono, nel momento in cui lei accese il fiammifero. Niente di ciò che cercarono di fare poté restituirle la sua bellezza. Nonostante Gunther la amasse allo stesso modo, la carriera di Laurel si interruppe. Sei mesi dopo, lei si uccise.

Gunther era rimasto devastato. Lei era tutto per lui e lui si dava la colpa per il suo incidente. Lui non fu più lo stesso. La parte spietata della sua personalità, che aveva ereditato da suo padre, era rimasta, ma la parte dolce e gentile di Gunther, quella che aveva preso da sua madre, si era spenta, scivolando nell'ombra del suo cuore, e fu sepolta insieme a Laurel.

GUNTHER ENTRÒ CON LA sua *Ferrari* rossa nel parcheggio del Blue Window. Consegnò le chiavi al posteggiatore, avvertendolo di fare attenzione. Entrando nel ristorante, fece scorrere il dito sul bordo del suo colletto bianco per allentarlo. Disse il suo nome al maître e fu immediatamente condotto al tavolo di Max.

Max si alzò per stringergli la mano. Gunther vide il dubbio e la diffidenza nei suoi occhi. *Il coniglio e la volpe, Max? Non preoccuparti. Non sono qui per mangiarti, amico.*

Non appena si sedette, ordinò un *Chivas Regal* on the rocks e si appoggiò allo schienale. "Congratulazioni per il tuo nuovo spettacolo, Max. Quando sarà la prima?"

Max bevve un sorso del suo Cosmopolitan e annuì. "Grazie. *Sway* è un musical. La prima sarà tra un paio di settimane."

"Hai preso il titolo dalla canzone di Bublé?"

"Proprio così. Abbiamo i diritti della canzone e Michael la canterà durante la serata di apertura."

"Grandioso!"

Il cameriere portò lo scotch di Gunther. Lui sollevò il bicchiere. "Un brindisi al successo di *Sway*."

I due uomini brindarono.

"Che succede, Gunther? Non sei mai stato il tipo che gioisce per il successo di qualcun altro. Come mai tutto quest'interesse per il mio spettacolo di Broadway?"

"Andrò dritto al punto. Niente stronzate. Mi piace, Max. Hai ragione. Non ho mai perso tempo a lodare gli altri. Troppo occupato. Mi piacciono il tuo stile e i tuoi spettacoli. E amo i musical."

"Secondo i pettegolezzi, sei ancora innamorato di Dorrie Rodgers!" Max ridacchiò.

Gunther iniziò ad alzarsi dalla sedia. "Se pensi che io sia qui perché tu possa spettegolare su di me, me ne vado."

Max alzò la mano. "Non andartene. Scusami. Hai ragione, Gunther. Siamo qui per parlare di affari. Scusami."

Gunther tornò a sedersi. *Un punto per me. Non me ne frega un cazzo se vuoi prendermi in giro per Dorrie, Max. Sono stupidaggini. Adesso mi ascolterai. Bene.*

"Anch'io amo i musical. Mia moglie e io li abbiamo visti tutti. New York sembra apprezzarli."

"*Hustle and Dance* sta andando bene al botteghino."

"Non capirò mai come hai fatto a ottenere i diritti del film. Eravamo pronti a concederli a Rob Marshall."

"Io ho fatto un'offerta migliore." Gunther bevve un sorso del suo scotch.

"Sei bravo in questo, non è vero?"

"Negli affari. Ma forse non in amore," ridacchiò Gunther. "Hai molto occhio per i musical, Max. Ho sentito dire *che Hustle and Dance* è stato una tua idea."

Max arrossì. "Mia e di un altro paio di persone." Lui sorseggiò la sua bevanda.

"Ho sentito dire che è stata soprattutto tua." Gunther fissò il viso di Max.

"Beh, forse."

"Se *Sway* avrà successo, mi piacerebbe farne un film."

"Non è un po' presto?"

"È un branco di lupi là fuori. Mi fido molto del tuo giudizio."

"Ma il pubblico è volubile. Ho avuto anch'io la mia parte di insuccessi."

"Quindi, se il successo di questo spettacolo finirà rapidamente, non se ne farà nulla." Gunther scrollò le spalle.

"Non ti darò i diritti senza avere alcuna garanzia."

"Mi piacerebbe assistere allo spettacolo il prima possibile."

"Posso organizzare."

"Se avesse successo e decidessimo di farne un film... valuteresti la possibilità di una collaborazione più stretta?"

Max strinse gli occhi. "Che cosa avresti in mente?"

"Tu ti occupi dello spettacolo di Broadway e io produco il musical come film."

"Potrebbe funzionare."

"Fondiamo una società: la East West Productions." Gunther cercò di nascondere il suo entusiasmo. *È interessato. Per favore, Dio, fa' che dica di sì.*

"Entrare in affari con te?" Max sollevò le sopracciglia.

"È il modo più semplice ed economico per farlo. Così, non dovremmo negoziare un nuovo accordo per ogni spettacolo. Potremmo ottenere i diritti per il film e per lo spettacolo teatrale contemporaneamente. Se lo spettacolo non avrà successo, potremo sempre vendere i diritti del film o semplicemente non fare il film. Se facciamo prima il film, otterrai i diritti per Broadway."

Max rimase in silenzio. Notando la pausa nella loro conversazione, il cameriere portò loro due menu. Gunther lo prese in mano, soffocando un lamento. *Pesce, cucinato in venti modi diversi.* L'arredamento del ristorante comprendeva reti da pesca, barche e gabbiani. Il tema marino fece sognare alle sue papille gustative una succulenta bistecca.

Il suo sguardo scivolò lungo la pagina stampata. *Sogliola alla mugnaia, salmone alla griglia, capesante. Niente carne.* Poi la vide. *Aragosta alla griglia.* Le sue papille gustative ripresero vita. Il suo cibo preferito, oltre alla bistecca, era l'aragosta. Costava cinquanta dollari ed era il piatto più costoso di tutto il menu.

"Che cosa mi consigli, Max?"

"Adoro il salmone grigliato. Alla mia età, è la cosa migliore per me e qui lo fanno bene. Scegli secondo i tuoi gusti."

"La gioventù è una questione mentale. Oh, ecco. Il mio piatto preferito. Aragosta alla griglia."

Max si leccò le labbra. "Adoro l'aragosta, ma non ne mangio da anni. Troppo burro."

"Prendila anche tu." Gunther alzò lo sguardo.

Max esitò prima di scuotere la testa.

"Oh, andiamo, Max. Un po' di vita. Offro io."

Max incrociò lo sguardo di Gunther. "Beh, in questo caso. Come posso rifiutare di farti compagnia?" Max ridacchiò come un bambino di otto anni che progettava una marachella con un amico.

Gunther sorrise e fece un cenno al cameriere. *Aragosta. Chi l'avrebbe mai detto?* Il suo stomaco iniziò a brontolare in anticipo. Max gli sorrise e ordinò lo stesso piatto e un altro Cosmopolitan. Gunther si appoggiò allo schienale. *Sta funzionando. Lo sto convincendo.*

"Parlami della East West Productions, Gunther. A proposito, prima che decidiamo di fondare questa società, dovrai chiedere scusa a Grace

Brewster. Non è solo una cara amica, ma è anche la scrittrice che ho ingaggiato per fare la sceneggiatura di *Sway*."

Gunther ebbe un sussulto. "Farò tutto il possibile, Max, per convincerti che sono sincero. Compreso scusarmi con Grace."

Max annuì. "Continua, allora."

GUNTHER TORNÒ NEL SUO ufficio alle tre e mezza. Con un sorriso che si estendeva da un orecchio all'altro, con le braccia cariche di pacchi, lui fischiettò una melodia mentre entrava in ufficio. Erica alzò lo sguardo dai fogli sulla sua scrivania e, stupita, inclinò la testa. Lui le portò un mazzo di fiori e una grossa scatola di *cioccolatini Godiva*.

"Per me?" Lei sollevò le sopracciglia. "Quanto ha bevuto a pranzo?"

"Non sono ubriaco."

"Non ho mai detto che lo fossi. Forse solo un po' felice?"

Lui aggrottò rapidamente la fronte. "Avevi ragione su Max. Dovevamo incontrarci nel suo territorio. Era a suo agio e ha abbassato la guardia. È stato come rubare le caramelle a un bambino. Ha apprezzato molto la mia proposta. E ho mangiato aragosta. Era buonissima." Gunther si chinò e le diede un bacio sulla guancia. Lei arrossì leggermente sulle guance e questo la rese più attraente. *Perché non si trucca? Sarebbe bellissima.*

Lui indugiò con lo sguardo sulla sua scollatura un po' troppo a lungo. Quando alzò lo sguardo, lei lo stava fissando. Adesso fu lui ad arrossire.

"La mia faccia è qui," disse lei, indicandosi il volto.

"Scusa. Sono un uomo. Non posso farci niente." Lui sollevò le spalle.

"Non posso prendermi il merito del tuo successo con Max. Sei stato tu a convincerlo."

"Lo so, ma è andato tutto bene. Era di buon umore. Ha persino ordinato l'aragosta insieme a me e ha sorriso quando ho pagato il conto."

"Quindi, avete trovato un accordo?"

"Mi concederà i diritti per fare un film di *Sway*. Ha detto anche che esaminerà il contratto per la East West Productions. Chiama Grant Hollings al telefono. Ho bisogno di quei contratti prima di subito."

"Fantastico. Congratulazioni." Il sorriso di Erica sembrava sincero.

Gunther si fermò e tornò sui suoi passi. *Nessuno, esclusa mia madre, è mai stato sinceramente felice per me. Non dopo Laurel.* "Grazie. Ci sarà un bonus anche per te. Una volta firmati i contratti. Quasi dimenticavo, anche questo è per te." Lui mise una bottiglia di *Dom Perignon* sulla sua scrivania.

Erica arrossì ulteriormente e prese il telefono. Gunther si ritirò nel suo ufficio, chiudendo la porta. Fece qualche passo di danza, mentre canticchiava *Sway*. Aprì tutte le tende e osservò la città. *Questo sarà solo il primo. Produrrò la maggior parte dei migliori musical di Broadway. Dorrie farà le coreografie per me. Stiamo arrivando.*

L'entusiasmo gli scorreva nelle vene. Mise della musica sul computer e iniziò a ballare per la stanza. Era sempre stato un bravo ballerino, quindi prese subito il ritmo. *Festeggiare. Stasera voglio festeggiare.* Poi, si fermò all'improvviso. *Elsa. Devo festeggiare con lei. Lei non è una star dei musical. Solo roba sexy, commedie di nudo. Questo non vuol dire niente per lei.* In ogni caso, si ricordò che lei era in Spagna a girare un film.

Lui si lasciò cadere sulla sua grande sedia come un palloncino sgonfio. Non avere nessuno con cui festeggiare lo intristì. *Forse c'è qualcuno... vediamo un po'.*

Sfoderando tutto il suo fascino, fece capolino dalla porta e chiamò Erica. "Hai qualcosa da fare stasera?"

Lei ruotò sulla sedia per guardarlo. "Solo leggere i copioni. Perché?"

"Va' al negozio di Maggie e compra il vestito più alla moda che puoi. Dille di metterlo sul mio conto. Vengo a prenderti alle otto. Andiamo a festeggiare. Prima a cena, poi in qualche locale. Indossa i tacchi." Prima che lei potesse rispondere, Gunther rientrò nel suo ufficio, come un pupazzo a molla rientra nella sua scatola.

Lui rimise la musica e abbassò il volume, poi prese il suo telefono personale e premette il tasto di chiamata rapida. "Maggie? Sono io. Ho in programma un restyling per te. Si tratta della mia assistente, Erica Wheeler. Cambio look completo: vestiti, trucco, capelli. Per stasera. Sta per arrivare. Grazie."

Dando un'occhiata, vide che Erica stava ancora lavorando alla sua scrivania. "Forza, signorina!"

Lei ebbe un sussulto per la sorpresa.

"Il grande capo ti ha dato un ordine. Va' da Maggie. Subito."

Una sensazione strana, la sensazione che avrebbe preferito festeggiare con Erica al posto di Elsa, entrò nel suo cuore. Lui cercò di allontanarla. *Ovviamente, è meglio se mi porto Erica, che ha contribuito a portare a termine quest'accordo. A Elsa non importerebbe, perché non ci sarebbe niente per lei.*

Una volta tornato nel suo ufficio, ascoltò e riascoltò "Sway" mentre osservava Los Angeles. Appoggiandosi allo schienale della sedia, unì le mani e sorrise. *Che cosa ne pensi di quest'accordo, papà? È molto di più di quanto tu abbia mai ottenuto.* Una piccola parte del vuoto che aveva nel cuore si riempì. Sollevò i piedi e chiuse gli occhi. *Diventeremo la casa di produzione più grande di entrambe le coste.*

L'orologio sul muro suonò cinque volte e lui balzò in piedi. Mentre canticchiava, scelse i vestiti da indossare per la serata e fece una doccia.

ERICA INSERÌ LA CHIAVE nella sua vecchia auto, che rifiutò di accendersi ai primi tre tentativi. La paura che il veicolo la abbandonasse molto prima che potesse permettersi di sostituirlo le fece sudare le mani. Seguì le indicazioni di MapQuest per raggiungere lo Stylish Lady Salon. Quando arrivò, parcheggiò sul retro ed entrò.

Suonò il campanello e venne ad aprirle una donna più grande, vestita in modo molto elegante. Era bassa e snella. Indossava un paio di pantaloni di seta verde acqua e una tunica abbinata e portava intorno al collo una lunga sciarpa di chiffon color lavanda. I suoi capelli castani, lunghi fino al mento, al castano intenso dei suoi occhi. Il suo sorriso caloroso mise Erica a suo agio.

La donna la guardò. "Tu devi essere Erica."

"È di dominio pubblico quanto mi vesto male?"

La donna ridacchiò. "No, cara. Gunther mi ha chiamata. È un brav'uomo. Si è sempre comportato molto bene con me."

Erica sollevò le sopracciglia. *Impensabile.*

"Vieni qui, sul retro. Scegliamo alcuni abiti per te. Sarà una serata importante per Gunther, eh? Peccato che la sua dolce metà non sia qui per festeggiare."

Quindi sarei il rimpiazzo di Elsa? Ehi, una bella cena e un po' di ballo sono perfetti per me. Non può essere vero. Lei fece un respiro profondo per rallentare il suo battito. *Ballare con Gunther.* Un lieve tremore le attraversò la schiena all'idea delle sue forti braccia che la stringevano sulla pista da ballo. Si sarebbe avvicinata abbastanza a lui da stringersi al suo petto? Avrebbe sentito il suo respiro vicino all'orecchio? Non vedeva l'ora di scoprirlo.

Al solo pensiero, si sentì sopraffatta dalle emozioni. *Lui è impegnato. Fidanzato. E troppo... troppo... fuori dalla mia portata. Comunque. Per una sera, sarò la sua principessa.*

"Perché nascondi tanta bellezza sotto questi brutti abiti?" le chiese Maggie, incrociando le braccia sul petto.

Erica la guardò, ma non disse nulla. *Se solo sapesse.*

"Vieni, cara. Questo sarà il restyling più semplice della mia vita." Maggie condusse Erica in una stanza sul retro, piena di abiti di seta colorata.

Devo trattenere l'entusiasmo. Mi sembra di essere nel paese delle favole.

"Togliti quei vestiti e vediamo che cosa si può fare."

Maggie si sedette su una sedia da regista e guardò Erica spogliarsi, restando in reggiseno e mutandine.

"Oh, cara. Hai davvero un bel seno. Dobbiamo metterlo in mostra." La stilista si alzò in piedi e si mise a guardare un vestito dopo l'altro, prendendone alcuni e mettendoli su un altro appendiabiti. Quando ebbe finito, tornò al suo posto.

"Una sfilata di moda, cara, tutta per me. Innanzitutto, sciogliti i capelli. Quella crocchia è terribile! Deve sparire."

Erica si tolse l'elastico e sciolse i capelli. Le ciocche morbide e dorate le ricaddero sulle spalle, incorniciandole il viso.

"Magnifico! Intanto, scegli un vestito, poi vedremo quale mette meglio in risalto la tua bellezza."

Erica fu attratta immediatamente da un abito rosa lampone. Guardò tutti gli abiti appesi: argento, oro, turchese, verde smeraldo; i colori erano spettacolari. I tessuti erano sontuosi. Sete e rasi pregiati le sfioravano le dita.

Anche quando sua madre era viva, Erica non aveva mai visto abiti di quella qualità. Sua madre comprava nei discount per entrambe, perché avevano sempre poco denaro. Quando era piccola, sognava abiti da principessa, come molte ragazze. A sette anni, era convinta che un giorno sarebbe diventata una principessa.

Ma quando, a tredici anni, la dura realtà l'aveva colpita dritto in faccia, quei sogni erano svaniti gradualmente dal suo cuore. Così, era cominciata la sua ambizione per la recitazione. Recitare era l'unico modo per sfuggire alla brutalità della vita reale.

Quale vestito scegliere? Erica sorrise tra sé. Avrebbe voluto provarli tutti, per sentirsi finalmente una vera principessa. La vita le aveva insegnato a vivere nel presente. Abbassò la cerniera del vestito rosa di satin e se lo fece scivolare elegantemente sui fianchi. Il tessuto freddo la fece rabbrividire.

ERICA FECE SPORGERE dall'auto le sue gambe slanciate e si alzò sul marciapiede. I tacchi a spillo di vernice nera la rendevano più alta e più snella. Sistemò la gonna del vestito turchese, lungo fino alle cosce. *Vorrei solo che fosse un po' più lungo.* Il nuovo reggiseno teneva su il suo seno prosperoso, mettendolo in mostra sotto la scollatura generosa. Il vestito senza maniche metteva in evidenza le sue curve.

Un trucco leggero faceva risaltare i suoi grandi occhi, che sembravano ancora più blu, grazie alla tinta turchese della stoffa. Sulle labbra, indossava un rossetto rosa scuro. Un ciondolo d'argento a forma di cuore pendeva proprio sulla sua scollatura. Due piccoli cuori d'argento le pendevano dalle orecchie, dandole un tocco di dolcezza. Un grosso bracciale d'argento completava il suo look. I folti capelli le scendevano sulle spalle, invitando tutti gli uomini nelle vicinanze a passarci le dita. Alla fine delle trasformazione, Maggie era rimasta senza fiato per l'incredulità e la gioia, vedendo la splendida creatura che le stava di fronte. Erica era felice di sembrare così bella, ma aveva un po' di timore a mostrarsi a Gunther Quill. *Se dovesse provarci con me, mi scioglierei come la neve al sole. Lui è il mio capo. Non posso rischiare di perdere questo lavoro. Ma non riesco a resistergli.*

Lei entrò lentamente nell'ufficio. Mentre si chiudeva la porta alle spalle, un leggero fischio la fece voltare rapidamente. Alzando lo sguardo, sospirò profondamente. Sempre bello e ben vestito, Gunther superava le sue aspettative. Capelli perfetti, come al solito, ma il vestito nero dai risvolti stretti che avvolgeva il suo corpo scolpito e la camicia di seta bianca sbottonata sul collo, rivelando alcuni peli neri sul petto, le fecero fermare il battito del cuore.

Il calore del suo sguardo sciolse il suo ultimo brandello di riluttanza. Sentì il suo sguardo scivolare sul suo corpo, come la carezza di una mano calda. Il cuore cominciò a batterle fortissimo e lei provò una sensazione di calore in posti dove non ne provava più da tempo.

"Sei stupenda," disse lui.

"Anche tu." Lei riusciva a malapena a respirare.

"Perché tenevi nascosto tutto... questo?" le chiese stupito.

"Perché tu hai una reputazione e sei... il mio capo." Lei sollevò le spalle.

"Ma un tale piacere per gli occhi non dovrebbe essere tenuto nascosto. Prometto di guardare e non toccare." Lui arrossì sulle guance.

Cavolo! È veramente questo che voglio? I brividi che sentiva dentro di lei sotto il suo sguardo risvegliarono Erica dal vuoto che aveva avuto nella sua vita. Lavorando e risparmiando, non aveva frequentato nessun uomo né avuto appuntamenti. Aveva messo da parte i suoi sentimenti, motivata solo a farcela, a sopravvivere, ignorando la bruciante solitudine che le logorava il cuore. *Quando è stata l'ultima volta che mi sono svegliata a letto tra le braccia di un uomo dopo una notte d'amore? È davvero già passato un anno?*

L'insistenza dei fotografi la rendeva diffidente. Era solo un'assistente senza nome e senza volto e questo la faceva sentire come una lastra di vetro, fragile e trasparente. All'improvviso, era diventata visibile, in modo grandioso, per un uomo bello e potente. Ignorare le sue emozioni non avrebbe funzionato questa volta. Trattenne il desiderio di sbottonargli la camicia e di passargli le mani tra i peli del petto. *Ed è anche fidanzato. Tirati indietro o ne resterai travolta.*

Fece un respiro profondo e si tenne con forza alla scrivania, temendo che le sue ginocchia traballanti non riuscissero a leggerla. Gunther guardò il suo *Rolex* d'oro. *Adoro gli uomini che indossano l'orologio.* Non riusciva a smettere di pensare alla camera da letto e a smettere di guardare Gunther.

"Andiamo. Abbiamo una prenotazione per le sette e mezza al Satin Club." Lui le si avvicinò.

"Al Satin Club?" *Mi sta portando nel suo posto speciale?*

"Vado sempre lì per festeggiare. Hanno già messo lo champagne in fresco. Guarda i tuoi occhi. Sembri un cervo illuminato dai fari di un'auto. Occhi da cerbiatta." Il suo sorriso la scaldò.

"Occhi da cerbiatta?"

"Già. Andiamo. Non sono il lupo grosso e cattivo. Davvero."

Oh, sì che lo sei. Voglio che tu lo sia. Voglio che tu mi faccia perdere la testa, come un principe con una principessa. Lei sospirò, allontanando i suoi bisogni dalla mente.

Gunther le appoggiò il palmo della mano sulla parte bassa della schiena e la spinse dolcemente verso la porta. Anche se lei indossava i tacchi alti tacchi alti, lui era più alto. Percependo di nuovo il suo sguardo sul suo petto, lei lo guardò. I suoi occhi erano del marrone più scuro che lei avesse mai visto, come il cioccolato fondente.

Un piccolo sorriso gli comparve sulle labbra e una ribelle ciocca di capelli gli cadde sulla fronte. L'impulso di accarezzare la sua guancia ruvida stava per sopraffarla. Lei strinse la sua borsetta nera con le perline con entrambe le mani, per trattenersi dal toccarlo. *Solo un bacio.*

Quando raggiunsero il parcheggio, Gunther si incamminò verso il posto di guida, ma si fermò. Tornò velocemente indietro e le aprì lo sportello della sua Ferrari rossa. Lei deglutì mentre entrava in auto nel modo più elegante possibile per un abito così corto.

Lui mise in moto l'auto e, dopo pochi secondi, stava già sfrecciando in autostrada. *Un pizzicotto, presto. Deve essere un sogno. Una principessa, una fata madrina e ora il principe. Ma lui non è il mio principe e, a mezzanotte, la carrozza tornerà a essere una zucca. Basta parlare. Per stasera, lui è mio.*

Gunther fu trattato con i guanti di velluto al Satin Club. Il proprietario, Fitzsimmons Welsh, uscì per salutarlo e osservò Erica.

"Chi è questa signorina elegante?" gli chiese.

"La mia nuova assistente, Erica Wheeler. Erica, questo è Fitz."

Si strinsero la mano. L'uomo più grande le strinse la mano tra le sue, prima di portarsela alle labbra. "Lei è bella e affascinante, mia cara. Che cosa ci fa qui con questo ragazzaccio?"

Gunther scoppiò a ridere. "Non ascoltarlo. È solo geloso."

Fitz li condusse al solito tavolo di Gunther. Mentre attraversava il ristorante pieno di volti famosi, lei percepì i loro sguardi. *Probabilmente si staranno chiedendo chi sono. La nuova amante di Gunther? Non sono nessuno e loro nemmeno lo sanno.* Lei cercò di trattenere una risatina.

Quando arrivarono, sul tavolo c'era una bottiglia di champagne dentro un secchiello del ghiaccio, con accanto due flûte di cristallo. Fitz le spostò la sedia. *Come si comporterebbe una vera principessa? Vediamo se riesco a recitare la parte.* Lei si sedette lentamente e rivolse a Fitz un sorriso smagliante. Lui si inchinò.

Erica si guardò intorno nella stanza. La carta da parati che adornava le pareti aveva una delicata fantasia color crema e lavanda. La modanatura era coordinata in color lavanda. Le tovaglie erano di una tonalità di viola più scuro rispetto alle pareti. Le sedie erano rivestite in seta color crema e lavanda. Tutti i bicchieri, in vero cristallo, riflettevano la luce soffusa degli eleganti lampadari. Le sembrava che l'argenteria sterling brillasse così intensamente sotto la luce da permetterle di vedere il suo riflesso.

Il posto aveva un'aria di eleganza, che lei non riteneva adatta a Gunther. *Scommetto che sul menu non ci sia nulla che costi meno di cinquanta dollari.*

"Ti piace?" le chiese, mentre il cameriere si avvicinava per stappare quell'ottima bottiglia di vino.

"Non è affatto quello che mi aspettavo."

"Oh?" Lui sollevò un sopracciglio. "Che cosa ti aspettavi?"

"Qualcosa di più moderno."

"Intendi dire pacchiano?" Lui la fissò mentre il cameriere versava il *Dom Perignon.*

Lei abbassò lo sguardo. *Legge dentro di me come un libro aperto.* L'imbarazzo la fece arrossire in viso.

"Non mi conosci. Mia madre amava questo posto. Mi ricorda lei."

"Tua madre?"

"Non pensavi che avessi una madre?"

"Tutti hanno una madre ma, scusami, tu sembri... tutto tranne che un pantofolaio o un mammone."

"Io non sono un mammone. Un uomo non può amare e rispettare sua madre senza essere un mammone?"

Sta' zitta. Stai solo peggiorando le cose. "Certo, hai ragione. Ti chiedo scusa. Non avrei dovuto saltare a quella conclusione."

"Mia madre ha più buon gusto di chiunque io conosca. Quindi, quando vedo un posto che me la ricorda, so che è di classe."

Erica bevve un sorso di champagne. La sua frizzantezza le solleticò la lingua. *È l'uomo più bello del locale. Nemmeno le star del cinema possono competere con Gunther.*

Come se le leggesse nella mente, lui espresse a voce alta i suoi stessi pensieri. "Sei la pollastrella più sexy del locale."

Lei scoppiò a ridere. "Pollastrella?"

Lui arrossì. "Lo sai." Lui alzò il bicchiere. "Al successo di *Sway* a Broadway."

Lei si unì al suo brindisi. "Come farai a sapere se avrà abbastanza successo da diventare un film?"

Gunther trascorse i successivi quindici minuti a spiegare a Erica l'analisi delle vendite dei biglietti, l'afflusso del pubblico, le vendite anticipate e le vendite di gruppo. Lei lo ascoltò attentamente.

"E la East West Productions?" gli chiese.

Gunther abbassò lo sguardo sul suo piatto. "Ho un problemino su quel fronte."

Il cameriere si avvicinò.

"Ti piace l'aragosta?" le chiese Gunther.

"La adoro. Ma costa una fortuna."

"Stiamo festeggiando. Non preoccuparti, occhi da cerbiatta, posso permettermelo." Lei sorrise mentre lui pronunciava il suo soprannome. Gunther ordinò l'aragosta arrostita per entrambi, poi continuò. "C'è un piccolo imprevisto." Lei sollevò le sopracciglia. "Max vuole che mi scusi con Grace Brewster per qualcosa che ho fatto. Ha ragione, non avrei dovuto, ma non ho potuto resistere."

"Non sei famoso per il tuo autocontrollo," ridacchiò lei.

"Grazie mille. Dovresti stare dalla mia parte."

"Allora scusati con Grace."

"Dubito che voglia ancora parlarmi." Gunther si guardò intorno nella sala.

"Cavolo, devi esserti comportato davvero male."

Lui sollevò le spalle.

"E se provassi a contattarla?"

"Lo faresti? Non sono più come allora. Sto per sposarmi, mi sto creando una reputazione..."

"Davvero? Pensavo che la tua reputazione fosse già ottima," ridacchiò lei.

Lui rise insieme a lei. Il cameriere portò loro gli antipasti: asparagi bianchi freddi e cuori di carciofo con una delicata vinaigrette.

Mentre mangiavano in silenzio, un pizzico di tristezza si insinuò nel cuore di Erica. *Sta per sposarsi. Non dimenticarlo. È fuori dalla tua portata.* Dopo tutto quello che Amy aveva detto su Gunther, si era preparata a odiarlo, invece si era ritrovata ad apprezzarlo.

Stava lavorando più duramente di quanto avesse mai fatto prima, ma Gunther apprezzava ciò che faceva. Il sospetto che Amy avesse fatto un pessimo lavoro per pura pigrizia e per rancore si fece strada nella mente di Erica. *Forse, lei si meritava la sua rabbia. Non si comporta in quel modo con me.*

Diverse persone importanti si fermarono al tavolo di Gunther. L'agente Tommy Callen, i produttori George e Brent Dobson, Armin Cutter, il dirigente di *Worldwide Pictures* e Selena Silver, un'attrice che aveva vinto il *premio Oscar*, si fermarono un attimo per salutare Gunther, per scambiare una risatina o una notizia e per fissare incuriositi Erica, poi si allontanarono. Rimase colpita dal numero di uomini e donne famosi presenti nel locale. Continuò a sorridere finché le guance non le fecero male.

"Il botto di quella bottiglia di champagne è stato così forte che l'avranno sentito anche a New York. Che cosa state festeggiando?" gli chiese Gable Allison, un direttore di casting.

"Non posso ancora parlarne, Gabe, ma sì, il futuro sembra promettente."

"Chi è questa splendida creatura?" Il suo sguardo indugiò su Erica, indugiando un po' troppo a lungo sulla sua scollatura. Gunther fece le presentazioni. Gabe le porse il suo biglietto da visita. "Se vuoi fare qualche film, chiamami."

Gunther scoppiò a ridere. "Bel tentativo, ma non questa bambola. È la mia assistente, Gabe. Non me la ruberai."

Il senso di colpa si insinuò nel cuore di Erica mentre metteva il biglietto da visita nella borsetta. *Il mio secondo contatto. Un vero direttore di casting. Ma gli affari di Gunther?* Il suo inganno gravava pesantemente sulla sua coscienza. *Gunther capirà. Bisogna costruire la propria fortuna.*

Lei cercò di sollevarsi il morale ma, ogni volta che guardava Gunther, si sentiva sempre più simile a Benedict Arnold. *Traditrice! Lui ti sta dando molte opportunità. Ti compra i vestiti. E tu vuoi usarlo come trampolino di lancio? Chi è spietato adesso?*

Lasciarono il ristorante e si fermarono per bere qualcosa e a ballare al Circe's Delight, poi andarono all'Aegean Goddess per incontrare altri personaggi famosi, prima di concludere la serata bevendo e ballando al Sunset Bar. Erica era un po' brilla, ma non ubriaca. Lei e Gunther, anche lui ancora lucido, continuarono a cantare e ballare per strada, aspettando una limousine alle due del mattino.

Gunther la fece accompagnare per prima, salutandola con un semplice cenno della mano. La tristezza prese per un attimo il sopravvento su di lei, ma poi le ritornò in mente la serata. *Dovrei essere felice. Mi sono divertita tantissimo. Lui è molto attraente.* Ballare con lui l'aveva accesa, specialmente quando aveva avvicinato i fianchi ai suoi o quando lui le aveva messo le braccia intorno per ballare un lento. *Balla molto bene. Scommetto che è bravissimo anche a letto.*

I paparazzi li avevano fotografati in ogni locale.

Gunther aveva sorriso e attirato l'attenzione di tutti. *Deve mantenere un alto profilo, farsi vedere.* Alcuni uomini l'avevano notata e uno aveva anche tentato di intromettersi nella conversazione. Ma non aveva immaginato di trovarsi davanti un uomo possessivo come Gunther. Una rapida gomitata e un'espressione corrucciata facevano allontanare chiunque avesse in mente di invadere il suo territorio.

La carrozza si ritrasformò in zucca e lei rientrò a casa, sorridente, felice di aver trascorso la serata più entusiasmante della sua vita. Erica camminava sulle nuvole, ridacchiando come un'adolescente che torna a casa dopo il suo primo appuntamento. Tornando nel suo appartamento, ripeté alcuni dei passi di ballo che aveva fatto con Gunther.

Amy stava aspettando e ascoltò le avventure di Erica, pendendo da ogni sua parola. "Non mi ha mai portata fuori a festeggiare. Avrà quello che si merita. Una volta che avrai perfezionato le tue abilità in quella classe, dirai addio al buon vecchio Gunther ancora prima che lui se ne renda conto. Fantastico!" esclamò lei, sfregandosi le mani.

Erica finse di avere mal di testa e si trascinò a letto. Si mise sotto le coperte a fissare il soffitto. *È veramente questo che voglio? Diventare una star? Guadagnerei un sacco di soldi. I bambini sarebbero al sicuro e io sarei a posto per tutta la vita. Voglio davvero lasciare Gunther? Forse no, ma questo è il mio sogno da sempre.*

Risoluta a impegnarsi nella recitazione e ad approfittare delle opportunità che le si erano presentate, Erica cercò di mettere da parte la sua sensibilità. *Gunther l'avrebbe fatto al mio posto. Non si sarebbe preoccupato degli altri. Potrebbe restare un po' deluso, ma capirà. È quello che ho sempre voluto. Inoltre, non ha bisogno di me. Chiunque si impegni nel lavoro, gli andrà bene.*

Immaginandosi il suo nome sulla locandina di un teatro, allontanò dalla sua mente l'immagine di quell'uomo sexy, con la sua camicia di seta bianca, e il sonno arrivò rapidamente.

Capitolo Tre

"Ho trovato!" esclamò Erica, entrando rapidamente nell'ufficio di Gunther.

"Che cosa?" Lui alzò lo sguardo dal computer.

"Un piano. Nemmeno Grace Brewster vuole parlarmi. Quindi, organizzeremo una festa di compleanno per Max. Lei è una sua buona amica, quindi dovrà venire. In quell'occasione, potrai scusarti con lei e mettere tutto a posto."

"Ottima idea! È per questo che ti pago", disse Gunther, girandosi sulla sedia per guardarla.

"Penso di meritarmi un aumento." disse lei, scherzando solo in parte.

"Se Grace Brewster accetterà di venire, ti darò un extra. Che ne pensi?"

"Dipende da quanto mi darai." Lei si appoggiò alla sua scrivania. La gonna le si sollevò leggermente. Per un attimo, lei notò che Gunther seguiva con lo sguardo l'orlo della sua gonna.

Lui si mise a ridacchiare. "Giuro, occhi da cerbiatta, che stai diventando proprio come me. Ok, ok. Rifletti su quanto pensi che valga tutto questo e… ci penserò."

"Vale moltissimo e lo sai bene."

"Se ti darò un grosso extra, mi aspetto che inizi a comprare da sola i tuoi vestiti."

"Affare fatto." Lei si alzò.

"Sei brava a negoziare."

"Ho imparato dal migliore."

"Chiama il barbiere. Fallo venire qui. Ho bisogno di un taglio di capelli. Cena con Elsa stasera. Sicuramente, finiremo sui giornali. Devo apparire al meglio."

Lei prese appunti. "Va bene."

Erica lasciò il suo ufficio e chiamò Mario, che veniva di frequente per mantenere in ordine i capelli di Gunther. Anche se non l'avrebbe mai ammesso, rimase impressionata dal fatto che le persone andassero da Gunther per eseguire i suoi ordini. *Se li paghi abbastanza, vanno dappertutto.* Lei ridacchiò tra sé. *Quell'uomo sa come fare la bella vita.*

Gunther fece capolino dalla porta. "Che ti ha detto Mario?"

"Sarà qui alle due."

"A proposito, sarai tu a organizzare quella festa."

"Che cosa?"

"Io non organizzo feste. L'idea è stata tua, quindi sarai tu a occupartene." Lui scomparve nel suo ufficio. La luce della sua linea privata si accese.

Erica provò una sensazione di rabbia. *Che idiota! Mi sono complicata il lavoro!* Si alzò e cominciò a camminare, mordicchiando una matita. Poi, all'improvviso, si fermò. *Il Blue Window! La festa avrà luogo nel suo ristorante preferito! Sì!*

Lei aprì la sua porta ed entrò.

"Lo so, ma non è per te..." gli sentì dire, prima che Gunther la guardasse arrabbiato e mettesse la mano sul ricevitore del telefono.

"Cosa c'è?" tuonò lui.

"Scusa. Budget per la festa?"

"Ehm, pensaci da sola. Fammi avere un paio di preventivi e deciderò. Adesso, fuori!" esclamò lui, indicando la porta.

Lei si ritirò rapidamente. Gunther le aveva detto di non disturbarlo mai quando la luce del suo telefono privato era accesa. Non sapeva con chi stesse parlando, ma sospettava che si trattasse di Elsa. *Come fanno a restare insieme quando lei è da una parte del mondo e lui dall'altra? Ma-*

gari non stanno insieme. Lei non riuscì a trattenere un sorrisino. Sollevò la cornetta e compose il numero del Blue Window.

"Posso parlare con il direttore, per favore?" Si appoggiò allo schienale mentre immagini di piatti allettanti le fluttuavano in mente.

Dopo un'ora di conversazione con il ristorante, Erica era soddisfatta di aver organizzato una festa che sarebbe piaciuta a Gunther e Max. Adesso, doveva occuparsi della lista degli invitati. Scrisse degli appunti sul suo calendario e attaccò dei *post-it* sullo schermo del suo computer. *C'è molto lavoro da fare per organizzare questa festa. Se non sarà tutto perfetto, a Gunther verrà un infarto.*

Prima di pranzo, Erica aveva organizzato la festa e preparato una lista dettagliata di cose da fare ogni settimana fino all'evento. Erica fece un respiro profondo e si appoggiò allo schienale della sedia, mentre scartava il suo misero panino e una banana.

Mario arrivò non appena lei finì di pranzare. Avvertì il suo capo e accompagnò il barbiere alla porta del suo ufficio. Quando entrarono, Gunther stava riponendo con cura la camicia su una gruccia. Lui si rivolse a lei. "Resta."

Mentre il suo sguardo scivolava lentamente sul suo torace muscoloso, il respiro le si bloccò in gola. Le sue spalle larghe e i peli scuri sui suoi pettorali, insieme ai suoi addominali scolpiti, la facevano eccitare. Si sventolò fino a quando non si rese conto di cosa stesse facendo. Il calore le attraversò il corpo, fermandosi sulle sue guance e tra le sue gambe.

Le sue dita fremevano per toccarlo. Voleva sentire le sue forti braccia intorno a sé, stringersi a lui. Aveva voglia di sentire la sua pelle calda sfiorare la sua, di averlo dentro di lei. Stringere le cosce non fece che peggiorare le cose. *Oh, mio Dio. Guardalo.*

Mario stese della plastica trasparente sul pavimento e Gunther si sedette.

"Vieni qui. Ho bisogno che controlli alcune cifre per me."

Pensando che le ginocchia non l'avrebbero sorretta, prese una sedia per sedersi. Aprì il taccuino e cercò di mantenere la mano ferma per scrivere. Aveva la bocca asciutta come un batuffolo di cotone. Si leccò le labbra, ma non fu d'aiuto. Vide lo sguardo di Gunther che seguiva la sua lingua e ciò aumentò il suo imbarazzo. Lei distolse lo sguardo da lui.

"Che succede?" Lui ridacchiò, lanciandole un'occhiata lasciva.

"Gunther!"

"Torna al lavoro." La sua espressione ritornò seria. Le dettò una lista di cose da fare, dall'estrapolare le cifre del botteghino al controllare i contratti e, dal punto di vista personale, dal prenotare i ristoranti al concordare la consegna della lavanderia a secco. Lei scrisse tutto, ma la sua mente era altrove. Il suo profumo maschile, misto a quello del suo speziato e costoso dopobarba, la inebriava. La vista del suo corpo semi-nudo la distraeva. Continuava a perdere la concentrazione e a chiedergli di ripetere ciò che aveva appena detto.

"Non ti stai concentrando. Per caso hai le tue cose oggi?"

Lei balzò in piedi all'improvviso, rossa in volto per la rabbia. "Gunther!"

"Voglio dire, può succedere, no? Mi sto solo chiedendo come mai sei diversa."

"Non capita tutti i giorni di stare in ufficio con un uomo quasi nudo," sbottò lei, aggiungendo umiliazione alla sua rabbia.

Lui scoppiò a ridere, facendo indietreggiare Mario. "Signor Quill, per favore! Stavo per tagliarla."

"Mi dispiace, Mario. Starò fermo." Lui si spostò sulla poltrona.

"Tornerò quando sarai vestito," disse Erica, dirigendosi verso la porta.

"Torna quando Mario avrà finito. Ho bisogno che tu proceda subito con alcune cose."

Erica sprofondò nella sedia della sua scrivania. Il suo battito stava accelerando. Bevve una bottiglia d'acqua. Lentamente, il suo cuore riprese a battere normalmente. Non appena si riprese, Gunther la chiamò. Lei prese il suo taccuino, fece un respiro profondo ed entrò nel suo ufficio. Mario era andato via, ma Gunther era ancora a torso nudo mentre raccoglieva attentamente la plastica e la gettava nella spazzatura. Lei deglutì a fatica, poi avvicinò alla sua scrivania. Lui si voltò e si scontrò con lei.

Sbattendo contro i suoi robusti pettorali, lei perse l'equilibrio. Si aggrappò a lui mentre la reggeva. I loro volti erano a pochi centimetri di distanza. Gunther la strinse lentamente tra le braccia. Erica non oppose resistenza, gli appoggiò le mani sul petto e gli affondò le dita sulla pelle.

"Non so cosa farei senza di te," sussurrò lui.

"Gunther Quill, il grande produttore spietato? Potresti sostituirmi in un batter d'occhio."

"No, non potrei." Lui si sporse leggermente in avanti e le sue labbra sfiorarono quelle di lei. Erano morbide e delicate e questo la sorprese, aumentando il suo desiderio. Lei sollevò le braccia per mettergliele intorno al collo, mentre lui la stringeva a sé. Lui inclinò la testa e approfondì il bacio, sfiorandole le labbra con la punta della lingua, cercando di entrare.

Quando lei dischiuse le labbra, il loro bacio si fece più intenso e appassionato. Lui le prese la bocca, chiedendo una risposta. E lei gliela diede volentieri. Un leggero gemito le sfuggì dalla gola e le sue ginocchia si indebolirono.

Quando lei cercò di allontanarsi, lui la strinse tra le braccia e le premette le dita sulla schiena. Lui la tenne stretta ancora un momento, mentre lei si aggrappava alle sue spalle nude. Poi, fece un passo indietro. I suoi occhi brillavano di desiderio. Lei aveva sempre più voglia di lui. L'umidità tra le sue cosce le fece sperare che lui alleviasse la tensione.

Non riusciva a nascondere il suo respiro pesante, quindi non si prese nemmeno la briga di provarci, ma ricambiò il suo sguardo bramoso. Erica ignorò i suoi pensieri razionali. Lo voleva con ogni cellula del suo corpo, fidanzato o meno.

"Te l'ho promesso, no?" disse lui, abbassando le braccia.

Lei annuì, senza riuscire a parlare. Si sentiva le lacrime agli occhi. *Non piangere. Non devi piangere! Calmati.*

"Mi sono fatto prendere la mano. Mi dispiace." Lui abbassò lo sguardo.

"A me no." Lei si spostò, sollevando i fianchi per sfidarlo.

Lui sollevò la testa all'improvviso. "A te no? Non vuoi smettere?"

Lei scosse la testa, sbattendo le palpebre rapidamente per tenere a bada le lacrime.

L'espressione sul suo viso si addolcì. "Ehi, non commuoverti con me. Niente lacrime." La prese tra le braccia e la strinse a sé. "Andrà tutto bene. Ci siamo solo lasciati prendere la mano. Nessun problema. Dimentichiamoci tutto."

Le sue parole la ferirono, come se le avesse dato una pugnalata dritta nel cuore. L'emozione la soffocò. *Io non voglio dimenticarlo.* Le lacrime minacciavano di uscire dai suoi occhi. *Esci dal suo ufficio. Va' subito fuori da qui.* Lei si allontanò da lui e fuggì, correndo verso la toilette delle donne, dove lui non poteva seguirla. *Gunther? Si ricordò di quando aveva seguito Amy nella toilette delle donne.* Quel ricordo lo fece sorridere. Lei si appoggiò alla porta del bagno e fece un respiro profondo.

Lui vuole dimenticare tutto. Stasera, verrà Elsa. Certo che vuole dimenticarsi tutto. Si sentiva ferita all'idea di essere rifiutata per una fidanzata di cui evidentemente non era innamorato. *Se lei è così stupenda, come mai ha baciato me?*

Dopo essersi sciacquata il viso con l'acqua fredda, fece un respiro profondo, si asciugò e tornò al computer.

Con uno sforzo enorme, si obbligò a leggere attentamente l'elenco dei compiti che la attendevano. Il dolore pulsava dentro di lei e il suo corpo era irrequieto, tutto a causa di Gunther. Non poteva andarsene, nemmeno volendo. E lei non voleva. Stava facendo molto per risparmiare per un'auto nuova e per mandare più soldi ai bambini. I suoi problemi economici erano diminuiti grazie a Gunther Quill.

Concentrarsi sui suoi affari l'aveva tranquillizzata. Prendeva appuntamenti, firmava contratti e controllava la posta. Prima che se ne accorgesse, erano già le sei. La porta si aprì ed entrò Elsa Marquette. Indossava un vestito verde aderente, un braccialetto di diamanti e un grosso anello di fidanzamento. Era carina e molto sexy. Erica non era invidiosa, non avrebbe mai voluto essere Elsa.

"Il mio uomo è pronto?"

"Non lo so. Può entrare."

"Certo che posso. Sono la sua fidanzata."

Lei lanciò un'occhiataccia a Erica, che soffocò una risata. *La sua pretenziosa fidanzata!*

Erica controllò l'orologio. *Lei sei e un quarto! Ho appuntamento con Sam alle sette.* Prese le sue cose e si diresse verso il parcheggio.

Si fermò, sentendo delle urla. Non riusciva a sentire le parole, ma c'era sicuramente un litigio in corso. Il tono di voce e il volume sempre più alto le fecero capire che sarebbe stata una lite molto accesa. *Per fortuna, sto andando via.* Erica era in parte divertita per la loro lite. *Magari si lasceranno. E poi? Pensi che lui verrà da te? Da una che non è nessuno e gli sta anche mentendo? Il famoso Gunther Quill? Per una notte, forse due. Niente di più. Potrebbe davvero valerne la pena, solo per passare una notte con lui.*

Lasciò l'ufficio rapidamente, prima che altre idee malsane le venissero in mente.

MENTRE ASPETTAVA ELSA, Gunther si mise a passeggiare nel suo ufficio, con la fronte aggrottata. Non riusciva a concentrarsi sull'e-mail di Grant con le domande alle quali doveva rispondere prima di poter redigere un contratto per la East West Productions. La sua mente era in conflitto con il suo cuore e questo lo rendeva nervoso. *Elsa sta per arrivare. Mantieni la calma.*

Per la prima volta dal loro fidanzamento, Gunther mise in dubbio la sua decisione di sposare Elsa. Quello che era iniziato come un semplice accordo d'affari, con i benefici del caso, si stava rapidamente trasformando in un obbligo emotivo. Dopo il matrimonio, avrebbe dovuto limitare le sue scappatelle, per non finire sulla copertina di *Celebs 'R Us.* Max avrebbe avuto un infarto e il suo vero amore, la East West, sarebbe naufragata.

C'era molto di più dietro la sua riluttanza a sposarsi, ma lui non era pronto ad affrontare la verità. Mentire a sé stesso era diventata un'abitudine e si rifiutava di ammettere che il suo cuore aveva preso il sopravvento sulla sua mente. *Non si tratta di Erica. Lei non ha niente a che fare con tutto questo.* Ancora una volta, Gunther finse di non vedere la verità.

Stava guardando fuori dalla finestra, come se potesse trovare la risposta al suo dilemma tra le nuvole, quando Elsa aprì la porta ed entrò. "Devo parlarti."

"Che cosa sta succedendo? Nessun bacio e non mi sembri contenta di vedermi!" Lui si voltò verso di lei.

"Non giocare con me, Gunther. Il nostro fidanzamento è un contratto d'affari. Non sono stupida."

"Potrebbe essere molto più di questo, Elsa, tesoro, se ti lasciassi andare un po'."

Lei scoppiò a ridere. "Fai sempre il seduttore, vero?"

"Ehi, sei la mia fidanzata. Dovrei ricevere molto, invece non ricevo niente."

"Lo riceverai. Dopo il matrimonio."

"Come faccio a saperlo? Ho bisogno che tu mi rinfreschi le idee, di tanto in tanto."

"Non è per questo che paghi le tue segretarie?"

"Ehi! Non parlare di Erica in questo modo. Non è una prostituta."

"Non lo è? Non fa tutto, tranne che venire a letto con te, per uno stipendio molto generoso?"

"Questi sono affari. Tu e io siamo una coppia."

"Anche il nostro è un contratto d'affari. Solo che io non ricevo la mia parte. Tu compari nella maggior parte degli scatti pubblicitari per il mio nuovo film, ma io non compaio mai nei tuoi."

"Io faccio musical. Tu sai cantare? Sai ballare?"

"Posso imparare." Si avvicinò a lui e gli fece scivolare un dito lungo la guancia.

Lui le spostò la mano. "Non posso rischiare milioni di dollari per un'attrice in erba. Non sono i miei soldi e non sono nemmeno l'unico a prendere le decisioni. Nessuno accetterebbe di farti fare un musical, Elsa. Non posso."

Lei fece una smorfia. "Allora a cosa serve il nostro fidanzamento?"

"Farò altri film."

"Sarebbe meglio. Non mi piace legarmi a qualcuno senza ottenere nulla in cambio."

"E tu ti staresti legando a me?"

"Che cosa intendi dire?" Lei strinse i pugni e allungò le braccia sui fianchi.

"*Secondo Celebs 'R Us*, andavi a letto con il tuo coprotagonista mentre eri in Spagna. È vero? Se fosse così... Non ho intenzione di diventare lo zimbello di tutti perché mia moglie si scopa ogni attore che incontra."

"Io non mi scopo nessuno. E, comunque, chi lo saprebbe?"

"Tutti lo saprebbero. Non sei brava a mantenere un segreto."

"E che mi dici di te e la tua segretaria?"

"Occhi da cerbiatta?"

"Che cosa? Come l'hai chiamata?"

"Erica? Non vado a letto con lei." *Non che non lo farei, se ne avessi anche solo mezza possibilità.*

"E ti aspetti che io ci creda? È molto bella."

"Ed è anche molto brava nel suo lavoro. Ho bisogno di lei. Non ho intenzione di sedurla per poi perderla."

"Oh, davvero? Non sarebbe la prima volta."

"Stai tenendo il conto? Perché lo faccio anch'io. Vediamo... c'è stato il regista del film che hai fatto in Svezia. E l'attore protagonista di quello spettacolo off-Broadway che hai fatto per sei mesi. Andavi a letto con lui ogni sera o solo i giorni delle matinée?"

"Non ho intenzione di ascoltarti," disse lei, sollevando il mento.

Gunther l'afferrò per un braccio. "Oh, sì che lo farai. Finché sarai la mia fidanzata. Ogni singola parola. Non sei una verginella, piccola. Quindi, non iniziare a darmi la colpa di tutto."

"Sei un pessimo uomo, un seduttore che rovina le ragazze. Hai spezzato più cuori su questo divano di quanti io non ne abbia spezzati in tutta la mia vita."

"Le ragazze sanno quello che fanno. Sono abbastanza grandi. È solo un po' di divertimento innocente."

"Non c'è niente di innocente in questo. Sei un serpente, un malvagio."

Lui strinse la presa finché lei non ebbe un sussulto. "Non mi piace quando mi insultano."

"Ma se questi insulti ti si addicono..." Lei gli prese la mano, ma lui la strinse con troppa forza. "Lasciami andare. Mi stai facendo male."

Gunther abbassò la mano. "Sei venuta qui solo per insultarmi o puoi tenere a freno la lingua e possiamo andare a cena? Dobbiamo farci vedere in giro." Lui si arrotolò le maniche della camicia e afferrò la giacca del suo abito.

"Ok, ok." Lei si ritoccò il rossetto.

"Odio litigare, ma è l'unica cosa che facciamo."

Lei gli si avvicinò. "Magari, dopo cena, sarò io il dessert."

"Sarebbe un bel cambiamento." *Come se ti credessi! E soprattutto, mi interessa?*

La sua espressione dolce si inasprì quando le aprì la porta. "Devi sempre avere l'ultima parola, vero?"

Lui sorrise.

"Un giorno, qualche ragazza ti farà stare bene. Spero di essere lì per assistere."

Spera quello che vuoi. Non succederà mai.

Gunther la portò al Satin Club, perché era troppo arrabbiato per cercare un altro posto. *Una cena veloce, poi la scarico a casa. Non ho bisogno di questa merda. E lei sarebbe la mia fidanzata? Non credo proprio.*

Elsa era chiaramente infastidita per la scelta del ristorante. "Lo stesso menu ogni volta. Non ne posso più di aragoste e bistecche. Ho voglia di pasta."

Perché devo sposarla? È una stronza egoista. "Veniamo qui perché mi piace e fa bene agli affari. Qui mi conoscono. Dovresti prestare più attenzione a questo."

"Io sono conosciuta ovunque. Non sono una produttrice qualunque, come te. Il pubblico sa chi sono. Il mio viso è famoso. Mi riconoscono ovunque io vada. Non ho bisogno di farmi pubblicità. Arriva e basta... diversamente da te."

Lui strinse gli occhi. "È quel periodo del mese, Elsa?"

Lei gli gettò addosso l'acqua del suo bicchiere, inzuppandogli il viso e i capelli. Lui balzò in piedi e imprecò. Le conversazioni si interruppero e tutti gli sguardi si diressero verso di loro. Nell'istante in cui lo fece, sembrò sconvolta. "Mi dispiace, Gunther! Davvero. Non intendevo farlo."

Lui tirò fuori un fazzoletto e si asciugò. La rabbia gli ardeva nel petto. *Umiliarmi al Satin Club! Ma come osi? È finita.* Tirò fuori il portafoglio e lasciò cadere alcune banconote sul tavolo. Le si avvicinò e sussurrò: "Questo fidanzamento finisce qui. Buonanotte."

"Non parli sul serio!" Il viso di Gunther si oscurò per la rabbia. Accennando un inchino educato, lui uscì dal locale, tra i sussurri e gli sguardi curiosi dei clienti e del personale.

Si precipitò a casa. *Domani, questa notizia sarà su tutti i giornali. Celebs 'R Us è sempre sul pezzo. Ho visto i flash dei fotografi. Mi dipinger-*

anno come un mostro. Gunther Quill, produttore spietato. Cazzo! Elsa, brutta stronza, tra noi due è finita. Per sempre. Questa è la fine del nostro fidanzamento.

Lui aveva lavorato sodo per migliorare la sua immagine. Adesso, Elsa l'aveva riportato al punto di partenza. Nel momento in cui decise che non l'avrebbe mai sposata, la sua rabbia si affievolì. Si sciolse come neve al sole. Lui sorrise e si sedette, rilassato. *Sii libero e resta libero.*

ERICA SI SVEGLIÒ PRESTO. Prima di andare al lavoro, lesse i *giornali del mattino, tra cui Celebs 'R Us.* I titoli erano scritti a caratteri cubitali.

> La bella doma la bestia. *Quel ragazzaccio di Gunther Quill si è beccato una bella ramanzina da Elsa Marquette, la star del grande schermo.*

Erica spalancò la bocca guardando la foto di Gunther con l'acqua che gli scolava dalla testa.

Amy la raggiunse, grattandosi il sedere e sbadigliando. "Che succede?"

Erica porse il giornale alla sua coinquilina. "Wow! L'ha fatta proprio grossa stavolta. Il suo nome sarà su tutti i giornali. Fantastico!" Amy ridacchiò, si infilò gli occhiali e si avvicinò il giornale al viso per leggere.

"Che cosa pensi che le abbia detto?" le chiese Erica.

"Con Gunther, ci sono mille possibilità. È così crudele. Sembra che abbia avuto ciò che si meritava."

Lui non è cattivo con me. Non molto. Forse un po' tagliente. "Non puoi sapere cosa ha detto lei. Elsa Marquette non è esattamente uno zuccherino, Amy."

"Certo che non lo è! È cattiva come lui. Ecco perché sono una coppia perfetta. Adoro leggere tutti questi brutti commenti. Gunther odia la cattiva pubblicità come la peste."

Poveretto. Scommetto che non sia stata tutta colpa sua. "Chi lancerebbe l'acqua addosso al suo fidanzato in un ristorante pieno di giornalisti?"

"Una donna in cerca di pubblicità."

"Pensi che la scaricherà?"

"No. Questo è solo gossip. Sono una coppia stabile."

Merda. Erica si è vestì velocemente. Aveva la sensazione che lui avesse bisogno di lei. Come previsto, quando lei entrò in ufficio, Gunther stava già camminando avanti e indietro, passandosi la mano tra i capelli.

"Dove diavolo eri finita?" Si fermò per guardarla.

Lei controllò l'orologio. "Sono le otto. Sono in anticipo di un'ora."

"Quando sono in crisi, ho bisogno di te qui, subito. Sono qui ad aspettarti dalle sette!" La sua voce aumentava di intensità a ogni parola.

"Non urlarmi contro! Non sono io quella che ha fatto incazzare la sua fidanzata tanto da farmi buttare l'acqua addosso. Sei stato tu a farlo! Che cosa diavolo le hai detto?" Lei mise la borsa in un cassetto.

"Niente. Le ho solo fatto la stessa domanda che ho fatto a te. Si stava comportando da stronza e così ho pensato che, magari..."

"Oh, no! Non l'hai fatto davvero? Le hai chiesto se aveva il ciclo?"

Lui sollevò le spalle. "Io lo trovo sensato."

"È offensivo pensare che una donna sia in disaccordo con te a causa degli ormoni, invece di accettare semplicemente che possa essere in disaccordo con te. Sei così stupido?" Lei si spostò, appoggiando la mano sul fianco.

"Non insultarmi! L'ha già fatto lei." Le puntò il dito contro.

"Ti ha chiamato stupido?" Erica sollevò le sopracciglia. *Gunther Quill è tutt'altro che stupido.*

"E anche in modi peggiori. Mi ha detto un sacco di cose brutte. Mi ha fatto riflettere sul volermi sposarmi con... con... quella lì!"

"E che cosa hai deciso?" Un lieve palpito le fece pulsare il polso.

"Cazzo, no! Non sono uno stupido e non ho affatto intenzione di sposarla. Che stronza!"

Erica si mise una mano sul petto per calmare il battito selvaggio del suo cuore. *Smettila di sorridere come un'idiota. Non significa che voglia te. Non sei nessuno. Non dimenticarlo.*

Lui la guardò negli occhi. "All'improvviso, sei diventata silenziosa. Scommetto che pensi che io abbia fatto una stupidaggine. Rompere un fidanzamento per una lite."

"Penso che fosse la cosa giusta da fare." *Controllati. Cerca di sembrare comprensiva.*

"Lo pensi davvero?"

"Lei ha dei modi così... così plateali. Tu hai bisogno di qualcuno che non abbia atteggiamenti così ostentati... se capisci cosa intendo."

"Intendi qualcuno di classe?"

"Sì." Lei annuì.

Rimasero a fissarsi per un momento. Gunther fu il primo a rompere il silenzio.

"Io non ho bisogno di nessuno. Sto benissimo da solo. Ho un sacco di lavoro da fare. Chi cazzo ha bisogno di un'idiota che infanghi la mia reputazione?"

Per un secondo, Erica non riuscì a respirare. Non aveva preso in considerazione che lui potesse preferire di restare solo, invece di stare con Elsa. "Pensavo che volessi sposarti." ribatté lei.

"Io?" Lui si indicò il petto e scoppiò a ridere. "È l'ultimo dei miei pensieri. Elsa pensava solo agli affari."

Una sensazione di pesantezza le si insinuò nel cuore. Il suo sorriso si dissolse. *Che cosa credevi? Che ti avrebbe chiesto di sposarti in ginocchio ora che Elsa è sparita dalla circolazione?*

"Non vorrai mai sposarti?" Lei lo guardò aggrottando la fronte.

"Forse quando avrò cinquanta anni. Voglio avere dei figli. Ma, per ora, voglio restare single. È sempre stato così e sarà sempre così." Lei sospirò. "Ora che ho te, potrei non sposarmi mai. Ti occupi di tutto ciò di cui si occuperebbe una moglie... beh, di quasi tutto," ridacchiò lui.

Cazzo! Lei sentì di nuovo le lacrime agli occhi. "Non mi interessa se non vorrai mai sposarti. La cosa non mi riguarda. Stiamo perdendo tempo. Che cosa volevi che facessi?" ribatté lei, andando a sedersi alla sua scrivania.

Lui esitò per un attimo prima di parlare. "Cerchiamo di ridurre i danni. Fissa un'intervista con *Celebs 'R Us*. Con Tiffany Cowles in persona. Chiedile di venire qui. Cerca di scoprire qual è il suo cibo o il suo liquore preferito e compralo. Devo convincere quella donna a pubblicare la mia versione della storia."

Gli occhi di Erica si riempirono di lacrime mentre si sforzava di ascoltare le sue istruzioni. Lei armeggiò con il suo taccuino e fece cadere la penna sul pavimento. Gunther si chinò per raccoglierla.

Quando le porse la penna, le loro dita si sfiorarono. Lui la guardò in viso. Lei distolse lo sguardo, coprendosi gli occhi con le mani. "Maledetto sole. Ce l'ho proprio negli occhi." Lei rivolse di nuovo l'attenzione al suo taccuino. "E poi?"

"Prepara un comunicato stampa. Mandalo a tutti gli editori che si occupano di spettacolo. Credo che Amy avesse una lista da qualche parte nel computer."

"Che cosa vuoi che ci scriva?"

"Non lo so. Inventati qualcosa. Buttala giù e cominceremo a lavorare su quella. Metti in evidenza che la rottura del fidanzamento è stata una mia idea. Ma non farmi fare la parte del cattivo. Salvale la pelle, se necessario. Specifica che è stato reciproco, a causa dei nostri orari di lavoro diversi... o di qualche cazzata del genere."

"Va bene." Lei annuì. Gunther entrò nel suo ufficio e chiuse la porta. Il telefono squillò. *Gli avvoltoi stanno già volando intorno alla preda?* Lei sollevò la cornetta. "Gunther Quill Productions," disse.

"Erica? Erica Wheeler? Sei tu?"

"Chi parla?"

"Mac. Mac Caldwell. Andavi alla Kensington State? Non riesco a credere di aver riconosciuto la tua voce. Sono passati, quanti, otto anni?"

"Oh, mio Dio, Mac! Come va?"

"Tutto bene. Lavori per Gunther?"

"Lo conosci?"

"È uno dei nostri maggiori finanziatori. Anche lui si è laureato alla Kensington State."

All'improvviso, Erica sentì un nodo allo stomaco. *Merda. La verità sta per venir fuori.*

"Lui è in ufficio?"

Lei cercò invano una scusa nella sua mente. "Certo. Solo un attimo." Le sue mani diventarono fredde e scivolose e il suo battito cardiaco accelerò. *Cazzo!*

Prima che lei potesse chiamarlo, lui la chiamò. "Chi è al telefono? Qualche giornalista ficcanaso?"

"Mac Caldwell della Kensington State," rispose lei.

"Mac? Stupendo. Passamelo."

Erica trasferì la chiamata, poi mise giù la cornetta. *Farei meglio a preparare subito il comunicato stampa prima che mi licenzi. Forse dovrei chiamare Tiffany Cowles. Sarebbe la cosa giusta da fare.*

Sollevò il telefono e compose il numero.

Capitolo Quattro

"Ehi, Mac! Come va, amico?"

"Gunther, amico mio, tutto bene. Bene. Tu?"

"Non mi lamento. Ho appena scaricato la mia fidanzata ma, per il resto, gli affari vanno bene."

"Già, ho letto la notizia proprio stamattina."

"È per questo che mi hai chiamato?"

"Voglio invitarti a una raccolta fondi." Mac gli spiegò tutti i dettagli.

"Se sarò a New York, verrò sicuramente."

"Perfetto. Ehi, sei un ragazzo fortunato."

"Come mai?"

"Erica Wheeler lavora per te."

"Conosci Erica?"

"Certo. Ha lavorato qui nell'ufficio del preside per tutti e quattro gli anni, mentre frequentava l'università."

"Frequentava la Kensington State?" Gunther si alzò in piedi e iniziò a passeggiare. Il respiro gli si bloccò in gola. *Mi ha mentito? Prima Elsa, ora Erica? Dimmi che non è vero.*

"Una delle nostre migliori studentesse. Una gran lavoratrice. Molto professionale, ma ha anche un buon senso dell'umorismo. C'è qualcosa tra voi due?"

"No. Solo lavoro." Lui strinse il pugno. "Sono solo voci, Mac." I due uomini scoppiarono a ridere.

"Fammi sapere se sarai a New York. Sarai l'ospite d'onore."

"Ci proverò." Lui digrignò i denti.

"Perfetto. Stammi bene."

"Anche tu." Gunther mise giù il telefono e diede un calcio al cestino. Questo colpì la credenza, facendo rotolare i bicchieri sulla moquette. Non se ne ruppe nessuno, ma quel fracasso fece accorrere Erica. *Tradimento! Piccola bugiarda ipocrita!*

Erica socchiuse la porta.

"Qualcosa non va?"

"Entra... mia piccola bugiarda." La sua voce fintamente dolce mascherava la sua rabbia.

Lei entrò lentamente, cercando di nascondersi appoggiandosi al muro.

"Non essere timida." Il suo tono era tagliente, il suo atteggiamento formale e distaccato. *Dovrei prenderla a sculacciate. No, potrebbe piacerle.*

Lei esitò e rimase vicino alla porta, senza muoversi, come se fosse pronta a fuggire.

"Quindi tu avresti frequentato un college della Ivy League, vero? Non sapevo che la Kensington State facesse parte della Ivy League." Lui passeggiava con le mani unite dietro la schiena, guardandola negli occhi.

"Posso spiegarti..."

"Oh, ne sono certo. Resta il fatto che mi hai mentito. Hai ottenuto questo lavoro con una menzogna," le disse impetuosamente.

Lei rimase in silenzio.

Lui si voltò verso di lei. "Allora? Sto aspettando. La tua spiegazione? Ovviamente, pensi che io sia tanto stupido da credere a tutto ciò che mi dirai."

"Avevo davvero bisogno di questo lavoro."

"Tutto qui? Avevi davvero bisogno di questo lavoro? Quindi hai mentito sulle tue qualifiche per ottenerlo? Questo sarebbe un buon motivo per un allontanamento immediato, senza busta paga di licenziamento. Lo capisci, vero?" *Dio, sembra così vulnerabile, così dispiaciuta.*

Lei annuì. "Ho già preso le mie cose." Lei si morse il labbro, con gli occhi spalancati.

"Oh?" Lui sollevò un sopracciglio. "Pensi che dovrei licenziarti?" *Quel cavolo di sguardo da cerbiatta.*

"Non ho detto questo." Lei lo guardò, trattenendo le lacrime.

"Qualche motivo per cui non dovrei farlo? Chi crederebbe a una bugiarda?" *È adorabile quando è spaventata.*

"Forse nessuno. Ma potresti riconsiderare tutto, se riflettessi su ciò che sto per dirti... Tiffany Cowles verrà qui domani per l'intervista. Le piacciono il Bailey's Irish Cream e gli éclair al cioccolato. Ecco il comunicato stampa. Oh, e ho prenotato al Blue Window per la sera prima del compleanno di Max Webster. Ho creato una lista di persone che dovrebbero essere invitate. Te la darò prima che di andarmene."

Lui smise di camminare. "Hai fatto tutto questo?"

Lei cercò di sorridere. "Dovresti tenermi perché sto facendo un buon lavoro."

"Ma come farò a sapere se mi stai dicendo la verità?"

"Forse non potrai. Ma otterrai quello per cui mi paghi."

"Lo credi davvero?" Lui la guardò, sollevando un sopracciglio. *È sexy quando ha ragione.*

"Sei stato tu a dire di non poter vivere senza di me."

"Non è esattamente quello che ho detto..." *Lei sta facendo marcia indietro.*

"Ma ci si avvicina molto." Lei incrociò le braccia sul petto. L'espressione di sfida sul suo viso lo fece ridere. *La miglior difesa è l'attacco. Guardala, è pronta a litigare con te. Perderai, signorina. Ma mi piacerebbe molto aggrovigliarmi con te.*

"Puoi restare, ma sarà un periodo di prova. Ci sono altre cose sulle quali mi hai mentito?"

Erica gli gettò le braccia al collo e gli diede un bacio sulla guancia. "Grazie, Gunther. Grazie mille. Non hai idea di cosa significhi questo lavoro per me."

"Non farmi pentire di averti dato un'altra possibilità." Le mise le mani sui fianchi, tenendola ferma. Un improvviso desiderio di baciarla gli rese difficile lasciarla andare.

"Non te ne pentirai."

"Meglio di no," mormorò lui, con lo sguardo fisso sulla sua scollatura. Il suo odore, mescolato a un profumo leggermente dolce di gardenia, era inebriante. Tenendola stretta a sé, cominciò a diventargli duro. *Non è lei. Sono solo arrapato. È passato un po' di tempo. Non dipende sicuramente da lei. Ma le sue tette. Sono irresistibili.* Le parole nella sua testa non riuscivano a convincere il suo cuore. *Non puoi innamorarti di lei. Stai benissimo da solo. Quindi, lasciala perdere!*

Gunther abbassò le mani e fece un passo indietro. Erica allungò una mano e gli tolse con le dita il segno del rossetto dalla guancia. "Ecco fatto. Nessuna traccia."

"Dammi quel comunicato stampa."

Lei lo prese dalla scrivania e glielo porse. Lui si chinò sul foglio, fingendo di leggere, ma riusciva a malapena a concentrarsi. La voleva. Averla tra le braccia gli sembrava perfetto, ma era qualcosa che non aveva programmato. *Niente relazioni. Hai appena scaricato la draghessa. Sta lontano da Occhi da Cerbiatta.*

"Prima di iniziare, ho spostato i tuoi appuntamenti con le tre giovani attrici."

"Come mai?" Lui la guardò negli occhi.

"Ho programmato gli appuntamenti a venti minuti di distanza l'uno dall'altro."

"Cosa?" *Speravo di farmi una scopata. Dovrei stare lontano da Erica.*

Erica socchiuse gli occhi. "Avrai molto tempo per valutarle, farle leggere e farti un'opinione."

"Non è abbastanza. Ti avevo chiesto di organizzare..."

"So cosa mi avevi chiesto. E non lo farò. Non sono qui per procurarti una scopata. Non manderò quegli agnellini al macello." Lei strinse i pugni e allungò le braccia sui fianchi.

"Sanno cosa fanno. La metà delle volte sono loro a sedurmi."

"Sì, certo! Credi che io sia stupida?"

Lui lanciò disgustato il foglio del comunicato stampa. "Accidenti a te. Pensi di possedermi?"

"Lo sto facendo per il tuo bene. È ora che tu riveda il tuo modo di fare se vuoi essere preso sul serio."

"Alle persone non importa. A loro non importa se ti porti a letto la cameriera. Finché non finisci sulle prime pagine dei giornali." Lui abbassò lo sguardo sul suo seno per la centesima volta.

"Cosa ti fa pensare che queste ragazze non divulgheranno tutto?"

Lui si fermò per un istante e si grattò il mento. "Finora, non è mai successo."

"Non tentare la sorte."

"È il mio svago personale." *Ma preferirei di gran lunga che succedesse con te.*

"Va' ad allenarti in palestra. A correre. Allenati in altri modi. Fidati di me, Gunther, prima o poi, una delle ragazze che ti porti a letto tornerà a prenderti a calci nel sedere."

Quando quelle parole le uscirono dalla bocca, Erica fece una risatina. Gunther si mise a ridere insieme a lei. Risero fino alle lacrime.

"Sai cosa intendo."

"Ok. Hai vinto." *Forse ti piacerebbe essere al loro posto? Vorrei tanto sbatterti su quel divano. Strapparti i vestiti.*

Lui raccolse il comunicato stampa e tornò alla sua scrivania. Erica si sedette di fronte a lui, aprendo il taccuino e scribacchiando il più velocemente possibile. Lei incrociò le gambe, attirando il suo sguardo. *Cazzo. Ha anche delle splendide gambe.*

LO STUDIO DI WHITMARSH era vuoto quando Erica si presentò. Sam fu il prossimo ad arrivare.

"Ho portato uno spuntino." Lei mise un sacchetto di carta marrone sulla scrivania e tirò fuori i panini che aveva preparato.

"La carta marrone. La adoro." Sam le si avvicinò e si sedette.

Lei gliene offrì uno. Mangiarono in silenzio per un po'.

"Stai andando davvero bene in classe," disse lui.

"Grazie. Mi sento un po' più sicura."

"Stai facendo audizioni da qualche parte?"

"Penso di non essere ancora pronta."

"Secondo me, lo sei. E scommetto che lo pensa anche Whit. Hai un lavoro stabile?"

Lei annuì, con la bocca piena di prosciutto e formaggio svizzero.

"Di che cosa ti occupi?" Lui diede un altro morso al suo panino.

"Lavoro d'ufficio."

"Per chi?"

"Non posso dirtelo."

"Perchè?"

"Lui non sa che sono un'attrice e non ne vuole una che lavori per lui."

"Andiamo. È ridicolo. Tutti fanno gli attori a Los Angeles."

"Posso fidarmi di te?"

Lui le porse il mignolo. "Lo giuro."

"Gunther Quill."

"Oh, mio Dio! Lavori per Gunther Quill? Dovresti avere la strada spianata. Ottimo contatto!"

"Ho saputo di questo posto leggendo le sue e-mail. Mi ucciderebbe se fosse a conoscenza dei miei progetti."

"Quali sono i tuoi progetti?"

"Diventare un'attrice, una brava attrice. Film, Broadway, qualunque cosa."

"Come me. Potresti farmelo incontrare?"

"Come potrei giustificare di conoscerti?"

"Oh, giusto. Immagino. Ti ricorderai di me se dovesse capitare qualche opportunità?"

"Certamente." *Gli sto già mentendo abbastanza senza la tua presenza.*

"Dovremmo uscire qualche volta."

Prima che la conversazione potesse proseguire, il resto degli studenti entrò nella sala. Whit prese Erica da parte. "Puoi restare dopo la lezione per un momento? Vorrei parlarti."

Lei annuì. *È giusto o sbagliato?* Lei si concentrò sul suo discorso per tenere a bada i suoi nervi. Dopo la lezione, si avvicinò all'insegnante.

"Erica, tu hai molto talento. E un bell'aspetto. Penso che per te sia giunto il momento di risplendere. C'è una parte perfetta per te, un ruolo secondario in un nuovo film. L'attrice che aveva avuto la parte ha dovuto tirarsi indietro per questioni di orari di lavoro. Stanno disperatamente cercando una sostituta. Tu saresti perfetta." Lui annotò alcune parole su un foglio di carta. "Ecco il giorno, l'ora e l'indirizzo. Vacci."

"Grazie, signor Eddy."

"Prego. Ma non esultare troppo, finché non avrai ottenuto la parte."

La mattina dopo, Erica si recò in ufficio piena di energia. Era entusiasta per l'audizione.

Gunther arrivò riempiendola di ordini, con un'aria un po' esausta. "Max ci ha invitati alla prima di *Sway*."

"Anche me?" gli chiese, annotando le sue istruzioni.

"Non vado mai a una prima senza una bella donna. E tu verrai con me. Prenota i biglietti aerei. Solo prima classe. Partenza giovedì mattina, ritorno domenica pomeriggio. Prenota una suite con due camere da letto al *Plaza*. Avrai la tua stanza personale, quindi sarai al sicuro da me."

Non sarò mai al sicuro da te. "Sono stata a New York solo una volta. Quando frequentavo la Kensington."

Lui si fermò all'improvviso. "Mai stato a New York?"

"Non esattamente. Una gita al museo con la scuola."

Lui scoppiò a ridere. "Avrai una sorpresa. Vedrai la New York di Gunther Quill. Prendi tutti i tuoi vestiti più eleganti e un cappotto pesante. Fa freddo lì a ottobre."

Erica ebbe la pelle d'oca. *Sarebbe stata di nuovo una principessa per un giorno.* Si concentrò sulla prenotazione del viaggio, mentre Gunther si ritirava nel suo ufficio, per fare accordi e stipulare contratti.

All'ora di pranzo, Dorrie Rodgers andò a prenderla per andare a fare shopping. La coreografa ed ex fidanzata di Gunther sapeva come far vestire Erica. Andarono in diversi negozi sulla Rodeo Drive, mettendo tutto sul conto di Gunther.

Quella notte, Amy fu scioccata nel vedere Erica tornare a casa piena di buste e scatole dei negozi più eleganti di Beverly Hills. Erica cercò di ignorare i commenti sprezzanti della sua coinquilina, attribuendoli alla sua gelosia, ma questi la infastidivano.

"Perché non puoi essere felice per me, Amy? Tu hai Garth. Io ho solo il mio lavoro. E lavoro molto più duramente di quanto tu abbia mai fatto. Non pensi che io mi meriti qualche ricompensa?"

"Io ho lavorato duramente quanto te. Stai sbagliando. Ma fa' pure. Va' a New York. Per quanto mi importi, puoi anche andare a letto con quel bastardo. Io andrò via da casa."

"Bene. Vattene."

"Come farai a pagare l'affitto senza di me? Ti trasferirai a casa di Gunther? Diventerai la sua amante?" Amy fece una smorfia.

"No, stupida. Cercherò un appartamento più piccolo ed economico. Finalmente! Sei gelosa di me fin dall'inizio. Adesso guadagno abbastanza e non ho più bisogno di una coinquilina."

"Bene. Così potrai portare qui Gunther per i tuoi... appuntamenti."

"Sei gelosa che Gunther possa essere interessato a me quando non si è mai interessato a te?"

"Ahah! Quindi ha in programma di venire a letto con te?"

"A dire il vero, no. Ho prenotato due camere separate in albergo. Gunther mi rispetta. Io lo aiuto nel suo lavoro. Tu non l'hai mai fatto. Tu gli hai quasi fatto perdere Dorrie Rodgers come coreografa nella serie TV perché ti sei dimenticata di darle il contratto. Io non farei mai un errore del genere." Erica sollevò il mento. *Non mi vuole per il sesso. Avrebbe avuto molte occasioni. Mi vuole perché gli piaccio e perché sono brava nel mio lavoro.*

"Buona fortuna con il drago, Erica. Ne avrai bisogno."

"Bene. Vattene prima dell'inizio del mese, così potrò rescindere il contratto d'affitto."

"Puoi contarci."

Amy andò nella sua stanza e sbatté la porta. Erica si accasciò sul divano, esausta. Appoggiò i nuovi vestiti accanto a sé. Aveva cominciato a detestare Amy sempre di più, ma vivere da sola sarebbe stato comunque difficile. Ora poteva permetterselo, ma avrebbe dovuto rimandare l'acquisto di una nuova auto o ridurre i soldi da mandare ai bambini.

Gunther vuole portarmi a New York per fare sesso? Non credo proprio. Mi dispiacerebbe? Non sono certa di potergli stare intorno tutto il giorno e di resistergli. Cazzo, Amy. Stai cercando di rovinarmi il divertimento. Erica sorrise. *Una suite al Plaza, una cena a La Côte Bleu, passeggiate a Central Park.* Si appoggiò ai cuscini e chiuse gli occhi. *Ogni sguattera ha il diritto di sognare.*

ERICA CARICÒ LA VALIGIA nel bagagliaio del suo vecchio macinino. Respirava affannosamente e aveva le mani sudate. A mezzogiorno, una limousine sarebbe venuta a prendere Gunther e lei in ufficio per portarli in aeroporto. Riusciva a malapena a concentrarsi abbastanza da guidare. *Questa sarà la vacanza migliore che io abbia mai organizzato.*

Lei arrivò prima delle nove per finire alcuni lavori prima di partire. Stampò le loro carte d'imbarco, le mise in borsa insieme alla conferma della prenotazione dell'hotel e iniziò a rispondere alle e-mail.

"Pronta a volare via con me?" Lei ebbe un sussulto quando sentì la voce suadente e profonda di Gunther. Si voltò e lo vide come non l'aveva mai visto prima. Lui indossava una T-shirt celeste di Henley, aperta sul collo, e un paio di jeans aderenti che evidenziavano i suoi fianchi snelli e il suo bel culo. Portava gli occhiali da sole appoggiati sulla testa e una giacca di pelle nera foderata di pile sulla spalla. Aveva due bagagli vicino alla porta.

"Dovremo pagare un extra per queste valigie," disse lei.

"Shhh." Lui le mise un dito sulle labbra, facendola rabbrividire. "Nessun problema. Non mi interessa se paghiamo di più. Viaggiamo con stile."

Lei gli sorrise. Il suo telefono squillò. "Gunther Quill Productions. Ciao, Gabe. Certo." Lei mise la chiamata in attesa. "Gabe Allison."

Gunther andò nel suo ufficio per rispondere sulla sua linea. Erica tornò a concentrarsi sullo schermo del computer e iniziò a inserire i dati di un nuovo contratto. Non sentì la porta che si apriva. Si alzò immediatamente dalla sedia quando una voce maschile iniziò a parlare.

"Eccoti. Ho avuto molte difficoltà a rintracciarti," ringhiò la voce.

Il sangue le si congelò nelle vene sentendo la voce baritonale di suo padre. Si voltò sulla sedia per affrontarlo. Aveva il viso gonfio. *Ha bevuto. Mi aveva detto di aver smesso.* I suoi minuscoli occhi verdi la esaminarono con freddezza. "Pensavo che avessi smesso di bere," disse lei.

"Sì, beh, avrai passato anche tu dei momenti difficili e bevuto qualche drink."

"Che cosa ci fai qui? Non puoi stare qui. Io lavoro qui. Questo è un ufficio."

"Già. L'ufficio di un grande produttore. Il signor Gunther Quill, giusto? Immagino che ti paghi bene."

"Non sono affari tuoi. Vattene." Lei si alzò in piedi.

"So che mandi dei soldi a Billy."

Lei sospirò, sprofondando sulla sedia.

"Pensavi di poter ingannare il tuo vecchio, eh? Ti sbagliavi. Sì, uso quei soldi da un bel po' di tempo ormai."

Lacrime di rabbia le inumidirono occhi. "Come hai potuto, subdolo fannullone..."

"Bada a quello che dici!" Lui sollevò il braccio, avvicinando la mano al suo viso. "Sono sempre tuo padre. Devi trattarmi con rispetto."

"Allora, dovrai guadagnartelo," ribatté lei istintivamente.

A quelle parole, lui le diede un sonoro schiaffo. Lei balzò all'indietro e rovesciò una lampada mentre cadeva per terra. Quel trambusto fece uscire Gunther dal suo ufficio.

"Ma che cazzo? Che cosa sta succedendo qui?" Quando vide Erica per terra, con la mano sulla guancia e le lacrime agli occhi, si precipitò da lei. Dopo averla aiutata a rialzarsi, si rivolse a suo padre. "Perché ha dato uno schiaffo a Erica? Chi diavolo è lei?"

"Mayburn Wheeler. Erica è mia figlia. Posso picchiarla ogni volta che voglio." disse lui, sollevando il mento.

"Non penso proprio! Lei prende sua figlia a schiaffi?" La rabbia offuscò lo sguardo di Gunther. "Se ne vada. Esca da qui, prima che io chiami la polizia."

"L'ha voluto lei. Mi ha mancato di rispetto. Deve portarmi rispetto. Quanto la paga? Dovrebbe dare a me metà del suo stipendio. La sua famiglia ne ha bisogno. Lei deve darci un po' di soldi. Erica! Vieni qui." disse lui, indicando un punto accanto a sé. C'era un bagliore nei suoi occhi. "Di' a quest'uomo ciò che hai fatto!"

Erica si rannicchiò, continuando a tenere la mano sulla guancia. Gunther si mise davanti a lei.

"Se ne vada. Lei non le deve niente. È solo un ubriacone, niente a che vedere con un padre. Vada via!" Gunther sollevò il pugno e si avvicinò a Mayburn, che barcollò e indietreggiò per un attimo.

Non appena Gunther si spostò, il padre di Erica le si riavvicinò. "Faresti meglio a mandarmi dei soldi, ragazza. Ce lo devi. Siamo una famiglia." Sollevò di nuovo la mano e fece un passo verso di lei.

Gunther si avvicinò per fermarlo, bloccandogli la mano mentre lui la abbassava per colpirla. Un rapido pugno sullo stomaco da parte del suo capo lo face barcollare e cadere per terra. Erica ebbe un sussulto.

La voce di Gunther aveva un tono minaccioso, basso e gutturale, che lei non aveva mai sentito prima. "Se ne vada," disse lui lentamente, evidentemente arrabbiato. "Esca e la lasci in pace. Se verrà di nuovo a darle fastidio, chiamerò la polizia e lei la denuncerà per aggressione. Io farò da testimone."

"Non avete ancora visto niente."

"Io testimonierò, metterò la polizia alle sue calcagna e lei non vedrà mai più la luce del sole. Fuori! E non torni mai più!"

Mayburn Wheeler si allontanò, lanciò un'occhiataccia a sua figlia e barcollò verso la porta. Non appena la chiuse alle sue spalle, Erica scoppiò a piangere.

Gunther si voltò verso di lei e la abbracciò. La strinse a sé, mentre lei singhiozzava sul suo petto. Accarezzandole i capelli, le sussurrò "Non ti disturberà più. Se si avvicina a meno di un metro da te, chiama la polizia e poi chiama me."

Lei annuì.

"Non lasciare che rovini il nostro weekend. Voleremo in prima classe e ci divertiremo moltissimo a New York. Tu e io. Asciuga quelle lacrime." Le porse il suo fazzoletto. "Potrai raccontarmi tutto di questo mostro in aereo." Lui guardò orologio.

"È ora di andare, giusto?" Lei si asciugò il viso e si soffiò il naso.

"Adorabile." Lui sorrise e la lasciò andare.

Lei scoppiò a ridere. "Scusa."

"Sei stata tu a organizzare tutto. La nostra limousine dovrebbe aspettarci al piano di sotto, giusto?"

Lei controllò l'orario. "Dovrebbe."

"Andiamo allora." Lui prese le sue due valigie e trascinò quelle di Erica dietro di sé. L'autista caricò i bagagli e Gunther le aprì lo sportello.

"Penso che tu abbia bisogno di un drink." Stappò una bottiglietta di margarita e la versò in un bicchiere pieno di ghiaccio prima di porgerglielo. Poi, ne versò uno anche per sé. Lui sollevò il bicchiere.

"A una grande serata d'apertura, alle numerose vendite al botteghino e al nostro divertimento nella Grande Mela."

Lei fece tintinnare il bicchiere contro il suo e bevve un grosso sorso. Il calore dell'alcol e il suo braccio intorno alla vita calmarono Erica.

"Grazie. Grazie per averlo mandato via." Lei si appoggiò alla sua spalla.

"Nessuno deve fare del male alla mia Occhi da cerbiatta. Nessuno."

Lei gli sorrise. Sentirsi protetta era una sensazione nuova per Erica e le piaceva. Le piaceva molto.

Fecero il check-in dei bagagli, superarono i controlli di sicurezza e si recarono all'Eagle Club, un locale per i passeggeri che volavano frequentemente in prima classe. Si sedettero su un enorme divano componibile, di fronte a una finestra circolare che si affacciava sulla pista di atterraggio.

Un cameriere portò altri margarita e due sandwich alla carne. Erica non riusciva a credere a quanto fosse affamata. Lei divorò il cibo, che rianimò la sua anima. Prima dell'orario di imbarco, lei fu sopraffatta nuovamente dalla sensazione di attesa di un'entusiasmante avventura. *Non permettere a tuo padre di rovinarti questo viaggio.* Lei cercò di allontanarlo dai suoi pensieri e si concentrò su Gunther.

Quando l'aereo fu pronto per l'imbarco, lui le lasciò gentilmente il posto vicino al finestrino. Chiacchierarono finché l'aereo iniziò a correre per il decollo. Erica notò quanto le nocche di Gunther diventassero bianche mentre lui stringeva il bracciolo. *Forse ha paura di volare o del decollo.* Lei gli appoggiò le dita sulla mano e la strinse delicatamente. Lui guardava dritto davanti a sé, ma un leggero sorriso gli comparve sulle labbra. Quando l'aereo si livellò, lui si abbassò e le sfiorò le labbra con le sue.

"Grazie," sussurrò lui. Lei annuì, fissandolo negli occhi, che si erano fatti più chiari. La bellezza del loro colore non era sprecata con Erica. Non riusciva a staccare gli occhi da lui. L'espressione d'intesa che colse nei suoi occhi le fece incollare lo sguardo al suo.

"Ti va di parlarmi della tua vita, di come sei cresciuta, di tuo padre? Non sei obbligata a farlo."

"Non voglio rovinare il nostro viaggio mettendolo al centro dell'attenzione."

"Lo odi, vero?"

"È troppo patetico per odiarlo. È un ludopatico che ha messo al mondo dei figli dei quali non può occuparsi. Sperpera ogni centesimo rimasto dopo il pagamento dell'affitto. Anche sua moglie è diventata una ludopatica."

Poi, lei gli parlò di Billy e Chickie. Riparlarne la stancava.

"Non mi va di parlarne. Voglio stare qui, in questo momento, insieme a te." Lei sollevò il bracciolo che separava i loro sedili, avvicinandosi lentamente per appoggiargli la testa sulla spalla, poi chiuse gli occhi.

"Dormi, Occhi da cerbiatta," sussurrò lui. L'ultima cosa che lei si ricordò fu la dolce fragranza del suo dopobarba, mescolato al suo profumo speciale.

Un'altra limousine li stava aspettando quando arrivarono all'aeroporto JFK. Il tragitto attraverso la città fu lento, facendo aumentare l'impazienza nel cuore di Erica. Quando la macchina si fermò davanti all'imponente struttura tra la Cinquantanovesima e Central Park South, un portiere si tolse il cappello e aprì la porta. La aiutò a uscire e prese le valigie dall'autista.

Gunther gli diede una generosa mancia e lo seguì su per le scale. Un facchino prese i loro bagagli e si diresse verso la reception. Dopo che Gunther fece il check-in, furono accompagnati nella loro stanza.

La suite aveva una porta doppia, che dava su un ingresso in marmo. Dietro un arco, si scorgeva un enorme salone, restaurato per riportarlo alla sua gloria precedente. Un grande divano componibile rivestito in velluto avorio divideva la scena con un pianoforte a coda bianco, situato vicino alle grandi finestre che si affacciavano su Central Park.

Le pareti erano tappezzate di carta da parati color oro e avorio, con una modanatura centrale. La parete sotto la modanatura era dipinta di un color oro metallico. Le piastrelle color oro e avorio del pavimento erano quasi del tutto ricoperte da un soffice tappeto rosa. La bellezza della stanza tolse il respiro a Erica.

Le istruzioni di Gunther erano state seguite alla lettera. Sul piccolo cassettone vicino all'arco, c'era un grande vaso pieno di fiori appena raccolti, che aggiungeva l'arancione, il giallo e il rosa alla combinazione di colori. Un vassoio di raffinati formaggi e frutta fresca, insieme a una scatola di cioccolatini *Godiva*, giaceva su tavolino basso in legno bianco. Un secchiello d'argento riempito di ghiaccio ospitava una bottiglia di *Dom Perignon*. Due flûte li attendevano. Il fattorino portò tutti i loro bagagli in una stanza.

Capitolo Cinque

Gunther lo richiamò e fece portare la valigia di Erica nella sua stanza. La sua camera era dall'altra parte dell'ingresso.

Incantata dalle luci notturne di New York, Erica rimase incollata alla finestra. *Al mattino, posso vedere i colori dell'autunno nel parco.* Lei si voltò quando sentì chiudere la porta. Gunther stava da solo nell'atrio e la raggiunse.

"Non vuoi vedere la tua stanza?"

"Certo!" Lei si diresse verso la porta bianca con la manopola decorata in oro. Dopo aver acceso la luce, una camera da principessa delle fiabe comparve davanti ai suoi occhi. Un letto matrimoniale a baldacchino dominava la scena, insieme alle pareti ricoperte di carta da parati color lavanda. Le pesanti tende, lunghe dal soffitto al pavimento, erano chiuse, creando un'atmosfera accogliente e invitante. Il letto era adornato da un'elegante coperta di seta a righe viola scuro e color lavanda. Lo stesso tessuto decorava il baldacchino. Sopra una cassettiera di legno bianco giacevano un'antica ciotola in ceramica e una brocca a fantasia floreale rosa e bianca.

Dietro una piccola tenda, c'era un televisore a schermo piatto. Un pesante tappeto di pile viola scuro ornava il pavimento. Sei cuscini rosa, verde chiaro e bianchi abbellivano il letto. Lei non voleva l'ora di tuffarsi sul letto e scomparire, nascondendosi tra quelle morbidissime coperte. *Mi sento come se avessi otto anni, una principessa delle fate in una casa delle bambole.* Si distese e si mise comoda. *Se Gunther venisse qui insieme a me...*

Lui era fermo davanti alla porta. "È di suo gradimento, Sua Maestà?" le chiese, inchinandosi.

"È bellissima. Un sogno che si avvera."

Lui sorrise. Lei si alzò e lo raggiunse. "Champagne?" le chiese.

"Stupendo!" Lei si avvicinò alla finestra e guardò il traffico da dietro il vetro.

Portarono i loro drink nelle loro rispettive stanze per disfare i bagagli. Quasi accecata dallo splendore del bagno in marmo bianco, Erica appoggiò la sua trousse di trucchi sul ripiano candido. Una spaziosa cabina doccia, un bidet e due lavandini riempivano quel grande spazio. *Naturalmente, questo bagno è stato fatto per essere condiviso da due persone, utilizzando due lavandini contemporaneamente.* Un brivido le attraversò la schiena al pensiero di stare lì dentro nuda insieme a Gunther.

"Ti piace?" le chiese, interrompendo i suoi pensieri.

"È magnifico."

"Abbastanza grande per due," ridacchiò lui. Lei arrossì in viso. "Ti imbarazza?"

Lei annuì e si mise a ridere. Gunther mise il suo set da bagno accanto all'altro lavandino e se ne andò. Voltandosi per andarsene, Erica notò due morbidi accappatoi di spugna bianca appesi dietro la porta. Lei si immaginò sdraiata con lui sul divano, con addosso solo quegli accappatoi, intenti a sorseggiare champagne. Il suo battito accelerò all'improvviso.

Quando lei entrò nel soggiorno, Gunther le fece cenno di sedersi sul divano accanto a lui. "Siediti qui con me." Lui la scrutò dalla testa ai piedi. "Che cosa abbiamo in programma? So che andremo allo spettacolo di sabato, ma domani?"

Erica prese il telefono dalla borsa. "Domani, pranzo con Max Webster. Forse ci sarà anche Cara Brewster. Se riconquisteremo la sorella, Grace potrebbe seguirla. Domani sera, cena con Greg Goldmeyer, Ervin Hammer e Nelson Kruger. Chi sono?"

"I primi due sono produttori di *Strani amici di letto*. Nelly è lo sceneggiatore. Dove andremo?" Gunther si alzò in piedi e cominciò a camminare, passandosi le dita tra i capelli.

"Dorrie Rodgers mi ha dato un paio di consigli. La Côte D'Or e il Café Limoges."

"Cibo francese, eh?"

"Fanno bistecca e pommes frites... patatine fritte... ti piacerà."

"Ok, ok. Capito. Scegli tu il ristorante."

"L'ho già fatto. Il Café Limoges."

Hai bisogno di un po' di novità a letto - eccomi. Lei non l'aveva mai visto così coinvolto. Alcune ciocche ribelli di capelli gli pendevano sulla sua fronte e la sua camicia era tutta sgualcita e in disordine. Era più sexy che mai. Desiderava ardentemente toccarlo, passargli le dita tra i capelli arruffati, accarezzare la sua guancia ruvida e baciare le sue labbra allettanti.

"Non sei un tipo schizzinoso, vero?" Lei incrociò le gambe.

"Certo che no. Sono solo... particolare." Lui serrò la mascella, ma continuò a muoversi.

"Sì che sei schizzinoso! Che mi venga un colpo se non lo sei. Scommetto anche che tua madre ti ha viziato. Facendoti mangiare solo quello che ti piaceva di più."

Ora fu lui ad arrossire. "Le piaceva rendermi felice. Qualcosa in contrario?" Lui smise di camminare e si voltò verso di lei. La sua espressione le ricordava un ragazzino colto di sorpresa con la mano nel barattolo dei biscotti.

"E tuo padre la assecondava?" Il tono di voce di Erica era leggero e stuzzicante, ma il volto di Gunther si rabbuiò. La sua tenera innocenza lasciò il posto a un pericoloso cipiglio.

"Non parlo mai di mio padre. È morto. Lascia stare."

Lei colse immediatamente il suo dolore. "Mi dispiace."

In un istante, Gunther si rimise la maschera e quell'espressione vulnerabile svanì dal suo viso. Lui le lanciò uno sguardo sexy. "Davvero?

Quanto ti dispiace?" Il suo fardello di ricordi tormentati e dolorosi le era familiare. L'aveva fatto mille volte lei stessa. Deviare l'attenzione su qualcos'altro - il tempo, il cibo, il sesso, qualsiasi cosa - e allontanare la pressione da un'angosciante ferita emotiva.

"Non *così* tanto," ridacchiò lei. *Ma, se mi toccassi, potrei crollare.*

"Sto morendo di fame. Mangiamo in camera stasera," disse lei, cambiando argomento. Lui trovò il menu del servizio in camera e si sedettero vicini per decidere cosa ordinare.

"Dovremo aspettare un po'."

"Vado a farmi una doccia," disse Erica, alzandosi di scatto dal divano e quasi saltellando verso il bagno. Si tolse i vestiti e aprì l'acqua. Il calore fece allontanare l'ansia dai suoi muscoli. La stanza si riempì rapidamente di vapore. L'aria calda e umida le circolava nei polmoni, calmando i suoi nervi logori e facendo rilassare il suo corpo. Il sapone alla pera faceva una bella schiuma. C'era anche una spugna in fibra di luffa. Lei si insaponò bene.

Con uno spesso asciugamano intorno ai capelli bagnati, si infilò l'accappatoio bianco e aprì la porta. Avvolse la sua spugna soffice più stretta intorno al suo corpo caldo per ripararsi dal freddo. Gunther doveva essere nella sua stanza perché il soggiorno era vuoto quando lei fece capolino. Tornando nella sua stanza, Erica tirò fuori una maglietta rosa scuro e un paio di pantaloni da ginnastica in tinta, lunghi fino al ginocchio. Il tessuto era sottile. *Troppo trasparente per il mio capo.* Indossò di nuovo l'accappatoio e si diresse a piedi nudi verso il divano.

Gunther andò ad aprire la porta. Quando arrivò il servizio in camera, lui aveva addosso un paio di jeans, ma non portava la camicia. Diede la mancia al cameriere, firmò la ricevuta e rimasero di nuovo da soli. Mentre lei guardava furtivamente sotto ogni cupola di metallo il cibo disposto ad arte, Gunther entrò nel bagno. Lui tornò indossando l'altro accappatoio sui jeans, nascondendo il suo petto nudo.

"Ora siamo abbinati. Hai fame?"

"Da morire!" Lei sorrise. *Non avrei mai pensato di trovarmi in questo posto affascinante con quest'uomo sexy.*

Gunther scoprì un cestino di pane francese e burro. Erica aprì un sandwich con la carne. "Credo che questo sia tuo," disse lei, porgendogli il cibo.

Lui scoprì un piatto, che conteneva gamberi in salsa di aneto su un letto di riso integrale e glielo porse. Versò altro champagne e brindarono.

"Al successo di *Sway*." Lui alzò il bicchiere e lei fece tintinnare il bicchiere contro il suo.

Se questa commedia avrà successo, lancerà la East West Productions. Questo è il sogno di Gunther. Spero che ce la faccia. "Sarai in grado di prevederne il successo quando lo vedrai?"

"Alcune persone credono di riuscirci, ma alcuni spettacoli che avrebbero dovuto avere successo sono stati un flop mentre altri che nessuno si aspettava che decollassero l'hanno fatto. Nessuno lo sa."

"È come giocare d'azzardo, allora? Max sta correndo un grosso rischio che potrebbe anche non avere i suoi frutti?" Erica si mise un gambero in bocca.

"C'è molto di più del semplice gioco d'azzardo: la fortuna delle carte. Assumere i migliori scrittori, i migliori attori e i migliori scenografia dovrebbe aiutare... ma hai ragione. È comunque qualcosa di imprevedibile." Lui prese una forchettata di carne.

"E io mi sento in ansia anche quando punto dieci dollari giocando a blackjack." Lei scoppiò a ridere.

"Max sta rischiando milioni con questo spettacolo. Vedremo cosa ne penseremo, ok?" Lui la guardò.

"Io spero che vada bene. Penso che mi piacerà Max Webster."

"Cavolo, sì. Lui è un brav'uomo, non come me." Gunther abbassò lo sguardo.

Erica gli mise una mano sul braccio. "Anche tu sei un brav'uomo. Molto bravo."

"Non secondo i tabloid."

"Ma secondo me sì."

Si sporse sul tavolo e la baciò. "Sembriamo una vecchia coppia sposata. Seduti qui, a cenare in accappatoio."

"Che ne sai tu delle vecchie coppie sposate? Hai già avuto quest'esperienza?"

"No e non ho intenzione di farlo."

Il battito del cuore le rallentò per un attimo. *Lui non ne vuole più sapere. Non gli credo. Ha solo paura.*

Si divisero un crème caramel come dessert. Gunther riempì i loro flûte con l'ultimo champagne e portò il carrello della cena nell'ingresso. Erica mise un po' di musica soft.

"Così non ci disturberà nessuno." Lui si sedette sul divano e diede un colpetto sul cuscino che aveva accanto. Lei si unì a lui, rannicchiandosi sulla sua spalla e sorseggiando il suo drink. Gunther sospirò e la strinse a sé. Rimasero seduti in silenzio per un po'.

"Se tuo padre è un idiota, com'è che tu sei cresciuta così bene?"

"Mia madre era fantastica. Lei credeva in me e questo mi ha resa forte. È morta quando avevo tredici anni."

"Anche mia madre è fantastica."

"Non la vedi molto spesso, vero?" Erica bevve un sorso del suo drink.

"Vive nel Maine, adesso. Lì fa troppo freddo per me. Ci sentiamo al telefono. Stai frequentando qualcuno?"

"Non esattamente."

"Non esattamente? Nel mio vocabolario, vuol dire sì."

"Un amico con cui vado a cena di tanto in tanto." Lei si spostò sul divano. *Vorrei potergli parlare delle mie lezioni di recitazione. Probabilmente, mi darebbe un sacco di buoni consigli.*

"Vai a letto con lui?"

Lei raddrizzò la schiena. "Questa è una domanda piuttosto personale."

"Allora?" Lui la fulminò con lo sguardo.

"No. Tu vai a letto con qualcuno?" ribatté lei, con un'espressione determinata.

Gunther si alzò in piedi e si diresse verso la finestra. "Questa conversazione sta diventando troppo intima per me."

"Quindi, tu puoi chiederlo a me, ma non io a te? Stronzate, Gunther Quill." Lei si unì a lui, ipnotizzata dal panorama.

Lui scoppiò a ridere. "Hai le palle, devo ammetterlo."

"Mi prendo cura di me stessa da molto tempo. Non mi fai paura." Lei lo fissò negli occhi.

"E se fossi tu a farmi paura?" ridacchiò lui.

"Io ti faccio paura?"

"Terribilmente," sussurrò lui, abbassando la testa per baciarla.

Il tenero tocco delle labbra di Gunther sulle sue le fece abbandonare il suo atteggiamento combattivo. Lei gli si avvicino di più, finché lui non le mise le braccia intorno, stringendola a sé. Lui inclinò la testa per approfondire il bacio, rendendolo più intenso. L'accappatoio gli si aprì. Erica spense il cervello e si abbandonò ai suoi sensi. *Ancora.* Lei inarcò la schiena, premendo il seno sul suo petto. Mettendogli una mano intorno al collo, appoggiò una mano sul suo petto nudo.

Lui le fece scivolare le mani lungo la schiena, sfiorandole il sedere. Glielo afferrò e la strinse a sé. Lei sentì la sua erezione attraverso i jeans.

Lui si staccò da lei, respirando affannosamente. "Mi farai causa?"

"Nessuna causa. Non fermarti," gli sussurrò.

I suoi occhi brillavano di passione. Le fece scivolare l'accappatoio sulle spalle, stringendola a sé con un braccio mentre le affondava il viso sul collo. Poi, infilò l'altra mano sotto la sua maglietta sottile. Non appena le sue dita le sfiorarono la pelle, un fuoco si accese dentro di lei. Le sue labbra su di lei erano come un fiammifero con la benzina. Lei si sentiva ardere dentro. I capezzoli le si indurirono, implorando il suo tocco.

Lui spostò la mano dalla sua schiena e le strinse le dita intorno al seno. Lei sospirò. "Ti voglio," sussurrò lui.

"Prendimi." La sua mano la massaggiava, alimentando il suo desiderio. Le strinse un capezzolo, facendola gemere. Si tirò indietro, poi le tolse la maglietta dalla testa e le fece scivolare i pantaloni sul pavimento.

"La finestra!" Scavalcò i vestiti e si coprì con le mani. Gunther guardò dietro di sé, la sollevò e la portò nella sua stanza. Lui la gettò dolcemente sul letto.

"Sei bellissima," disse lui, fissandola.

"Togliteli," disse lei, indicando i suoi pantaloni. Gunther ridacchiò e lasciò cadere i jeans e i boxer sul pavimento. Lei spalancò gli occhi mentre gli esaminava il corpo con lo sguardo. *È perfetto.* Le sue spalle larghe guidavano il suo sguardo verso un petto e degli addominali notevoli, e una leggera peluria formava una striscia verso il basso, fino alla sua asta. Con le sue gambe muscolose, le cosce robuste e i polpacci affusolati, il suo corpo le faceva venire l'acquolina in bocca.

Gunther appoggiò un ginocchio sul letto. "Sei sicura? Non ti sto costringendo, seducendo o altro. Nessuna causa per molestie sessuali, giusto?"

"Certo che mi stai seducendo." Lei si sentì bagnata tra le cosce.

"E non vuoi?" Lui le si avvicinò, come una pantera che si avvicina a un coniglio ignaro.

"Non lasciarmi così." Lei si dimenò, spostando i fianchi da un lato all'altro.

Lui si mise sopra di lei, con le labbra a pochi centimetri dalle sue. "Mi vuoi?"

"Oh, Dio, sì! Sì, per favore, sì," sussurrò lei.

Un sorriso sexy gli riapparve sul viso. Allungò la gamba sopra le sue, intrappolandola sotto di sé. Sollevandosi sulle ginocchia, la osservò. "Per tutto questo tempo, questo corpo è stato dietro la mia porta. Cazzo."

Lui scosse la testa, facendola ridere. Erica gli mise le mani sulle braccia. Lei inarcò la schiena per approfondire il contatto. Gunther abbassò le labbra sulle sue e si adagiò sopra di lei.

La sua lingua chiedeva con insistenza di entrare. Spostando il peso sui gomiti, lui si liberò le dita e iniziò a giocherellare con i suoi capelli. Il calore della sua pelle su quella di lei fece impazzire Erica. Lei gli fece scivolare le mani sulle spalle e si fermò sul suo sedere. Il suo pene in erezione era estremamente duro.

"Fallo, fallo," mormorò lei.

Lui ridacchiò. "Non sei pronta."

"Sì, lo sono, lo sono," ansimò lei.

"No." Lui le baciò la guancia e continuò a darle dei piccoli baci sul collo, facendosi strada verso il basso. "Sono... fantastiche," sussurrò lui, prima di appoggiare la bocca sul suo capezzolo. Erica inarcò la schiena sul letto mentre lui lo succhiava e lo leccava intensamente. Gunther si prese il suo tempo, esplorando ogni angolo e ogni fessura del suo corpo con la punta delle dita. Strinse le mani intorno ai suoi seni, baciandoli, per poi rivolgere generosamente l'attenzione a ognuno di essi.

Erica ansimava mentre lui le baciava tutto il corpo. Le mise un ginocchio tra le gambe, poi le accarezzò la coscia con le sue lunghe dita e le aprì le gambe. Appoggiandosi sui polpacci, lui si chinò a baciarle l'interno della gamba, poi fece lo stesso con l'altra.

Lui la guardò, alimentando il suo fuoco con lo sguardo mentre esplorava la sua vagina. Prima che potesse pregarlo di prenderla, le sue dita la accarezzarono, esplorando la sua pelle umida mentre la fissava negli occhi. Lei ebbe un sussulto quando il suo tocco gentile trovò un punto sensibile.

"Qui? Bene." Lui le fece un sorriso d'intesa e continuò a stuzzicarla col dito.

Erica chiuse gli occhi ed emise un sonoro gemito. "Guuunnnttthh-her." Lui si limitò a rispondere con una risatina. Il calore crebbe dentro di lei, aumentando sempre di più mentre lui la accarezzava. "Non riesco a resistere," sussurrò lei.

"Vieni per me, Occhi da cerbiatta," sussurrò.

Il suono della sua voce rauca la mandò su di giri. Il suo corpo esplose, i suoi fianchi si sollevarono dal letto e lei urlò il suo nome con gli occhi che le brillavano. Lei serrò i muscoli, poi si abbandonò totalmente al piacere. Continuando ad ansimare, lei aprì gli occhi.

"Sei incredibile, così... reattiva," disse lui. Le diede un dolce bacio sulle labbra. "Sei protetta?"

Lei scosse la testa, quindi lui allungò una mano e tirò fuori un preservativo dalla tasca posteriore dei jeans. Lo indossò rapidamente e tornò da lei. Lei sollevò le ginocchia, ma Gunther le aprì e si abbassò. Non appena lui sfiorò con la lingua la sua pelle sensibile, lei abbassò la testa all'indietro. "Oh, mio Dio. Gunther."

"Sei ancora più bella quando sei eccitata," mormorò lui tra le sue gambe.

"Per favore, Dio, ti voglio. Gunther. Smettila di torturarmi."

Lo guardò negli occhi, oscurati dalla passione. "Anch'io ti voglio, Occhi da cerbiatta, ti voglio tantissimo." Lui si mise sopra di lei, strofinandosi delicatamente su di lei per lubrificarsi un po', poi entrò lentamente.

"È passato molto tempo?" le sussurrò all'orecchio, spingendo fino in fondo, riempiendola completamente.

"Come fai a saperlo?"

"Sei quasi insopportabilmente rigida. Cazzo, Dio. Stupenda," pronunciò lui, alzando e abbassando il petto più rapidamente a ogni spinta. All'inizio, Gunther procedette lentamente, poi più velocemente e intensamente. Con ogni respiro che si faceva più veloce, il suo respiro corto le fece quasi girare la testa. Lei muoveva i fianchi a ritmo con i suoi.

Lei gli strinse le spalle con le mani. Lui si sollevò e la fissò negli occhi. *Ti amo, Gunther.* Proprio quando se ne rese conto, il suo corpo si irrigidì per un altro orgasmo. Lei gridò il suo nome, sentendo solo un grugnito in risposta. Lui continuò a spingere dentro di lei finché Erica non sentì un sonoro gemito. Lui pronunciò il suo soprannome e si fermò. Appoggiandole la testa sul collo, il suo corpo fu scosso da un brivido e il sudore iniziò a scendergli lungo la schiena.

Dopo l'orgasmo, lui rimase immobile, appoggiandosi a lei. Ansimava profondamente. Lei gli accarezzò la schiena con la punta delle dita e gli baciò la pelle. Una sensazione di appagamento mai provata prima le si insinuò nel cuore.

Lui si sollevò sulle mani, cercando il suo sguardo con gli occhi. *È uno sguardo d'amore quello che vedo?* Lei cercò di invano di non far trapelare i suoi sentimenti. Il suo sguardo acuto esaminò il suo viso, con la fronte aggrottata per la preoccupazione. *Pensa che non mi importi? Devo dirgli che non è così?*

Lo toccò, accarezzandogli la guancia ispida e sfiorandogli le labbra con un dito. La sua espressione si rabbuiò e il suo sguardo amorevole svanì. La baciò e poi si alzò. Lei ebbe i brividi, travolta da una folata di aria fredda. Lui si diresse verso il bagno. Quando tornò, Gunther si infilò i jeans senza biancheria intima e si sedette sul letto. Erica tirò su la coperta, improvvisamente imbarazzata di essere nuda.

Allungò il braccio per accarezzargli il viso, ma lui le afferrò il polso e la fermò.

"È stato fenomenale," sussurrò lei.

"Sesso magnifico."

"Il migliore di sempre per me." *Più che sesso per me. Lo è stato anche per te?*

Lui accennò un sorriso. "Bene. Sono contento."

Una punta di delusione si fece strada dentro di lei. *Non è stato di più anche per te?*

"È tardi. Domani sarà una giornata intensa." Lui sbadigliò e si stiracchiò.

Rimango? Vado? Che cosa devo fare? Lottando goffamente con la coperta, lei si alzò per andarsene, trascinandola con sé. *Lui non vuole che rimanga.* Le lacrime le facevano bruciare gli occhi. *Sono solo un'altra conquista di Gunther?* Era tardi e la stanchezza fece venir meno la sua capacità di trattenersi. Mentre saltellava verso la porta, le lacrime le attraversarono le guance. *Vattene da qui, prima che lui si penta che tu sia venuta.*

"Ehi! Dove vai?" Gunther le afferrò un braccio.

"Pensavo che volessi restare solo," disse lei, abbassando la testa.

Lui alzò il mento, con un'espressione preoccupata in volto. "Hai aperto la fontana?" Lei rimase in silenzio, non sapendo cosa dire. Lui tirò giù la coperta e la fece cadere sul pavimento, poi la strinse tra le braccia.

"Non so cosa pensare, Gunther. Non vado a letto con chiunque."

"Oh, Occhi da cerbiatta. Va tutto bene. Ovviamente, voglio che resti." Lui la riportò a letto e tirò giù la trapunta.

"Non vuoi tornare qui?" Lei si mordicchiò il labbro, sentendo il tono malinconico della sua domanda.

"Tra un po'. Devo prima controllare un paio di e-mail."

GUNTHER SI RITIRÒ NEL soggiorno. La sua abitudine di seppellire le sue emozioni nel suo lavoro fece capolino. *Non pensare a lei e all'espressione del suo viso. È innamorata di me? Oh, mio Dio.*

Cercando di allontanare quei pensieri contrastanti dalla mente, lui si sedette al computer. Non appena lo schermo si accese, tornò a concentrarsi. Gunther era concentrato sugli affari.

Lui aprì i suoi messaggi. "Cazzo! Qualcuno ha dimenticato di richiedere i permessi? Uccidete quel bastardo." Una dopo l'altra, lesse i quattro messaggi successivi. "Abiti strappati, problemi di illuminazione, oggetti di scena che scompaiono. Solo problemi." L'immagine della bella donna che stava nella stanza accanto lo tormentava. Chiuse il suo documento, non riuscendo a smettere di porsi la più grande di tutte le domande - riguardo a Erica Wheeler.

Gunther si alzò in piedi e andò alla finestra. Passandosi la mano tra i capelli, cercò di analizzare i suoi sentimenti. Fissò le luci che illuminavano la città, come se potessero dirgli cosa fare. *Perché non ho più autocontrollo? Non avrei mai dovuto andare a letto con lei. Cazzo. Che cosa faccio adesso?* Si mise a camminare. *Non mi sto innamorando di lei. Mi rifiuto!*

Cercò nella sua mente dei motivi per starle lontano, ma riusciva solo a pensare alla morbidezza della sua pelle, al modo in cui lo guardava negli occhi e ai suoi gemiti mentre faceva l'amore con lei. *Proprio così. Abbiamo fatto l'amore. Non abbiamo scopato. Cazzo, lei è stata stupenda.*

Neanche lui voleva affrontare le sue emozioni. Gli era bastato guardarla negli occhi, dopo aver avuto il suo orgasmo, per capire che lei era pazza di lui. Aveva riconosciuto quello sguardo. Era lo stesso sguardo che aveva visto sul viso di Laurel la prima volta che avevano fatto l'amore. *E non ero nemmeno bravo allora.* Ridacchiò tra sé per i progressi nella sua esperienza sessuale. *Cazzo! Che cosa devo fare? Sicuramente si aspetta che la sposi, ma io non lo farò. Non posso farlo.*

Odiava l'attrazione che provava per lei, ma non riusciva ad allontanarsene. Non ora, non ancora. Lei era una vera partner nella sua attività. Si prendeva cura di lui e glielo dimostrava in modi che non aveva mai visto prima. *È intelligente. La società sta per decollare e io avrò bisogno di lei.* Lui si mise a passeggiare.

La voglio. La voglio nella mia società, la voglio nel mio letto. Questa nuova sensazione lo spaventava. Lui non aveva mai voluto condividere i suoi affari con nessuno. *Non mi è mai importato di avere una partner, fino ad ora.* Quando gli era venuta l'idea di collaborare con Max Webster, si era entusiasmato. Sarebbe stato fantastico. Avrebbero ottenuto il meglio di Broadway per i film e i migliori film per Broadway.

Ma non poteva farlo da solo. Max aveva un paio di produttori e un'assistente che lavoravano per lui. Gunther aveva ingaggiato dei produttori indipendenti quando ne aveva bisogno, senza mai fidarsi abbastanza da far lavorare qualcuno con lui. Aveva paura che rubassero le sue idee.

Ma ora aveva Erica e lei era strabiliante. Sveglia, solerte e totalmente devota a lui. Non aveva previsto di potersi fidare di lei, era semplicemente successo. Lei era diventata fondamentale per lui, come Elsa Marquette non avrebbe mai potuto essere. Era stato quasi sul punto di sposare Elsa. *Con Elsa c'era stato solo un accordo d'affari, ma con Erica era amore. Non posso innamorarmi. Non posso. E se le succedesse qualcosa, come a Laurel? E se mi lasciasse? Non potrei sopportarlo. Non potrei vivere di nuovo un'esperienza simile.*

Ma non si sentiva a suo agio con quella decisione. *Perché sto prendendo in considerazione il matrimonio? Lei mi ha mentito. Suo padre è un pazzo violento. Probabilmente non posso fidarmi di lei.* Per la prima volta nella sua vita, non riusciva a capirsi. E questo lo infastidiva. C'era qualcosa che lo spingeva verso il matrimonio e poi lo tratteneva, ma non aveva idea di cosa fosse.

Il pensiero che lei dormisse nella stanza accanto alla sua lo faceva impazzire. *Adesso dormirà con me. Non si discute. Staremo qui ogni sera. Ma cosa succederà quando torneremo a casa? Ci penserò quando sarò il momento. Sono bravo a risolvere i problemi. È quello che faccio sempre. Faccio succedere le cose. Troverò una soluzione.*

Smise di camminare e spense il computer. Una bella ragazza lo stava aspettando nel suo letto. *Che cosa diavolo sto facendo qui?* Il suo telefono squillò. Un socio della West Coast. *Non sanno che ore sono qui?* Borbottando e imprecando, rispose alla telefonata.

"Qualche problema, Carl?" Gunther si appoggiò allo schienale e fece ciò che faceva sempre: ascoltare, analizzare e trovare una soluzione. Era il migliore e sapeva di esserlo. E ora avrebbe fatto un colpaccio con Max Webster ed Erica al suo fianco. *Come posso sbagliarmi?*

Dopo aver riagganciato, entrò in punta di piedi in camera da letto, si spogliò e si distese accanto a lei. Mezza addormentata, Erica si accoccolò su di lui e strinse le braccia intorno al suo corpo nudo, appoggiandogli la mano sul petto. Lui la strinse a sé e sussurrò

"Buonanotte, Occhi da cerbiatta. Dormi bene, piccola."

Lui le diede un bacio sulla testa. L'aroma del sapone alla pera mescolato al suo profumo creava una fragranza inebriante. Lui inspirò profondamente, sospirando. Le mise una mano sulla spalla e le accarezzò la pelle con le dita. Lei emise un sospiro di soddisfazione, facendolo sorridere. Le sfiorò la fronte con le labbra.

Era la vigilia dell'inizio della sua grande avventura. Averla accanto a sé era il pezzo mancante del puzzle. *Con lei, non farò nessun errore.* Lei mormorò qualcosa che lui non capì e si lasciò andare tra le sue braccia calorose. Sentendosi sicuro e amato, lui si abbandonò a un sonno ristoratore.

Capitolo Sei

Erica correva il più veloce possibile, ma suo padre stava per rag-giungerla. Proprio dietro di lui c'era la sua matrigna, che gli urlava contro, spingendolo in avanti. Lei passò accanto a Billy seduto sul ciglio della strada nel tentativo di consolare Chickie, che stava piangendo.

Erica continuò a correre. I suoi polmoni sembravano sul punto di scoppiare e non riusciva a riprendere fiato. All'improvviso, lei si sedette di scatto, ansimando per respirare. Ebbe un sussulto quando sentì una mano sul suo braccio. Lei si agitò e si allontanò dall'uomo che era a letto con lei. *Dove sono?*

"Vattene. Lasciami in pace!" urlò lei.

Una voce profonda le rispose. "Erica, va tutto bene. Sono io."

"Chi sei? Che cosa ci fai qui? Ti farò del male se ti avvicini ancora." Lei strinse i pugni. Nella stanza c'era buio pesto.

"Occhi da cerbiatta, sono io, Gunther. Stavi sognando."

Lei fece un respiro profondo e lasciò che i suoi occhi si abituassero al buio. Il corpo dell'uomo accanto a lei divenne più definito. "Gun-ther?"

"Sono qui, piccola. Stavi sognando."

Lei rabbrividì per un attimo. "Sognando?"

"Sì, qualcosa di molto brutto. Stavi piangendo e urlando qualcosa." Lui allungò il braccio e le accarezzò la guancia col pollice. Lei si toccò l'altra guancia, sorpresa di trovarla umida.

"Tutto bene?" Lui le si avvicinò, stringendola dolcemente a sé. Lei gli appoggiò il viso sulla spalla. Mentre quel vivido sogno le tornava in mente, scoppiò a piangere sulla sua pelle calda e liscia. Gunther le accarezzò i capelli. "Non piangere, tesoro. Niente lacrime."

"Mi dispiace. So che non ti piace, ma non posso farci niente."

"Brutto sogno, eh?"

"Il peggiore. Mio padre. Uh."

Lui la aiutò a distendersi di nuovo, accarezzandole il collo. Lei sollevò la mano per accarezzargli dolcemente il viso. Lo fece abbassare per dargli un bacio. Lui le mise la mano sul seno.

"Ti va di..." cominciò lui, ma lei lo interruppe, mettendogli il dito sulle labbra. Poi, mise le dita sulla mano che le aveva poggiato sul seno e la strinse. Ha ricevuto il messaggio. "Piccola... ti voglio," le sussurrò lui.

L'unico rumore che si sentiva era il fruscio delle lenzuola mentre i due amanti facevano l'amore. Erica fissò l'oscurità, concentrandosi sulle sensazioni che le labbra e le mani di Gunther provocavano dentro di lei. *Con lui, sono sempre pronta ad accendermi. Basta che lui mi tocchi per lasciarmi andare.* Il desiderio sorgeva in lei come una fenice dalle ceneri, consumando il suo corpo. Gli leccò i pettorali, gli mordicchiò la pelle e afferrò il suo pene in erezione, iniziando a muovere la mano su e giù.

"Wow! Aspetta un attimo." Poi lui emise un gemito e appoggiò la fronte sulla sua. "Dio, Occhi da cerbiatta, è incredibile quello che mi fai."

Lei lo sentì tremare e questo la fece sorridere. *Credo di avere un certo potere su di te.*

Stringendosi a lui, lei aprì le gambe. Lui fece scivolare la mano nel suo umido calore. "Erica! Sei pronta, piccola." Prese un preservativo dal comodino e lo indossò, poi si distese sulla schiena e le afferrò i fianchi con le sue mani forti, sollevandola. Lei si mise sopra di lui, mentre la abbassava lentamente. Gemettero insieme mentre lui si perdeva dentro di lei.

"Oh, mio Dio. Gunther."

"Occhi da cerbiatta," mormorò lui.

La conversazione si interruppe mentre si muovevano insieme, totalmente sincronizzati, prima lentamente, poi più velocemente. Gunther le massaggiò il seno, sfiorandole i capezzoli con le dita. Erica mise la testa all'indietro e aprì la bocca per pronunciare il suo nome. Lui ridacchiò, senza mai rallentare il ritmo. Quando lei non riuscì più a controllarsi, un intenso orgasmo le attraversò il corpo, irrigidendo i muscoli prima di rilassarsi, mentre una sensazione di puro piacere le scorreva nelle vene.

Gunther la strinse al petto e si mise sopra di lei. Iniziò a spingere dentro di lei, intensamente e velocemente. Un borbottio e un gemito segnalarono il suo orgasmo. Lui la strinse forte e si fermò. Il suo nome gli sfuggì dalle labbra.

Quando lui si alzò per andare in bagno, lei si voltò e lesse i numeri grandi, rossi e luminosi dell'orario. *Le tre!* Rituffandosi sul letto, lei si mise a ridacchiare.

Gunther tornò. "Ehi, sono le tre. Dobbiamo dormire un po'. Domani sarà una giornata impegnativa."

"Dobbiamo solo andare a pranzo con Max e Cara."

"No." Lui la strinse tra le braccia. "Prima di tutto, dobbiamo andare a fare un po' di shopping da Bergdorf Goodman e da Henri Bendel. Poi un giro in carrozza. Quel locale è nel parco, giusto?"

"Sì."

"Bene. Per quell'ora, saremo pronti a sederci."

"Ho ordinato il servizio in camera per la colazione. Spero che vada bene."

"Perfetto. Ora dormiamo."

Una sensazione di appagamento e di sicurezza, mescolata al rilassamento dell'ultimo orgasmo, fece addormentare Erica tra le braccia del suo amante.

ABITUATA A SVEGLIARSI alle sei, Erica si svegliò alle otto e si maledisse per aver dormito. *Il fuso orario.* Lei regolò il suo orologio, si infilò la vestaglia e lasciò Gunther a dormire. Andò alla finestra e guardò a bocca aperta l'incredibile spettacolo dei colori autunnali a Central Park. Prima di poter osservare tutto, qualcuno bussò alla porta.

Gunther era ancora a letto, quindi lei lasciò entrare il cameriere. Seguendo le istruzioni di Erica, lui portò il carrello proprio accanto alla finestra. Lei svegliò dolcemente Gunther, che firmò, le disse di prendere venti dollari per la mancia e poi si riaddormentò.

Gli occhi gli uscirono quasi delle orbite mentre intascava i soldi e la ringraziava abbondantemente. "La prego di ringraziare anche suo marito."

Lei si voltò rapidamente, in modo che lui non la vedesse arrossire. *È così che sarebbe essere la signora Quill? È solo una fiaba. Non pensarci troppo. Divertiti.* Seguì il suo consiglio e si versò una tazza di caffè, sbirciando sotto tutte le cupole di metallo che mantenevano il cibo caldo. *Se non si alza, il cibo diventerà freddo.*

Erica aprì la porta ed entrò silenziosamente nella stanza.

"La colazione è arrivata," gli sussurrò, ma lui non si mosse. "Gunther?" Lui continuava a non muoversi. Con un sorriso malizioso, lei fece una corsa e saltò sul letto, atterrando proprio sopra di lui. Il suo *borbottio* indistinto le fece capire che era sveglio.

"Mi salti addosso, eh?" I suoi occhi brillarono di malizia mentre l'afferrava, solleticandola e rotolando sul letto finché non caddero a terra, ridendo istericamente. Le si avventò addosso come un'elegante pantera, bloccandole le mani mentre le esplorava la bocca.

"Mmm. Sai di caffè. Ho bisogno di caffè. Litri di caffè." Si staccò da lei, afferrò il suo accappatoio e le porse la mano.

Lei gli versò del caffè mentre lui esaminava ogni piatto.

"Uova e bacon, i miei preferiti. Hai parlato con mia madre?"

"A tutti piacciono uova e bacon."

Si sedettero in silenzio, mangiando e godendosi il panorama. Gunther cercò di indicarle i luoghi più importanti.

"Come fai a sapere così tanto di New York?" gli chiese, sgranocchiando un toast di segale.

Gunther si fermò e bevve un sorso di caffè. Il suo viso si rabbuiò per un istante. "Vivevo qui, una volta."

Lei lo guardò aggrottando la fronte. "Oh, davvero? Da solo?"

"Non mi va di parlarne." Lui sollevò la sua tazza.

Cambiando umore, Gunther si voltò in modo scontroso ed Erica si chiese cosa fosse successo. Lei si avvicinò alla finestra. "È bellissimo qui in questo periodo dell'anno."

"Tempismo perfetto."

Erica finì il suo caffè. Lei andò dietro la sedia di Gunther e gli mise le mani sulle spalle. Per prima cosa, affondò i pollici nei suoi muscoli forti e tesi, poi iniziò a massaggiarlo con tutte le dita, per alleviare la sua tensione.

"Oh, mio Dio. È bellissimo." Lui chiuse gli occhi. "Avresti dovuto scriverlo sul curriculum. Sicuramente, dovrà essere uno dei requisiti della prossima ragazza."

"La prossima ragazza? Vuoi licenziarmi? A proposito, io non sono una 'ragazza'. Se non te ne sei accorto, io sono una donna." Lei abbassò le braccia e si diresse verso il carrello, lanciandogli un'occhiataccia. Gunther l'afferrò dalla vita, stringendola alle sue cosce. Lei si ribellò.

"Cazzo, no, non sei una ragazza. Sei una donna incredibile." Lui la baciò. "Non voglio licenziarti. Era solo una battuta. Rilassati, Occhi da cerbiatta."

Lei gli appoggiò le mani sulle spalle e gli fece una smorfia.

Gunther le tirò il bavero dell'accappatoio, scoprendole un seno. "Mi piace osservare un bel panorama mentre faccio colazione."

"Puoi guardare il parco..."

"Questo è meglio," disse lui, fissandole il seno. Abbassò la bocca per darle un dolce bacio sul capezzolo. Erica si allontanò da lui.

"No, no, no... non c'è tempo per le zozzerie. Abbiamo un programma da rispettare, ricordi? Finisci la tua colazione."

"Sei una schiavista," disse lui ridacchiando, poi finì le sue uova, lasciando per ultimo un pezzo di bacon.

Erica versò il resto del caffè dalla caffettiera cromata e si appoggiò allo schienale della sedia. "Questo è il paradiso. Potrei vivere così per sempre."

"Mmm. Meglio che ti trovi un marito ricco."

Erica spalancò gli occhi. Le sue parole la colpirono come uno schiaffo sul viso. "Magari ce la farò da sola," disse lei, facendogli una smorfia.

"Se c'è una donna che può guadagnare così tanto, quella sei tu."

Lei si ammorbidì. *Lui crede in me. Aspetta che scopra che sono un'attrice. Mi incoraggerà? O mi odierà?*

Quando finirono di fare colazione, Erica andò a fare la doccia. Mentre finiva di insaponarsi, la porta si aprì. Lei si voltò. Gunther era lì, nudo, in tutto il suo splendore. Lei osservò il suo corpo come una donna assetata che aveva appena trovato l'acqua nel deserto.

"C'è spazio per tutti e due?" le chiese, avvicinandosi.

"Se entri qui dentro con me, non arriveremo mai a pranzo in orario."

Gunther alzò le mani e indietreggiò. "Mi arrendo, infermiera Ratched."

Erica ridacchiò e richiuse la tendina. Lei finì di lavarsi velocemente, poi si avvolse nel suo soffice accappatoio.

Gunther bussò ed entrò. Aprì l'acqua. "Potresti insaponarmi la schiena?" Le lanciò un'occhiata lussuriosa, ma lei lo respinse.

"Il programma, ricordi?" *Accidenti a quel programma.*

Lui si mise a ridere e riaprì l'acqua. Erica andò nella sua stanza per asciugarsi i capelli e vestirsi. Indossò un maglione di cotone nero e un paio di jeans neri. Un paio di stivaletti e un massiccio bracciale d'argento completavano il suo outfit. *Tutti si vestono di nero a New York.*

Gunther era seduto nel soggiorno, anche lui vestito di nero. La sua camicia di seta era aperta sul collo. I jeans neri evidenziavano i suoi fianchi snelli e teneva la giacca di pelle nera sul braccio. Quando uscirono in strada, furono accolti dalla frizzante aria autunnale e dal bagliore del sole. I negozi più eleganti erano a pochi isolati da lì. Erica gli prese la mano e si adattò al suo ritmo.

Una personal shopper, fornita dal negozio, li aiutò a districarsi nel negozio di Henri Bendel, un piccola boutique molto chic, con abiti eleganti e prezzi al di sopra delle sue possibilità. La signora aiutò Erica a scegliere un abito lungo per la prima e per la festa. Lei e Gunther erano d'accordo sul fatto che il vestito rosso fosse il migliore. Erica stava quasi per svenire quando vide il cartellino del prezzo. *Cinquemila dollari!*

Gunther aggiunse alcune camicette di seta e una mezza dozzina di paia di pantaloni per lei, più alcune camicie da uomo. Poi, mise la sua *American Express* accanto alla cassa. La sarta del negozio gli assicurò che il vestito e i pantaloni sarebbero stati pronti entro le quattro e consegnati al loro albergo. Erica guardò l'orologio e si rese conto che non c'era il tempo di andare da Bergdorf.

Gunther le prese la mano, conducendola a una carrozza trainata da cavalli a Central Park South. La aiutò ad alzarsi e le mise la coperta di pile sulle gambe. Il cavallo trottava lentamente lungo la strada che si snodava attraverso il parco. Erica commentava i luoghi in cui passavano: il vecchio caseificio, la giostra, il fogliame cangiante e i maestosi palazzi storici che si stagliavano sullo sfondo.

"È bellissimo," sospirò lei, appoggiando la schiena al sedile imbottito.

"Sembri una bambina in un negozio di dolciumi," ridacchiò lui.

"Ed è una cosa così tremenda?"

"No, Occhi da cerbiatta, va benissimo." Lui la baciò.

La carrozza si fermò davanti al Café Limoges. Il cocchiere li aiutò a scendere. Gunther lo pagò ed entrarono nel locale. Lui sorrise guardandosi intorno e annuì. "Elegante."

"Ti saresti accontentato di qualcosa di meno elegante?" Lei lo guardò aggrottando la fronte.

Il maître li condusse a un tavolo angolare. Max Webster e Cara Brewster erano già arrivati. Max si alzò mentre Gunther faceva le presentazioni. La fiducia di Erica in sé stessa venne subito meno quando guardò la splendida attrice e il famoso produttore. *Che diavolo ci faccio in compagnia di queste persone così famose?*

Tirò fuori un piccolo taccuino e una penna. Tutti, tranne Erica, ordinarono dei mimosa. "Devo restare sobria per prendere appunti."

"Mi prendi in giro? Mettilo via," le disse Gunther, appoggiando la mano sulla sua. "Quattro mimosa," disse al cameriere. Erica ripose il taccuino nella sua borsetta.

Lei notò che Cara aveva salutato il suo capo con freddezza. L'espressione dura degli occhi blu ghiaccio di Cara fece raffreddare persino l'acqua nel bicchiere di Erica.

"Cara, spero tu sappia di quanto mi sia pentito per ciò che è successo tra Gracie e me."

"Davvero?"

Gunther si sta scusando. Non me l'aspettavo.

"Già. Mi ero fatto un'idea sbagliata della situazione... e di lei. E ho agito in modo inappropriato. Vorrei che mi desse la possibilità di scusarmi."

L'espressione di Cara si addolcì un po'. *La sta convincendo.*

"Tu e io abbiamo sempre avuto un buon rapporto. Spero che tu possa convincerla a darmi un'altra possibilità." Il suo volto era sincero.

"Se la metti in questo modo, Gunther... mi rendi difficile rifiutare."

"Apprezzo qualsiasi aiuto tu possa darmi."

Cara gli sorrise. *Cazzo! L'aveva affascinata, facendola sciogliere. Impressionante.*

Dopo aver ordinato il pranzo, la conversazione si animò. Cara, Max e Gunther parlarono della condizione del teatro a New York e degli spettacoli imminenti. Gunther menzionò *Strani amici di letto,* un film che stava producendo, chiedendosi se Max e Cara fossero interessati a portarlo a Broadway, in caso di successo al botteghino.

Erica rimase in silenzio, ascoltando mentre mangiava un'insalata Cobb. *Forse un giorno sarò una grande stella come Cara.* Grata di non essere notata, Erica ascoltò tutto con attenzione.

Prima del dessert, ci fu una pausa nella conversazione. Cara rivolse la sua attenzione a Erica. "Sei adorabile. Ti interessa recitare?"

Erica si strozzò con un sorso di tè freddo. Gunther le diede qualche colpetto sulla schiena, poi rispose per lei. "No, non è un'attrice. È una bravissima assistente. Potrebbe diventare una brava produttrice. Magari quando Max e io avvieremo la nostra società."

Chi si crede di essere, decidendo per me? È il mio futuro e sarò io a decidere. Erica cercò di mettere da parte la sua rabbia nei confronti di Gunther. *Sta calma, ragazza. Sii professionale.* Grata di essersi strozzata e di aver evitato di mentire sulle sue ambizioni, sorrise a Cara. *Lei è simpatica. Non come Elsa.*

Dopo pranzo, Cara abbracciò Gunther e accettò di parlare con sua sorella. Max sorrise. *È un brav'uomo. È un bene per Gunther.* Erica e Gunther attraversarono il parco fino al Plaza. Le prese la mano e le parlò dei suoi progetti con Max.

Il suo viso si illuminò e i suoi occhi si misero a brillare. Lui sorrise e scoppiò a ridere. Erica non l'aveva mai visto così rilassato e felice.

"La East West Productions sarà più grande di ogni altra società di produzione. E quella che avrà maggior successo. Conquisteremo Broadway. Vedrai."

"Ti credo."

"E voglio che tu venga con me."

"Come assistente?"

"Come produttore associato. Nel momento in cui la società decollerà, tu sarai pronta per una promozione."

Erica accennò un sorriso. *Non è quello che avevo in mente. È serio quando dice di non volersi sposare.* Lei abbassò le spalle e rallentò il passo.

"Andiamo, Occhi da cerbiatta, guadagnerai un mucchio di soldi."

"Grandioso."

Lei distolse il volto dal suo sguardo acuto, ma lui strinse la presa, impedendole di allontanarsi da lui. "Non vuoi diventare ricca?"

"Ho i miei sogni." *Sta' zitta, Erica.* Ma non ci riuscì. "Non voglio essere il tuo satellite."

"Va bene, allora. Cosa vuoi?"

"Non lo so. Voglio godermi questo momento. Possiamo farlo? Siamo in questa favolosa città. Voglio pensare solo a questo, adesso."

"Come vuoi, piccola. Le cose stanno andando bene. Voglio inserirti. Se non vuoi, va bene anche così. Non ti direi mai come vivere la tua vita."

No? Dimmi solo che non posso fare l'attrice.

Tornarono in camera alle quattro in punto. Erica tirò fuori il suo programma.

"Andremo a cena da Sardi stasera, poi a vedere uno spettacolo. Sì, andremo a vedere il nuovo spettacolo di Harriman Drake, *La settima candela*. È un giallo."

"Perché andiamo a vedere un giallo?"

"Non sono riuscita a trovare i biglietti per i musical che volevi vedere. È teatro. Harriman Drake è famoso, no?"

"Ti piacciono i gialli?"

"Amo i gialli."

"Bene. Laviamoci e cambiamoci." Gunther si diresse in bagno.

La cena fu entusiasmante. Chaz Duncan, Quinn Roberts e le loro mogli raggiunsero Gunther ed Erica. Gunther mangiò un'enorme bistecca, insieme agli altri uomini, mentre Erica mangiò del pesce. Le loro mogli erano molto simpatiche e la cena si svolse in allegria. Gunther pagò il conto e lasciò una generosa mancia.

Le prese la mano mentre camminavano verso il teatro.

"Tutti pensano che io sia la tua ragazza, non la tua assistente."

"Forse perché ti sbavo addosso," ridacchiò lui.

Lei gli diede un colpetto sul braccio. "Non è divertente. Trattami come un'assistente."

"Devo proprio?" Lui si sporse e le sussurrò: "Preferisco trattarti come la mia amante."

Un brivido le attraversò la schiena mentre le sue labbra morbide e il suo respiro caldo le solleticavano l'orecchio. Ogni volta che le si avvicinava, le scintille tra di loro la scaldavano. Anche con altre persone intorno, lei percepiva la sua presenza. Lui si distingueva tra la folla, anche se era una folla di belle persone. Erica era orgogliosa di stare con lui.

Dopo lo spettacolo, Gunther decise di bere qualcosa in albergo. Indossando solo i loro accappatoi di lusso, si accoccolarono insieme sul divano a sorseggiare un costoso brandy. Quando finirono di bere l'ultima goccia, Gunther si alzò e le prese la mano.

"Ho aspettato tutta la sera," le disse, conducendola nella sua camera da letto, "Per restare da solo con te."

Le gambe iniziarono a tremarle e il battito del cuore le accelerò. Lui spinse la porta con un piede e la fece voltare per guardarlo. Sentirsi desiderata da Gunther la faceva eccitare. Le tolse la cintura dall'accappatoio e gliela mise intorno alle spalle. Poi, lasciò scivolare il suo. Era già quasi completamente in erezione. Lei gli si avvicinò, accarezzandogli il petto con le mani. Ebbe un brivido sfiorandogli i capelli e la pelle.

"Hai freddo?"

Lei scosse la testa.

"Oh, caldo?" ridacchiò lui.

Lei annuì, stringendosi a lui. "Penso di avere una soluzione per questo," le disse, lanciandole un'occhiata bramosa.

Gunther le prese le labbra mentre le metteva le mani sui fianchi e la spingeva sul letto. Quando le sue ginocchia toccarono il materasso, lei cadde all'indietro e si trascinò verso il cuscino. Gunther fu sopra di lei in pochi secondi, come un leone in procinto di sferrare un colpo mortale alla sua preda. Erica sollevò le braccia e gliele mise dietro la schiena. Lui le sfiorò il ginocchio con il suo e lei aprì le gambe per lui. Dopo essersi sistemato tra le sue gambe, lui iniziò a esplorarla con la bocca.

Erica non riusciva a muoversi, riusciva solo a sentire. Ogni tocco delle sue dita le infuocava la pelle. Le sue mani sul seno la fecero gemere. Lui sollevò la coscia per fare pressione sulla sua vagina, poi proseguì con le dita, mandandola in estasi. Il desiderio di lui cresceva dentro di lei, mettendo alla prova la sua resistenza come un elastico allungato al massimo. Lei si dimenò, muovendo i fianchi contro i suoi. Lui assaporò il suo capezzolo, mentre le accarezzava il sedere.

"Oh, mio Dio, Gunther!" Lei lasciò scivolare le mani fino a raggiungere il suo sedere, stringendolo a sé. Lui le accarezzò la vagina con la punta del pene.

"Aspetta, aspetta! Hai molta fretta." Lui allungò una mano per prendere un preservativo.

Ansimando, Erica non riusciva a riprendere fiato. Sempre più bisognosa di lui, attese con impazienza che lui lo indossasse. Si fermò brevemente per guardarla negli occhi. Non capì esattamente cosa vide ma, quando lui sorrise, si sentì circondata da un caldo bagliore.

Lui allungò una mano per toccarla. "Oh, sì. Direi che sei pronta." Lui ridacchiò prima di mettersi sopra di lei. Un ultimo, intenso bacio, poi lui si immerse dentro di lei. Lei urlò e inarcò la schiena.

Lui si sollevò immediatamente per guardarla. "Ti ho fatto male?"

"Oh, mio Dio. No. Non fermarti, non fermarti!" urlò lei.

Lui cominciò a muoversi, all'inizio lentamente, poi più velocemente. Un suo gemito le fece capire che lui stava godendo tanto quanto lei. Affondandogli le dita sulla pelle, lei gli strinse le gambe intorno alla vita. Lui le mise la mano su un ginocchio e glielo strinse, poi lo sollevò per appoggiarglielo al petto.

Erica chiuse gli occhi e urlò mentre lui spingeva più a fondo dentro di lei. Lei gli accarezzava le guance e lo baciava mentre lui entrava e usciva. "Gunther... io... io..." Lei balbettò, cercando di non pronunciare le parole che sentiva nel cuore.

"Mio Dio, Occhi da cerbiatta," sussurrò lui.

Un potente orgasmo le attraversò il corpo, facendole contrarre i muscoli intorno a lui e sollevare i fianchi. Erica strinse le labbra sulla sua pelle e succhiò. Gunther fece scivolare le mani sulla sua schiena e la strinse a sé. Con un forte gemito e una spinta finale, lui si fermò.

Il sudore sgocciolava tra i loro petti, rendendo la loro pelle scivolosa. Le strinse il seno con le dita e si chinò per baciarlo prima di staccarsi da lei.

"Erica, io... tu mi fai... sei incredibile," mormorò lui.

Lei si spostò su un fianco, appoggiandosi su un gomito, e gli fece scorrere dolcemente le dita sul petto e sugli addominali. Lui le prese la mano tra le sue e se la portò alle labbra. *È così romantico!* Il suo cuore si mise a battere per il suo gesto affettuoso. *Stava per dirmi che mi ama? Non lo farà. Credo che dovrò accontentarmi.*

Per la seconda notte di fila, Erica dormì molto bene, stretta tra le braccia del suo amante, rannicchiata sotto la trapunta, sentendo il suo respiro caldo e rassicurante sul collo.

CON I CAPELLI CHE LE ricadevano perfettamente lungo la schiena, il lungo vestito rosso aderente che le evidenziava le curve e una giacca bianca di finta pelliccia, Erica era pronta per assistere alla prima. Gunther era magnifico col suo smoking nero, che aderiva al suo corpo come una seconda pelle. Quando lei lo raggiunse, il suo viso si illuminò.

"Wow! Hai un aspetto fantastico! Farai sfigurare la protagonista. Sei stupenda." Lui la baciò, sfiorandole appena le labbra. "Non voglio rovinarti il rossetto."

Le porse il braccio e uscirono insieme dall'albergo. Il custode fermò un taxi e si diressero verso il teatro. C'era una folla enorme lì, oltre a telecamere e giornalisti. Max Webster era fuori dal teatro, salutando le persone come un orgoglioso neopapà. Lui si avvicinò, baciò la mano di Erica e strinse quella di Gunther.

"Quanta gente!", esclamò Gunther.

"Spero davvero che lo apprezzeranno," sussurrò Max dietro la mano.

"Critici?"

Max annuì nervosamente. "*New York Times, Wall Street Journal, The New Yorker* e *New York Magazine.* Gesù, la mia reputazione è appesa a un filo." Lui si asciugò la fronte con il fazzoletto.

Gunther gli strinse la spalla. "Sarà un successo, Max. Me lo sento."

"Me lo auguro. Altrimenti non ci sarà nessuna società."

Gunther iniziò a sudare sulla fronte.

Erica abbracciò Max e si sedettero ai loro posti. Gunther si spostò più volte prima che le luci si abbassassero. Erica gli prese la mano tra le sue. Era un po' fredda e sudata, quindi lei gliela massaggiò. Lei le sorrise e intrecciò le dita con le sue mentre iniziava l'ouverture.

Il musical incantò Erica. Aveva sempre preferito i drammi o le commedie ai musical. Ma questo spettacolo sembrava tanto divertente da farle rivedere la sua opinione. *Sono troppo vecchia per imparare a cantare e ballare? Ballare, forse, ma non cantare.*

Aveva notato che Gunther era rimasto assorto per tutto il primo atto. Al primo intervallo, dettò a Erica degli appunti sullo spettacolo. Lei scarabocchiò velocemente qualcosa nel suo taccuino. Gunther l'aveva stupita. Non gli era sfuggito niente: cose che dovevano essere sistemate, o forse persino eliminate, considerazioni per la versione cinematografica.

Alla fine dello spettacolo, Gunther aveva altri commenti da farle scrivere.

"Pensi che avrà successo?" gli chiese lei.

Lui sollevò le spalle. "Impossibile prevederlo."

"Ma ti è piaciuto?"

"Moltissimo. Spero che abbia successo. Mi piacerebbe farne una versione cinematografica."

"È stupendo. Non vedo come possa non avere successo," disse lei, sorridendo. Lui ricambiò il sorriso, stringendole la mano mentre uscivano lentamente dal teatro.

"Dalla tua bocca alle orecchie di Dio," sussurrò lui.

Max fece loro cenno di entrare in una delle tante limousine in attesa davanti al teatro. "Per accompagnarvi alla festa," disse.

La festa era un evento di gala in un loft privato a SoHo. Il gigantesco open space era diviso da fioriere e paraventi. Era decorato a festa, con stelle filanti e palloncini color oro e argento, come se sapessero già che lo spettacolo avrebbe avuto successo.

Max Webster si fece strada tra la densa folla per raggiungere Erica e Gunther. "Allora? Come vi è sembrato?" chiese, ancora sudato e con le mani tremanti.

"Penso che sarà un successo. Ma come faccio a saperlo? Ce lo diranno le vendite delle prossime due settimane, giusto?"

"Dagli un mese di tempo. Sì."

"A Broadway si aspettano ancora le recensioni?" gli chiese Erica.

"*Il Times*, forse. Si può usare come pretesto per stare svegli tutta la notte a festeggiare, ma gli altri sono settimanali," disse Max.

"Lo compreremo domani mattina," disse Gunther, finendo lo champagne nel suo bicchiere.

"Incrociamo le dita, Max," disse Erica, dandogli un bacio sulla guancia.

La sua attenzione fu catturata dalle sue due star, che lo chiamarono per una foto. Erica e Gunther si avviarono al sontuoso buffet. Gamberi freddi e ostriche crude erano circondati da crudité, accompagnate da diverse salse.

Il tavolo accanto era pieno di meravigliosi dolci. Piccoli éclair, napoleoni e cannoli condividevano la tavola con minuscole crostatine al limone e bocconcini di torta alle noci pecan. Erica riempì un piatto di quei deliziosi dolcetti, mentre Gunther cercava un posto dove sedersi. Lo vide intento a perlustrare la folla mentre mangiavano quelle delizie.

"Non ci sono persone qui con cui dovresti parlare?"

"Probabilmente. Non so se voglio usare il cast di Broadway nel film. Potrebbero avere anche altri impegni. Cara Brewster potrebbe andar bene per il ruolo principale. Devo prima accertarmi che sappia cantare."

Lui fece dei commenti su alcune persone che riconobbe in sala. Le star si avvicinarono e si presentarono. La magia della serata svanì per Erica quando alcuni attori alla disperata ricerca di lavoro circondarono Gunther, cercando di impressionarlo, senza dargli un attimo di tregua. Lui sorrise e annuì, mostrando una pazienza che Erica non pensava che lui potesse avere.

Alle due in punto, Gunther le prese la mano e si diresse verso la porta. "Tagliamo la corda."

Non dovette chiederglielo due volte. Salutarono Max Webster e sua moglie, poi uscirono in strada. Nonostante l'ora tarda, non ebbero problemi a trovare un taxi. La mente di Erica vagava dalle persone che aveva incontrato, allo spettacolo, agli appunti, cercando di tenere il passo con tutto quello che stava succedendo. Gunther sembrava essere a suo agio in mezzo al caos, ricordandosi il nome di tutti e aggiornandola su ciò che era successo.

Si strinse a lui, sentendosi un po' gelosa. Voleva di nuovo la sua totale attenzione. *Stupida! Non avrai mai la sua piena attenzione finché lavorerà in questo campo. Trovati un uomo tranquillo con un lavoro dalle nove alle cinque che possa adorarti. Di sicuro non sarà Gunther Quill. Lui è troppo per te. Tiratene fuori adesso.*

Erica si rifiutava di ascoltare la sua coscienza. *Sta' zitta. Troppo tardi. È lui. Non ci sarà nessun altro.*

Lui la strinse a sé poco prima che arrivassero all'hotel. Una volta arrivati al piano di sopra, lei si tolse le scarpe col tacco a spillo e si fermò per massaggiarsi i piedi.

"Questi tacchi sono tremendi."

Lui scoppiò a ridere. "Voi donne. Che cosa non sopportereste per essere alla moda!"

"Oh, davvero? Invece lo smoking è comodo?" Lei lo guardò aggrottando la fronte.

Lui smise di sorridere. "Touché."

Lei sorrise. Era difficile segnare un punto con Gunther.

Lui si slacciò la cravatta e si sbottonò la camicia, emettendo un sospiro mentre si massaggiava il collo. "Questa cazzo di camicia diventa sempre più stretta anno dopo anno."

"Questo perché ti stai montando la testa," disse lei, nascondendo un sorriso con la mano.

"Ma davvero? Adesso ti faccio vedere io chi si sta montando la testa," le disse, afferrandola per la vita. Se la mise sulla spalla e la portò in camera da letto, sbattendo la porta dietro di sé per soffocare il suono delle sue risate.

Capitolo Sette

Lunedì mattina, Erica si alzò alla solita ora. Non aveva dormito bene senza Gunther nel suo letto. Lei era di cattivo umore. Amy era già sveglia e aveva preparato il caffè. *Grazie a Dio. Forse il caffè mi aiuterà. Devo affrontare Amy. Ugh.*

"Giorno, Erica," disse Amy con un tono di voce gradevole.

Erica la fissò mentre aggiungeva del latte e un po' di zucchero.

"Possiamo parlare?" Amy sembrava remissiva.

Erica socchiuse gli occhi. *Che cosa ha in mente?*

"Spara."

"Ho cercato qualche appartamento. È piuttosto costoso vivere da sola."

"Che mi dici di Garth?"

"Non siamo ancora pronti per andare a vivere insieme."

Erica sorseggiò il caffè dalla sua tazza e fissò la sua coinquilina. "Che intendi dire?"

"Mi dispiace di averti detto quelle cose. Possiamo risolverla? Siamo amiche e coinquiline da più di un anno. È un peccato rovinare tutto per una divergenza così stupida."

"I miei sentimenti per Gunther sono stupidi?"

"Voglio dire che forse sono stata frettolosa. Immagino che tu stia vedendo un lato diverso di lui. Qualcosa che io non ho mai visto. Non dovrei giudicare. Non possiamo risolvere le cose? Risparmieremmo moltissimo se restassimo insieme."

Erica valutò le parole di Amy. *Non voglio sprecare i miei soldi per un affitto più alto. Ma non voglio vivere con nessuno al di fuori di Gunther.*

"Per favore, Erica."

"Ci penserò. Puoi restare un altro mese. Vedremo come vanno le cose."

"Stupendo! Grazie." Amy sorrise.

Erica mise in moto il suo macinino e uscì dal parcheggio. Era ancora di cattivo umore quando raggiunse l'ufficio. *Che splendido weekend! Come in una fiaba. E poi il ritorno alla realtà. Dormire da solo e farmi il culo al lavoro. Almeno stasera avrò lezione.*

Gunther era concentrato sul lavoro ed era già arrivato prima delle otto con una lista di cose da fare. Sembrava un uomo diverso dopo il viaggio. Erica si rattristò.

Lavorarono fianco a fianco per tutto il giorno, senza nemmeno toccarsi. *Ma che cazzo succede? Voleva solo divertirsi un po' con me nel weekend?*

Alle sei, Erica prese le sue cose. Doveva incontrare Sam alle sei e mezza per la cena e le prove prima della lezione. Mentre si dirigeva verso la porta, Gunther la interruppe. Mettendole le mani sulle braccia, continuò a parlarle di ciò che dovevano fare il giorno dopo. Quando fece una pausa per respirare, lei lo fissò, sentendosi ostile.

Lui si sporse per darle un bacio. "Buonanotte, Occhi da cerbiatta. A domani."

Lei spalancò gli occhi. "Davvero?"

"Che cosa?"

"Mi tratti come una regina per tutto il weekend e oggi non esisto? E ora vuoi baciarmi?"

"Piccola, questo è un ufficio. Non c'è tempo per scherzare qui."

"Oh, davvero? Ho sentito dire che il tuo divano è famoso nei casting."

"Vuoi che io ti faccia sul divano?"

"Farmi? Farmi?" Lacrime di rabbia minacciavano di scenderle dagli occhi.

"Intendo dire che voglio fare l'amore con te, ovviamente."

"Non voglio affatto che tu mi faccia." Lei uscì sbattendo la porta. Furia e sdegno per il modo insensibile in cui l'aveva trattata lottavano con le sue lacrime di sofferenza. *Amy aveva ragione.* Guidò più velocemente possibile, spinta dalla rabbia e dal rifiuto.

Quando entrò all'Aquarius Diner, Sam la stava già aspettando. Si avvicinò a lui, lo afferrò per il collo e gli diede un grosso bacio sulle labbra. L'espressione di sorpresa sul suo viso la fece ridere.

"Non che non volessi farlo da molto tempo, ma perché adesso?"

"Perché non adesso?" Lei socchiuse gli occhi e guardò verso di lui.

Sam la prese tra le braccia e la baciò intensamente, davanti agli avventori del ristorante, che esultarono quando si staccarono. *Sam bacia bene. Comunque, non bene come Gunther.*

Erica gli sorrise mentre si sistemava la maglietta e si sedeva al tavolo. Sam si sedette di fronte a lei. Lui si mise a giocherellare con le dita mentre guardava il menu. Ordinarono hamburger e coca cola.

"Vuoi che proviamo le nostre battute?"

Erica recitò la sua parte, poi lui ripeté la sua. Recitarono l'intera scena prima che arrivassero i loro piatti. Ripassare le battute le fece venire sete, così bevve un sorso della sua bevanda.

"Siamo stati perfetti", disse Sam.

"Sembra di sì." Erica diede un morso al suo hamburger, nonostante non avesse appetito.

"Whit ha detto di volerci far fare dei provini."

"Di che cosa si tratta?"

"Lo scopriremo stasera." Sam finì di mangiare.

Quando Erica ebbe finito, Sam pagò il conto, le prese la mano e si avviarono alla lezione. Si sedettero accanto e si scambiarono le loro opinioni in privato. Sebbene fossero solo buoni amici, gli sguardi di alcuni compagni di classe e di Whitmarsh lo portarono a credere che tutti pensassero che si stavano frequentando. *Forse dovrei uscire con Sam. È attraente e molto bello. Perché no? Gunther ha evidentemente voltato pagina.* Ma non riusciva a fare il passo successivo con Sam.

La loro scena era stata ben accolta dalla classe e dall'insegnante, che aveva fornito loro preziose critiche costruttive. Sam si irritò al consiglio dei suoi compagni di classe. Le aveva confidato che non li rispettava... che cosa ne sapevano di recitazione? Non avevano nemmeno la metà della sua esperienza. Lei si calmò.

Felice, lui si appoggiò allo schienale della sedia, lanciando uno sguardo lussurioso a Erica. *Oh oh, che cosa ho fatto? Perché voglio sempre quello che non posso avere? Gunther è così fuori portata.*

Whitmarsh Eddy richiamò la loro attenzione prima della fine della lezione.

"Ci sono due audizioni imminenti. Entrambe per ruoli di supporto, uno maschile e uno femminile. Quindi tutti voi avete una possibilità. Uno è per "*A piedi nudi*" tra una settimana. L'altro è per "*Strani amici di letto*" alcuni giorni dopo. Cercate il foglio appeso in bacheca per i dettagli. Auguro a tutti voi buona fortuna."

Dirigendosi verso il parcheggio, Sam trascinò Erica in un angolo. "Hai intenzione di fare il provino?"

"Certamente. Tu?"

"Senza alcun dubbio."

"C'è soltanto un problema."

"Quale?"

"Come ti ho già detto, il signor Quill, il mio capo, non voleva assumere un'attrice."

"Allora non dirglielo."

"Oh, non lo farò. Ma lui è uno dei produttori di Strani amici *di letto*."

"Davvero? Allora per te non sarà un problema ottenere quella parte."

Lei lo guardò nell'oscurità. *Sembra quasi deluso.* "Se mi vedesse, di certo mi scarterebbe."

"Non può farlo."

"Tu non conosci Gunther Quill."

"Perché perdi tempo con queste stupide lezioni? Chiedigli di inserirti nel cast."

"Non posso farlo. Si infurierebbe. Mi licenzierebbe se lo scoprisse."

"È pazzesco. Hai la tua più grande opportunità proprio sotto il naso."

"Non capisci."

Sam la fissò. "Oh, capisco. Hai un debole per lui."

"Non è vero," disse Erica, non molto convinta.

"Non hai fatto esattamente una performance da premio Oscar, Erica."

Lei distolse lo sguardo da lui. "È tardi."

"Dimostrami di non avere una cotta per Quill. Vieni a casa con me."

Per un attimo, lei ci pensò su. *Potrebbe essere divertente.*

Fa' capire a Gunther che non è l'unico pesce nel mare. Lei guardò Sam. Non aveva nessuna attrazione per lui. Per quanto fosse bello, non c'era chimica. *Cazzo! Accidenti a te, Gunther Quill.* Lei sapeva benissimo cosa voleva il suo cuore, ma si ribellava.

Erica scosse la testa. "Perché rovinare una bella amicizia, Sam?"

Lui aggrottò la fronte, facendole capire cosa pensava della sua scusa. "Fa pure. Prenditi in giro. Devi avere una bella cotta per lui se rifiuti me."

Lei si irritò. Stava per rispondergli male, ma si trattenne. *Non è necessario farmi un nemico.* "Tempismo sbagliato, Sam. Sarà per un'altra volta."

"Sì, certo. Come no. Continua a raccontarti questa storiella, Erica. Ci vediamo." Lui si avviò sbuffando verso la sua auto.

Erica tornò a casa in macchina, arrabbiata con sé stessa per non essere andata con Sam, per ciò che provava per Gunther e per aver sopportato le sue stronzate. Entrò con veemenza nell'appartamento, facendo sobbalzare Amy.

"Cattivo umore?" le disse.

"Stammi lontana." Erica entrò nella sua stanza e sbatté la porta. Si buttò sul letto, piangendo.

IL MATTINO DOPO ARRIVÒ alle sette e trenta, determinata a entrare in ufficio prima di Gunther. Lui arrivò alle sette e quarantacinque, sorpreso di vederla.

"Grandioso. Sei in anticipo. Abbiamo molto da fare." Lui si tolse la giacca e si arrotolò le maniche della camicia.

Erica si diresse verso di lui, lo spinse forte contro il muro e si appoggiò alle sue spalle per tenerlo fermo. "Prima dobbiamo parlare."

"Ok, ma..."

Lei gli urlò in faccia. "Niente ma!"

Lui alzò le mani in segno di resa. "Va bene."

"Che cosa sta succedendo? Lo scorso weekend, ero la tua regina. Questa settimana, non sono più niente. Sono spazzatura. Un'assistente senza nome e senza volto. Che cazzo è successo?" Mentre parlava, la sua rabbia svanì e la tristezza le invase il cuore. *Perché non ricambi il mio amore?* Lei aveva voglia di piangere.

Gunther esaminò il suo viso. "Niente lacrime. Sai come mi fanno sentire," disse lui.

"Non si tratta di come *ti senti tu*, ma di come *mi sento io*! O sei tanto testone da non capirlo?"

"Calmati, calmati, Erica." Le sue parole la fecero infuriare ulteriormente.

"Non sono uno yoyo, con cui puoi giocare quando ne hai voglia."

"Non ho mai detto questo. Stai saltando..."

"Non dirmi che sto saltando alle conclusioni."

"Perché no? È proprio quello che stai facendo."

Lei aggrottò la fronte.

"Solo perché ieri è stata una giornata molto impegnativa non vuol dire che tra di noi sia finita. Non significa che non voglio più vederti. Ho cenato con Gabe ieri sera e abbiamo fatto tardi."

Lei fece un passo indietro, esaminando il suo viso. *Posso credergli?*

"Occhi da cerbiatta, sono ancora pazzo di te. Solo che non sono ancora pronto a renderlo ufficiale o ad andare a vivere insieme." Le si avvicinò e le accarezzò la guancia con le dita.

"Non hai avuto un appuntamento galante ieri sera?"

"Con Gabe? Stai scherzando, vero? Chiamalo se non mi credi." Si mise una mano nella tasca dei pantaloni e prese il suo cellulare, porgendoglielo.

Lei si sedette all'angolo della sua scrivania. Lui le si avvicinò rapidamente, prendendola tra le braccia. Per quanto ci provasse, lei non riuscì a trattenere le lacrime.

"Piccola, tesoro, Occhi da cerbiatta. Non piangere. Per favore, piccola, mi distrugge."

Ma lei non riuscì a evitarlo. "Le mie emozioni non si spengono con un interruttore, Gunther," gli rispose.

Lui la strinse e le accarezzò la schiena. Appoggiargli la guancia sul petto era piacevole. Il suo abbraccio la faceva sentire meglio.

"Ci sei solo tu, Erica. Devi credermi. Ma le cose stanno cambiando molto velocemente. *Strani amici di letto* sta prendendo il volo. Il casting è in corso. Sono sulle spine per *Sway* e devo concludere altre due produzioni. Sono esausto."

Lei sapeva che ciò che stava dicendo era vero. *Sono un'idiota! Ha ragione. Gli affari stanno andando alla grande adesso. Non c'è tempo per l'amore e per andare a vivere insieme. Cresci, Erica. Dimostragli di essere una donna, non una ragazzina piagnucolona.*

Lui le porse il fazzoletto e lei lo prese e si asciugò gli occhi. "Mi dispiace. Mi sento un po'…"

"Insicura?"

Lei annuì. "Non sei famoso per... beh, hai la fama di uno che si dà da fare con le donne."

"Forse. Ok, sì. In passato. Era così. Ma adesso è diverso. La mia attività sta finalmente decollando e ci sei tu. Ci sei tu, vero?"

Lei sorrise sentendo il suo tono leggermente dubbioso. *Gunther Quill insicuro? Mai!*

"Certo che ci sono io." *Cavolo, se ci sono. Sono totalmente tua.*

"Bene. Allora, sono un uomo felice. È da tutta la vita che aspetto di mettere insieme i pezzi del puzzle e ora ci sto riuscendo. Finalmente il mio sogno si sta realizzando."

"Buon per te. Ma devo prendermi cura di me."

"Ci penso io a prendermi cura di te, piccola. Non preoccuparti. Perché non vieni a passare il weekend con me in spiaggia? Ho una casa enorme lì. Potremo rilassarci."

Lui sa sempre cosa dire. Mi fa abboccare e poi tira su la canna da pesca. Che cosa posso dire? "Sarebbe magnifico."

"Bene. Mi manca averti nel mio letto."

"Anche a me." La prese di nuovo tra le braccia e la baciò a lungo e con passione. Lei si strinse al suo petto, volendolo totalmente e completamente. Lui fece un passo indietro, con lo sguardo carico di desiderio.

Lei lo spinse sul petto e lui si allontanò.

"Non sul divano. Io non sarò una delle tante. Dovrai aspettare il weekend."

Lui ci mise alcuni secondi a riprendere fiato. "Come vuoi. Non vedo l'ora. Fare l'amore con te con il rumore delle onde in sottofondo. Stupendo."

Quelle parole la fecero quasi cedere. Lei tornò in sé. "Allora, che cosa c'è in programma stamattina?"

"Contratti. Vieni qui. Accidenti, spero di poter ritrovare la concentrazione." Lui esaminò il suo corpo con lo sguardo, indugiando sulle sue curve. "Forse dovresti indossare un'armatura qui in ufficio, altrimenti non riuscirò a lavorare."

Lei ridacchiò, prese il suo taccuino e gli diede una spintarella. "Andiamo, re dei film. Sono arrivati i dati del box office della scorsa settimana per *Hustle and Dance*. Voglio mostrarti una cosa."

"Che cosa?" le chiese, avvicinandosi alla porta del suo ufficio.

"Sembra che i mercati più piccoli stiano superando quelli più grandi, basandosi sulla percentuale della popolazione."

"Perché pensi che sia così?"

"Le persone dei mercati più piccoli non hanno visto lo spettacolo a Broadway."

"Potresti avere ragione. Abbiamo bisogno di dati precisi e di elaborare un piano per tutti i nostri film tratti da musical. Dobbiamo considerare l'ipotesi di investire di più per la pubblicità in quei mercati. Ottima intuizione, Erica."

Lei gli fece un sorriso raggiante, prese un faldone dalla sua scrivania e lo seguì nel suo ufficio privato.

GUNTHER PARCHEGGIÒ la sua *Ferrari* in un posto auto coperto. Erica uscì dall'auto mentre lui prendeva i bagagli. La casa non sembrava un granché dalla strada.

"La spiaggia è privata. Nessun accesso pubblico," disse lui, facendole strada.

Quando lui aprì la porta, Erica spalancò la bocca. L'interno era tutto bianco: pareti, soffitto, divano, sedie. Nel soggiorno con le porte scorrevoli in vetro c'era un grande divano componibile. All'esterno, la schiuma delle onde si infrangeva poco lontano dalla casa. Sulla destra, c'era una piccola cucina con i ripiani in granito nero e degli sgabelli da bar, dall'altro lato di un piccolo corridoio. A sinistra, vi era un open space con un tavolo rotondo in *plexiglas* verde mare e sei sedie.

"È bellissima!"

"Aspetta solo un attimo. C'è di più, molto di più." Seguì Gunther in una piccola camera da letto con un letto queen-size. Anche la stanza era bianca, con il copriletto e le tende in fantasia marinara blu e verde. Il pavimento era in legno chiaro, straordinariamente lucido.

Lui mise giù le loro valigie e aprì un'anta dell'armadio. "Puoi usare questo e quel piccolo cassettone."

Poi, la prese per mano e le mostrò il piano superiore. Aprì le porte di vetro. All'esterno, c'erano alcune sedie, un piccolo tavolo rotondo e una *Jacuzzi*. A destra, c'erano un enorme griglia a gas e un piccolo frigorifero.

Scesero le scale fino a un piccolo terrazzo con due comode sedie, posizionate di fronte all'oceano. C'era anche una doccia all'aperto. Attraversando un'altra serie di porte scorrevoli in vetro, giunsero in una stanza con un altro divano componibile situato di fronte al mare e una sala da pranzo più grande rispetto a quella del piano di sopra, con un tavolo rettangolare per dieci.

"Ci sono un altro paio di camere da letto, ma non ne abbiamo bisogno."

"Questo posto è meraviglioso." Erica si voltò e si guardò intorno, osservando tutti i dettagli, dal dipinto moderno in giallo e blu al carrello di legno bianco pieno di liquori esotici e bottiglie di vino.

"Adoro questo posto. La mia casa in città è piccola. Una camera da letto. Vengo qui tutti i weekend."

Erica si lasciò cadere sul divano, si tolse le scarpe e appoggiò i piedi sul tavolino di vetro. "Non sono sorpresa che tu trascorra qui il tuo tempo libero."

"Chi ha parlato di tempo libero? Ho del lavoro da fare mentre staremo qui. Mi dispiace, Occhi da cerbiatta, ma sai com'è adesso."

"Allora mi metterò a cucinare." Lei allungò il braccio e si rimise le scarpe. "Dammi le chiavi, vado a fare la spesa."

Gunther le guardò la mano, poi il viso. "Le chiavi della *Ferrari*?"

"Non ho intenzione di rubarti la macchina. Sono solo un paio di chilometri."

Tuttavia, lui esitò. "Problemi di fiducia, Gunther?"

"La mia auto?"

Lei agitò le dita. Lui sospirò, infilò la mano nella tasca posteriore, prese due banconote da cento dollari e gliele porse, insieme alle chiavi.

"Se succede qualcosa alla mia auto, dovrai vedertela con me." Lui la indicò, accennando un sorriso.

"Starò attenta. Te lo prometto."

"Sai guidare col cambio manuale?"

Lei annuì.

"E sai cucinare?"

Lei annuì un'altra volta.

"Non metterci troppo tempo."

Gli diede un rapido bacio e si diresse verso il vialetto.

Il battito del cuore di Erica accelerò mentre inseriva la chiave nel costoso veicolo. *La bambina di Gunther. Fa' attenzione.* Si sentiva a disagio mentre guidava quella splendida auto. Ricordava di aver trovato un elegante negozietto andando verso casa di Gunther. Comprò del cibo raffinato e tornò a casa senza incidenti.

Dopo che lei entrò in casa, Gunther le strappò le chiavi dalle mani. "Nessun incidente?"

Lei scosse la testa. Lui emise un sospiro, sorrise, le scompigliò i capelli e tornò al divano, sul quale aveva messo dei fogli e aperto il laptop. Erica sistemò la spesa, canticchiando la canzone *"Sway"* mentre indossava un grembiule.

Lei preparò gli ingredienti per un pesto che sua madre le aveva insegnato a fare. Pensava di usarlo per condire la pasta fresca. Poi, avrebbe preparato un'insalata di cuori di carciofo, rucola, pomodori maturati sulla pianta, cuori di palma e olive di Kalamata.

Dopo, mescolò un po' di cioccolato fondente fuso con un po' di panna intera. Vi ricoprì delle fragole e delle succose fette d'arancia, poi le mise a raffreddare sulla carta cerata. Gunther si alzò per stiracchiarsi prima di raggiungerla in cucina.

"Che buon profumo!" Le mise il braccio intorno alla vita e le mordicchiò il collo.

"Potrebbe essere il dopobarba più costoso del mondo?"

"Potrebbe essere la cena o tu... o entrambi." I morsetti diventarono baci.

Lei ridacchiò quando le sue labbra iniziarono a stuzzicarla. "Non adesso. La cena è quasi pronta."

"Mi piacerebbe mangiare te per cena."

Il cuore di Erica iniziò a battere all'impazzata, facendole fremere tutto il corpo. *Non innamorarti di lui. Ti spezzerà il cuore. Ma è così sexy e dolce! Gunther Quill dolce? Avvisa i media!*

Lei scoppiò a ridere alla sua stessa battuta.

"Che cosa c'è di così divertente?"

"Niente."

Lui la guardò, sollevando un sopracciglio. "Non stai dicendo la verità."

"È una cosa personale. Forza, la cena è pronta."

Lui portò la grande ciotola di pasta al pesto sul tavolino in terrazza. Erica aveva già apparecchiato con tovagliette di lino, posate d'argento e calici per il vino. Lei prese l'insalata, una bottiglia di vino e un cavatappi.

Mentre mangiavano, lei osservava le onde, che si infrangevano costantemente sulla spiaggia. Il Pacifico era bellissimo.

"Hai portato il tuo costume?"

"Il costume da bagno? Sì."

"Bene. Mi piace farmi una breve nuotata dopo cena. Mi rilassa. Mi aiuta a dormire."

So cosa puoi fare per aiutarti a dormire. Lei gli sorrise.

"Che cosa?" le chiese, mettendosi una forchettata di pasta in bocca.

"Niente."

"Troppi segreti, Erica. Odio i segreti. Spara."

"Stavo semplicemente pensando a un'altra attività che potresti fare per aiutarti a dormire."

Lui scoppiò a ridere. "Non c'è bisogno di dirlo."

Lei ebbe la pelle d'oca al solo pensiero di stare con lui in quel letto enorme. Lei incontrò il suo sguardo e percepì il calore tra di loro. "È abbastanza appartato per fare il bagno nudi?"

"Purtroppo no. Ma possiamo sempre fare un bagno nudi nella *Jacuzzi*."

Lei sentì un brivido lungo la schiena. *Nuda con Gunther nella Jacuzzi!* "Sembra che tu abbia un piano." Lei nascose il suo entusiasmo mettendosi un po' d'insalata in bocca.

Dopo cena, Gunther la aiutò con i piatti. Poi, la strinse tra le braccia per darle un bacio. Erica si avvicinò a lui, volendo di più. Lui le afferrò il sedere e lo strinse. Lei gli mise le braccia attorno al collo.

"Mi vuoi?" sussurrò lui.

"Lo sai che è così."

Lui ridacchiò. Lei avvicinò i fianchi ai suoi e fu come se avesse premuto un interruttore. Lui le infilò le dita sotto la canottiera, sentendo la sua pelle e sganciandole il reggiseno. Prima che lei potesse battere ciglio, lui le tolse la canottiera e le abbassò i pantaloncini. Quando lei fu nuda, lui indietreggiò, ammirando lo spettacolo.

"Sei perfetta. Perfettamente bella." I suoi occhi brillarono. "E tutta mia," mormorò lui. Prendendola per mano, la condusse in camera da letto e tirò giù le coperte.

Sono tutta tua? Improvvisamente intimidita, si infilò rapidamente sotto le lenzuola. "Via quella roba, mister," gli ordinò lei, facendo un cenno con la mano. Lui ubbidì, togliendosi i pantaloncini e la maglietta. *È lui ad avere un corpo perfetto.*

Lui salì sul letto, muovendo i muscoli con grazia e potenza. I suoi occhi, più scuri del caffè espresso, le diedero i brividi. La voglia di Gunther, evidente sul suo viso, era tanta quanto la sua. Quando la raggiunse, si avventò come un puma, tenendole i polsi fermi sul materasso con le sue mani forti, mentre le esplorava le labbra, il collo e il petto con la bocca.

All'inizio Erica resistette, poi si rilassò e si abbandonò al desiderio. Ogni suo tocco accendeva il suo fuoco interiore e il calore della passione scioglieva le sue paure. Lei aprì le gambe, avvolgendole intorno a lui in un gesto di sottomissione. *Prendimi, cazzo.*

"Mi vuoi?" le chiese, sussurrandole all'orecchio con voce roca.

Lei sospirò.

"Dillo."

"Sì."

"Dillo!"

"Ti voglio, Gunther, dentro di me. Sbrigati." Sorridendo, allungò la mano per toccarla. Inserì facilmente le dita dentro di lei. Lei inarcò la schiena mentre lui continuava a spingere. Lei gemette: "Tu. Sei il massimo. Proprio tu."

Le mordicchiò il seno, poi lo leccò, succhiandole i capezzoli fino a farla urlare. Prima che lei potesse dire qualcosa, lui le sollevò le ginocchia, indossò il preservativo e si immerse dentro di lei. Lui si resse mentre entrava e usciva. Erica gli mise le mani sulle guance e avvicinò le labbra a quelle di lui. Lei invase la sua bocca e lui rispose intrecciando la lingua con la sua.

Mentre aumentava velocità, lei lasciò scivolare le mani lungo il suo collo e il suo petto, poi lo abbracciò. Le parole "Ti amo" le turbinavano in testa, danzando con i suoi sensi. *Zitta, zitta.* Tenne i suoi sentimenti per sé, con la voglia di condividerli con lui, ma impaurita. Lui la riempiva totalmente, fisicamente ed emotivamente. Aveva conquistato il suo cuore.

"Oh, Dio, Occhi da cerbiatta," mormorò lui, chiudendo gli occhi e prendendo il ritmo.

Lei ondeggiava insieme a lui, muovendo i fianchi al ritmo dei suoi. Lui ebbe un fremito e spinse forte per tre volte. Lei urlò il suo nome mentre raggiungevano l'orgasmo insieme. Il piacere le attraversò il corpo, calmandola. Gunther si abbandonò, appoggiandole la testa sul suo petto. Lei gli accarezzò la fronte, tirandogli i capelli indietro.

"Oh, piccola. È stato... grandioso," sussurrò lui, spostando la mano per accarezzarle il seno.

I due amanti rimasero immobili insieme. Iniziò a baciarle il seno mentre lei giocherellava con i suoi capelli. *Se potessi rimanere così per sempre...* Erica chiuse gli occhi. La sua immaginazione esplose, immaginando Gunther e lei in quella casa giorno dopo giorno, stagione dopo stagione. La contentezza le scorreva nelle vene.

"Un penny per i tuoi pensieri." disse lui, alzando la testa per stabilire un contatto visivo. Lei sorrise, ma non parlò. "Hai di nuovo la testa da un'altra parte. Lo fai a volte. Un minuto sei qui e quello successivo sei altrove."

"Davvero?" *Smetti di sognare quello che non puoi avere.*

Lui annuì, sollevandosi sulle mani e allontanandosi da lei. Andò in bagno a lavarsi e, quando tornò, rimboccò le coperte a Erica. "Devo finire di fare alcune cose. Torno presto." Lei aggrottò la fronte, sporgendo il labbro inferiore. Lui ridacchiò, le diede un bacio e uscì dalla stanza.

Erica si appisolò leggermente finché non sentì abbassarsi il letto. Aprì gli occhi e vide la figura oscura di Gunther muoversi sotto il lenzuolo. Lui si distese sulla schiena. Lei gli si avvicinò, appoggiandogli la testa sulla spalla, e sospirò. *Ora, posso dormire.*

"Buonanotte, Occhi da cerbiatta," le disse, mettendole un braccio intorno alle spalle.

"Buonanotte, tesoro," sussurrò lei, con gli occhi socchiusi.

"Mi hai chiamato 'tesoro,'" le disse.

"Mmm? Oh. Sì." Ma aveva troppo sonno per correggersi, fare un'osservazione intelligente o spiegarsi. Le diede un bacio sulla fronte e la strinse a sé. In poco tempo, i due amanti si addormentarono.

Capitolo Otto

Erica sgattaiolò nell'aula di Whitmarsh Eddy, con la coda tra le gambe. Sam le fece cenno di sedersi accanto a lui.

"Perché sei di cattivo umore?" le chiese.

"Ho sbagliato tutto."

Sam sollevò le sopracciglia, lanciandole un'occhiata interrogativa, ma l'insegnante entrò nella sala e batté le mani.

"Ok, è ora di alcuni aggiornamenti."

Erica sprofondò nella sua sedia, sperando di diventare invisibile.

"Abbiamo fatto un po' di provini. Esaminiamo i risultati."

Lui chiamò diversi studenti prima di lei e le speranze di Erica che si fosse dimenticata di lei aumentarono. Ma smise di sorridere quando lui richiamò l'attenzione di tutta la classe su di lei.

"La nostra stella più splendente, Erica Stone. Com'è andata, signorina Stone?"

Il silenzio era assordante. Tutti gli sguardi erano puntati su di lei. Lei deglutì, cercando di inumidirsi la bocca, in confronto alla quale la sabbia del deserto sembrava bagnata.

"Bene, ci racconti tutto. Che cos'è successo? Si alzi."

Erica si alzò in piedi, appoggiandosi allo schienale della sedia che aveva davanti per stabilizzare le sue ginocchia vacillanti. "Ho sbagliato tutto."

"Che cosa?" Whit si portò la mano all'orecchio. "Non riesco a sentirla, cara."

"Ho sbagliato tutto!" ribatté lei, quasi urlando. Il brusio dei commenti degli studenti riempì la sala.

"Come mai? Che cosa è successo?"

Erica spiegò brevemente di essersi bloccata davanti al direttore del casting e ai produttori. Aveva dimenticato le sue battute. Quindi, le avevano chiesto di leggere il copione. La sua voce si era spezzata all'improvviso. Così, aveva preso dell'acqua. Era come se le sue emozioni si fossero rinchiuse dentro di lei e non riuscissero a venir fuori. La sua lettura era stata molto rigida e lei era stata congedata con il ringraziamento di rito, appena accennato. Non aveva più avuto notizie.

"Panico da palcoscenico?"

Lei annuì. Whitmarsh consigliò dei metodi per affrontare il panico da palcoscenico. Erica sprofondò di nuovo sulla sedia. Aveva voglia di piangere e di uscire di corsa dalla sala. Sam le diede una pacca sul braccio.

"Andrà meglio la prossima volta."

Lei accennò un sorriso per il suo tentativo di tirarle su il morale. Mise da parte la sua umiliazione e partecipò alla lezione. In seguito, Whit la chiamò in prima fila. Anche Sam la seguì.

"Erica, non scoraggiarti. Hai talento. Una tonnellata di talento. Ho prenotato un altro provino per te. Ci sarà un mio amico. Gli dirò di essere gentile con te."

Lei sorrise, grata che lui non avesse rinunciato a lei.

"È per un film, *Strani amici di letto*. Un'attrice di supporto si è ammalata e ha dovuto rinunciare. Tu sei perfetta per quella parte."

Lui proseguì descrivendo il personaggio, ma Erica lo ascoltava solo in parte. *Strani amici di letto. È il film di Gunther. È lui il suo amico? Oh, mio Dio. Non posso farlo.*

"Chi è il suo amico?"

"Gunther Quill. Gli ho già parlato di te."

Il cuore di Erica ebbe un sussulto e lei smise di respirare. Whit sorrise. "È davvero impaziente di conoscerti."

Merda. "Quand'è? Non sono sicura di poterci andare..." *Stupide bugie. Ora perderò una grande opportunità. Merda!*

Whit aggrottò la fronte. "Ascolta, Erica, ho corso un grosso rischio per te. Se hai intenzione di fare la primadonna con me, beh, va al diavolo. Puoi semplicemente abbandonare questo corso. Mi interessa avere solo studenti seri qui. Studenti che mettono al primo posto il loro lavoro. Sono sicuro che ci siano almeno dieci studenti in questa classe che sarebbero felici di prendere il tuo posto."

"Mi dispiace. Non voglio sembrare ingrata. Ci andrò. Glielo prometto."

Un sorriso illuminò il volto paffuto dell'insegnante di recitazione. "Bene. Dirò a Gunther di aspettarti. E buona fortuna, mia cara."

Non si ricordava di aver lasciato lo studio, ma all'improvviso si ritrovò all'esterno, diretta verso la sua auto insieme a Sam.

"Stronzetta fortunata!"

Lei si voltò verso di lui. "Come hai detto?"

"Sei davvero fortunata! Una seconda possibilità dopo che hai rovinato la prima. Deve avere un debole per te."

"Grazie di tutto il tuo sostegno, Sam." Erica si allontanò da lui.

"Forse dovrei chiamare il signor Quill per dirgli che la sua amichetta bugiarda si presenterà a quel provino."

Lei si voltò di scatto per affrontarlo. "Non lo faresti!"

"Ne sei sicura? È ovvio che anche Whit vuole farlo con te."

"Troverò un modo per tenere Gunther lontano da quell'audizione venerdì. Non osare dirglielo."

"Perché no?" disse lui, con gli occhi luccicanti. "Lascia il posto a qualcun altro della nostra classe, come Beth."

"Hai una cotta per Beth?"

"Non ti piacerebbe saperlo, Miss "Cuore di pietra"?"

Lei alzò la mano per dargli uno schiaffo, ma lui le afferrò il polso prima che lei potesse farlo.

Whitmarsh Eddy passò vicino a loro. "State provando? Gentile da parte tua prepararla per l'audizione, Sam." Poi, proseguì verso la sua auto. "Non lo chiamerò. Forse, se lui non sarà lì, non otterrai la parte. Andare a letto con il produttore è una garanzia per ottenere un contratto, no?"

Gunther avrà un infarto se mi vedrà lì.

"Giusto, Sam. Non chiamarlo. Lascia che io fallisca. Sappiamo entrambi che non ho i requisiti giusti per farcela. Nessun coraggio. Quindi lascia che io faccia il provino *per Strani* amici di letto e Beth avrà una possibilità. Puoi dirle che mi hai scoraggiata e forse verrà a letto con te."

"Non faccio fatica a trovare donne che vogliano venire a letto con me."

"Bene. Allora non sentirai la mia mancanza." Erica girò i tacchi e si diresse verso il suo macinino arrugginito, sentendosi meno sicura di quanto dimostrasse. *È geloso e adesso non è più mio amico. Lo è mai stato?*

"Rompiti una gamba, Erica. Anzi, rompitele entrambe e rompiti anche il collo!" le urlò Sam.

Quelle parole arrabbiate la fecero rabbrividire. *Forse non sono tagliata per questo lavoro. Quanto voglio davvero realizzare questo sogno? Sam mi odia. Resterò da sola per sempre?* Mise da parte la tristezza e lasciò entrare la determinazione nel suo cuore. *Non ho perso nulla. Sam non è mai stato mio amico. Troverò a Gunther un altro impegno e supererò quel provino. Ne ho bisogno. Mi occuperò dopo delle conseguenze. È il mio sogno. Devo provarci, anche se non ce la farò.*

La sua vecchia auto si accese al primo tentativo. Erica lo vide come un buon segno e imboccò l'autostrada, lasciando che i suoi sogni prendessero il controllo dei suoi pensieri.

Il giorno dopo, in ufficio, Erica decise di organizzare un incontro tra Gunther e Grace Brewster. Il compleanno di Max era stato un enorme successo. Gunther si era abbondantemente scusato con Grace. Si era offerto di donare mille dollari alla sua organizzazione benefica preferita. Lei si era scusata per averlo attaccato. Erano stati visti sorridere e chiacchierare. Non erano esattamente migliori amici, ma andavano abbastanza d'accordo da poter lavorare insieme.

Se riesco a organizzare per Gunther un incontro con Grace per parlare della sceneggiatura, lui non sarà presente al mio provino. Sta morendo dalla voglia di fare la versione cinematografica di Sway. Chiamò Grace e prenotò l'incontro per le cinque, alla stessa ora del provino. Quindi, fece un respiro profondo ed entrò nel suo ufficio.

"Ho fissato un incontro con Grace Brewster venerdì alle cinque. Segnalo sul tuo calendario."

"Mmm. Venerdì alle cinque. Non avevo già un altro impegno?"

"Non sei bravo con queste cose. Dammi." Erica gli tolse il telefono dalle mani e cancellò rapidamente il provino dalla sua agenda. "No. Qui non c'è niente."

"Pensavo di aver... ridammelo." Lui allungò il braccio e lei glielo mise in mano, sorridendo tra sé e sé. Lui aprì il calendario e lo scorse diverse volte.

"Hai ragione. Non c'è niente qui."

"Allora inserisco l'incontro con Grace, ok?" Lei si voltò per andarsene.

"Lei verrà qui?"

Erica si voltò per rispondergli. "Sì. E ordinerò il suo caffè preferito e un paio di danesi al formaggio." Lei chiuse la porta e vi si appoggiò, emanando il respiro che aveva trattenuto. *Lui si fida di me. Non ha nessun sospetto.*

Quella sera, si portò a casa la sceneggiatura di Strani *amici di letto*. Studiò la parte fino a quando non riuscì a recitare le scene di Violet a memoria. La sua fiducia in sé aumentava man mano che capiva il personaggio. *Whit aveva ragione, questa parte è perfetta per me.*

La felicità e l'impazienza crebbero dentro di lei mentre si avvicinava il giorno del provino. Ora che Gunther era fuori dai piedi, sapeva di poter fare un'ottima audizione e che lui non l'avrebbe mai saputo. Infatti, si mise a ridacchiare pensando a quando lui le avrebbe chiesto di redigere un contratto per "Erica Stone." *Non ho ancora ottenuto la parte. Rallenta.*

Per alleviare il suo senso di colpa, soddisfò i bisogni di Gunther come non aveva mai fatto prima. Comprò per lui un caffè speciale e fece un classifica delle vendite *al botteghino di Hustle and Dance* fino ai mercati più piccoli. Scrisse una relazione sui risultati di *Sway*. Tutti i progetti di Gunther stavano andando bene e lui era più allegro che mai.

Venerdì, non riusciva a stare ferma. Per non arrivare in ritardo al provino, mentì su un appuntamento dal dentista e programmò di uscire dall'ufficio alle tre. Preparò la caffettiera per Grace, mostrò a Gunther dove fossero i danesi al formaggio e lo salutò con un bacio.

"Un bacio prima di andare dal dentista? Mi fa piacere, ma è solo un appuntamento dal dentista."

Lei si fermò di colpo. *Non esagerare. Niente eccessi.* "Perché no?" disse lei allontanandosi, prendendo la borsetta e dirigendosi verso la porta. Una volta in macchina, fece un respiro profondo. *C'è mancato poco. Mi dispiace, Gunther, ma devo farlo.* Andò via, allontanandolo dai suoi pensieri e concentrandosi sulla parte di Violet.

GUNTHER SI APPOGGIÒ allo schienale della sedia. La sua vita poteva andare meglio di così? Gli affari andavano benissimo. *Hustle and Dance* stava portando un sacco di soldi e il lancio in Europa sembrava promettente. *Sway è tutto esaurito da sei mesi.* Lui sorrise. Un suono del suo computer attirò la sua attenzione. *Era un' e-mail di Whit.* La aprì.

> *Non vedo l'ora di sapere cosa pensi di Erica Stone. Chiamami dopo l'audizione.*

Gunther scattò sulla sedia. *Cazzo! L'audizione per Strani amici di letto! Cazzo, l'ho dimenticato! Avrei giurato di averlo scritto sul calendario.* Compose il numero di Grace Brewster e le spiegò l'imprevisto, scusandosi abbondantemente. Lei non rimase contenta e questo lo preoccupò. Aveva bisogno di lei.

Dopo cinque minuti, arrivò nel parcheggio, inserendo la chiave nella sua *Ferrari*. *Devo arrivare a quell'audizione.* Si fermò bruscamente, entrò nel primo parcheggio vuoto che riuscì a trovare e si precipitò nell'edificio. Entrò nello studio proprio quando il direttore del casting annunciava "Erica Stone." Gunther si sedette nella terza fila in fondo per non disturbare.

Erica uscì da dietro le quinte con la sceneggiatura in mano. Gunther si strofinò gli occhi. *Sono così innamorato che la vedo dappertutto.* Ma vedeva ancora la sua Erica. Si alzò e avanzò a grandi passi lungo il corridoio. Doveva avvicinarsi. Ovviamente, la sua vista stava perdendo colpi. Il direttore del casting si voltò per salutarlo. Si sedette nella fila dietro il regista e gli altri produttori. Poi, vide che Erica alzò lo sguardo, lo riconobbe e si bloccò. *Erica, sei tu?* Ma lui sapeva già che era lei. *Che cosa ci fai qui?*

Eppure, non voleva crederci. *Sei un'attrice? No. Hai detto che non lo eri. Mi hai mentito?* Era stato tradito. Si sentiva ferito, ferito a morte. Il dolore gli attraversò il corpo prima che la sua mente entrasse in azione. Per la prima volta da quando Laurel era morta, Gunther si sentì le lacrime agli occhi. L'aveva amata, ma lei l'aveva ingannato, usandolo come trampolino di lancio. L'aveva ingannato per farlo affezionare a lei. Ma era stata solo la sua ambizione, non l'amore.

Poi, Gunther Quill, il sopravvissuto, ebbe il sopravvento. La rabbia gli entrò nel cuore. Non riuscì a controllare la sua rabbia e si sentì arrossire in viso. Provò alcune tecniche di respirazione che Whit gli aveva insegnato per controllare la rabbia. Aveva funzionato, per un po'. Si rivolse a lei e disse con il suo tono più glaciale: "Per favore, continui, signorina Stone. Non voglio interromperla."

"Erica, vai alla scena in cui Violet dice a Ted di essere incinta."

Gunther non riusciva a toglierle gli occhi di dosso. Lei era diventata molto più pallida. Il regista le chiese se avesse bisogno di un minuto o se volesse sdraiarsi, ma l'attrice scosse la testa.

"Questa è una scena molto emozionante, signorina Stone. Violet è stata tradita dal suo amante. Ci metta tutta sé stessa. Ci mostri cosa sa fare."

Tradimento? Dovresti essere in grado di farlo perfettamente, Miss Gezabele. Gunther si appoggiò allo schienale, fissandola, con le mani unite. Erica lo guardò, poi guardò la sceneggiatura. Mentre voltava le pagine, le tremavano le mani.

"Non c'è niente di cui essere nervosa. Deve solo leggere la scena, cara," disse il direttore del casting.

Gunther la osservò mentre respirava profondamente e chiudeva gli occhi. Quando li aprì, lei lo stava fissando. *Quindi, reciterà questa scena per me? Che assurdità!* La sua rabbia aumentò. *Non può essere brava. Spero che fallisca.*

Erica si raddrizzò, fece un respiro profondo e poi entrò nel personaggio. Parlò chiaramente, enunciando perfettamente le battute. Scosse la testa mentre dava una lavata di capo al suo amante. Camminando avanti e indietro, lei spostava lo sguardo dal soffitto a Gunther e viceversa.

Cazzo, la stronza è brava. Rimase incantato dalla sua esibizione. Mentre proseguiva, il lieve tremore della sua voce scomparve. Sembrava che avesse più fiducia in sé stessa e non ebbe più bisogno di guardare la sceneggiatura. Il direttore del casting e gli altri produttori pendevano da ogni sua parola. Erica avanzò gesticolando, pronunciando le sue battute arrabbiate in direzione di Gunther, poi indietreggiò e scoppiò in lacrime. La sua carica emotiva era impressionante.

Quando finì, ci fu un secondo di silenzio, poi tutti applaudirono entusiasti. Lui avvertì come una pugnalata al cuore. Era stata brava, molto brava. Ovviamente, aveva conquistato anche il regista e i produttori. Ce l'aveva fatta. Avrebbe ottenuto la parte. Le emozioni di Gunther, dall'odio alla tristezza, dal tradimento alla brama, rimbalzavano per tutta la sala. Lui non sapeva che pesci prendere. *Sto perdendo il controllo. Io non perdo mai il controllo.*

L'idea che lei l'avesse preso in giro, solo per la sua ambizione, gli faceva male come il morso di un serpente. Il veleno che gli scorreva nelle vene allontanava i suoi sentimenti dalla sua mente. L'amore cominciò a svanire dal suo cuore, lasciando il posto all'odio. *Il grande Gunther Quill era stato preso in giro. Che idiota! Era stato usato. Lei è brava. È molto brava. Non l'avevo notato.*

I flash de bei momenti trascorsi con Erica erano rovinati. Adesso vedeva come una finzione la sua dolcezza nei suoi confronti. *È una grande manipolatrice. Mi sono fidato del suo bel visetto.* Lui sbuffò e una risata triste gli sfuggì dalle labbra.

"Tesoro, sei stata magnifica! Dimmi il nome del tuo agente e parleremo del contratto," disse il direttore del casting, aprendo il suo telefono.

Tra il fragore delle lodi, delle domande e delle risposte, Gunther si alzò. La debolezza gli faceva tremare le gambe. Si appoggiò alla sedia per reggersi. *Come cazzo faccio a guidare fino a casa?*

Erica gli si avvicinò. Gli mise una mano sul braccio. "Gunther... per favore. Lascia che ti spieghi."

Lui si scrollò il suo braccio di dosso. Se avesse potuto lanciare fuoco dagli occhi, l'avrebbe fatto. "Non c'è niente da spiegare. Il grande produttore è stato prese in giro dall'innocente ragazzina di campagna. Ho già capito."

"Sono licenziata?"

"Tu che cosa credi?"

"Se lo sapessi, non te lo chiederei."

"Certo che sei licenziata. Prendi le tue cose e non tornare mai più." Si allontanò da lei, ma la sentì sospirare. "Domani farò cambiare le serrature," proseguì lui, per accertarsi che lei capisse che faceva sul serio.

"Non ho mai avuto intenzione di farti del male. Io ti amo." Lei lo seguì fino alla porta.

L'ironia della situazione lo colpì. Un sorriso sardonico gli comparve sulle labbra. "Davvero? Non hai fatto altro che mentirmi fin dall'inizio. E dici di amarmi? Avrei detto il contrario. A me sembra che tu mi abbia usato per avere la tua occasione di diventare famosa. Beh, ci sei riuscita. Quindi lasciami stare."

"Non è così che si comporta Gunther Quill?" disse lei, con le mani sui fianchi e gli occhi asciutti.

Lui si voltò verso di lei. "Hai anche il coraggio di dirmelo? Non mi sono mai prostituito per ottenere ciò che voglio. Non ho mai finto di essere innamorato per raggiungere i miei obiettivi."

Lei gli diede uno schiaffo sul viso, poi indietreggiò inorridita. "Mi dispiace. Non volevo."

"Bugiarda. Sì che volevi." Il dolore della guancia coincideva con il dolore del suo cuore. Pensava che lei lo amasse, anche se non gliel'aveva mai detto. Ma, per tutto il tempo, lei aveva amato solo il suo potere e le sue conoscenze. Il cuore gli sanguinava, rendendolo più debole. *Ho bisogno di andarmene prima di fare qualcosa di cui potrei pentirmi. Come piangere.*

Rimase sorpreso dalla profondità delle sue emozioni. La tristezza allontanò la rabbia dal suo cuore. Lui l'amava e aveva creduto che anche lei lo amasse. La desiderava e voleva che lei lo amasse. Aveva bisogno che lei lo amasse. Ora tutto era andato in fumo. Si era aggrappato al legame che credeva ci fosse tra di loro, ma gli si era sgretolato tutto tra le mani. *Sei un idiota! Non ha mai provato per te quello che tu provavi per lei.*

Lei gli si avvicinò un po'. "Ti ho sempre amato. Mi dispiace non aver detto niente prima. Non pensavo che potessi amarmi."

"Io no", ribatté lui. *Mentì per ferirla. Sto giocando sporco come lei.* Lei indietreggiò come se lui l'avesse colpita. Non poteva stare zitto. "Non montarti la testa. Sei solo una delle tante ragazze della mia vita." Un'espressione di dolore le comparve sul viso e i suoi occhi si inumidirono. Si sentì in colpa per averla ferita, ma non riuscì a fermarsi. *Che cosa stai facendo?*

All'improvviso, voleva infliggere un colpo profondo e mortale come quello che lei aveva inflitto a lui. Sapeva di volerla e di amarla ancora, ma non poteva farci niente: "Sei solo un'altra donna vuota ed egoista che pensa di poter recitare. Una ragazza che vuole fama, denaro, glamour... per compensare il fatto che a suo padre non importa un cazzo di lei."

Quelle parole colpirono nel segno e, nel momento in cui gli uscirono dalla bocca, lui se ne pentì. Lei sospirò profondamente e le lacrime cominciarono a scenderle dagli occhi. "Come osi? Come ti permetti di dire una cosa così..." balbettò lei.

"Come mi permetto? Come ti permetti tu! È questa la domanda giusta. Non giriamoci intorno. Sei tu che ci hai inflitto il colpo fatale. Sei tu la traditrice. Tu! Non io!" Lui perse il controllo. Le lacrime fecero crollare le sue difese, riempiendogli gli occhi. Il mento iniziò a tremargli. Doveva andarsene da lì prima di soccombere all'umiliazione, scoppiando a piangere davanti a lei, come un amante abbandonato.

Aprì la porta e si precipitò fuori. Armeggiando nelle tasche, finalmente trovò le chiavi della *Ferrari* e vi entrò. Chiuse gli sportelli e appoggiò la testa sul volante. In pochi secondi, si ricompose e si guardò intorno. *Grazie a Dio. Sono solo.*

Mentre usciva dal parcheggio, vide uscire Erica. Lei si appoggiò allo stipite della porta, con un'espressione accigliata e debole. *Gliel'hai fatta pagare. Tu. Nel suo momento di trionfo, le hai dato una pugnalata nel cuore. Spero che tu sappia cosa stai facendo.*

Ma non lo sapeva e questo lo faceva rabbrividire. Gunther Quill aveva programmato ogni sua mossa in anticipo negli ultimi dieci anni. Ma non adesso. Era come un cieco che brancolava nel buio, che allungava le braccia in cerca di una sedia, di un muro al quale appoggiarsi o di qualcosa che lo sostenesse, ma non trovandone nessuna.

Si diresse verso la casa sulla spiaggia, si preparò uno scotch on the rocks e si sedette sul pontile a guardare l'oceano. Gunther Quill, produttore dissoluto e di classe, indifferente ai sentimenti, ora aveva il cuore spezzato. Soffriva quasi come quando aveva perso Laurel. Non provava più dolore da tanti anni. Aveva protetto bene i suoi sentimenti. Ma Erica si era insinuata dentro di lui, lentamente, superando le recinzioni di filo spinato che proteggevano le sue emozioni.

Per la prima volta in vent'anni, Gunther non sapeva cosa fare. Non aveva un piano. Si limitava a bere e a rimuginare. Riviveva nella sua mente ognuno dei giorni trascorsi con Erica. Non aveva prove che lei l'avesse fatto. No, non aveva perso niente. Pur non essendo una sua abitudine, si era fidato di lei. Adesso ricordava perché. *Nessuno è ciò che appare. Perché ho creduto che lei fosse sincera?*

Avremmo potuto avere tutto. Essere una coppia perfetta. Insieme, avremmo potuto portare al successo la East West Productions. Come posso farcela senza di lei? Anche ora, sarebbe ancora stato costretto a stare con lei sul set di *Strani amici di letto*. L'agonia di vederla giorno dopo giorno sul set, osservandola con il suo coprotagonista, chiedendosi se andasse a letto con lui, lo angosciava ulteriormente.

Non voleva che lei andasse a letto con qualcun altro. Voleva solo Erica, ma non quella nuova, subdola e ingannevole. Voleva l'Erica dolce, genuina e amorevole che aveva creduto di avere.

Lei era solo un mito della tua immaginazione. Fattene una ragione. Non hai perso nulla. Non hai mai avuto niente. Non è mai stata quella che sembrava, quella che pensavi che fosse. Ti ha mentito, ti ha ingannato e ti ha usato. Lui compianse la morte dei suoi ideali. L'Erica che aveva amato non era mai esistita. Si era innamorato di un'eccellente attrice, non di una donna vera.

Al suo terzo scotch, non gli importava più di analizzare ogni loro momento insieme. Stava per ottenere un grande successo, reso più dolce perché l'aveva condiviso con Erica. Ora era finita. Il suo cuore, una volta pieno d'amore, aspettative e progetti, adesso era totalmente vuoto. *Mi chiamava "tesoro." Anche quella era una bugia? Forse.*

L'alcol e la disperazione ebbero il sopravvento su di lui. Si mise a letto e si addormentò profondamente, ancora vestito. Un'ora dopo, si risvegliò. Rendendosi conto che lei sarebbe stata nel suo ufficio a prendere le sue cose, si spaventò all'idea che potesse portare con sé delle informazioni riservate.

Si lavò il viso, si sciacquò i denti con il collutorio e prese la sua auto, diretto a *Los Angeles. Non le permetterò di distruggere la mia attività. È già abbastanza brutto che mi abbia distrutto la vita.* Nel profondo del suo cuore, era convinto che lei non avrebbe preso niente. Ma si era già sbagliato sul suo conto. Ora, non si fidava di sé stesso. Cercò di prepararsi alla peggiore delle ipotesi: che lei potesse aver rubato i suoi file riservati.

Quel pensiero gli fece storcere lo stomaco. *Come potrei sbagliarmi così tanto su di lei? Immagino che lo scoprirò stasera.* Accelerò, portando la sua *Ferrari* a una maggiore velocità.

Capitolo Nove

Erica rientrò esitando nell'edificio. Aveva un agente? No. Aveva sperato che Gunther potesse aiutarla in questo. Aveva desiderato che Gunther fosse felice per lei. Che stupida che era stata! Lei gli aveva mentito, l'aveva tradito, o almeno così pensava lui. Ora, pensava che non le fosse mai importato di lui, ma in realtà era disperatamente innamorata.

Vederlo crollare davanti ai suoi occhi era stato devastante. Soprattutto sapendo di essere la causa del suo dolore. Non l'aveva mai visto così vulnerabile. *Immagino che lui mi amasse, anche se non riusciva a dirlo. Questa è l'unica spiegazione.* Lei ritornò nello studio, dove i produttori stavano chiacchierando. Tutti si congratularono con lei. Non sapevano che il suo cuore si era appena spezzato in mille pezzi.

Facendo affidamento sulle sue capacità nella recitazione, ringraziò tutti, prese alcuni appunti su ciò che sarebbe successo dopo e raggiunse il suo macinino. Guidò fino a una strada senza uscita e parcheggiò l'auto. Non riuscendo più a trattenersi, appoggiò la testa sul volante e si mise a singhiozzare.

Quando finalmente riprese il controllo e si asciugò gli occhi e il naso, pensò all'ironia di aver ottenuto contemporaneamente il suo più grande successo professionale e il suo più grande fallimento personale. Voleva festeggiare con Gunther, ma lui non voleva parlarle. Ma sapeva che era colpa sua. Lei gli aveva mentito. Aveva avuto molte occasioni di dirgli la verità, ma non l'aveva fatto.

Si fermò in un fast food, prese qualcosa da mangiare e si diresse per l'ultima volta verso l'ufficio di Gunther. Aprì la porta, grata di non trovarlo lì. Sebbene avesse lavorato per lui solo per un paio di mesi, fu sorpresa da quanti dei suoi oggetti personali vi avesse portato. La sua collezione di tazze da caffè e le sue caramelle preferite erano aumentate lentamente, come il suo amore per Gunther.

Ricordando i suoi primi giorni di lavoro, quando aveva pensato che lui fosse cattivo, si vergognò di essere stata lei a tradirlo e di essersi aspettata che sarebbe stato lui a farlo. *Che cosa ho fatto? Perché non gliel'ho detto prima?* Nel suo cuore, sapeva che, anche se gliel'avesse detto prima, lui avrebbe avuto la stessa reazione. Magari non sarebbe rimasto sconvolto vedendola al provino, ma si sarebbe comunque arrabbiato.

Come ho potuto accettare tutto questo senza riflettere? Doveva essere uno piano per vendicarsi del capo cattivo. Non per spezzare il cuore dell'uomo che amo. Preparò il caffè e si appoggiò allo schienale della sedia. L'ufficio era diventato confortevole. Sorseggiando il caffè da una delle sue tazze, cercò di memorizzare tutto, dagli eleganti dipinti a olio appesi alle pareti alle lussuose sedie in pelle della sala conferenze.

Quel posto era stato la sua casa lontano da casa. Un posto che aveva condiviso con Gunther. Lei sospirò. *Mi mancherà stare qui. Che cosa ne sarà della East West Productions? Immagino che sarò sul set, per lanciare la mia carriera.*

Nel bel mezzo delle sue fantasticherie, la porta si aprì e Gunther entrò in ufficio. "Non toccare niente." Lui si fermò nel bel mezzo della stanza.

"Che cosa? Mi hai detto di portare via le mie cose da qui." Cercò di sembrare sicura, finendo quasi per apparire aggressiva, ma il suo cuore ebbe un sussulto vedendolo.

"Già. Le tue cose. Non toccare i miei file riservati."

"Non avrei mai... Pensi davvero che io voglia farti del male?"

"Non so cosa pensare. Non pensavo che tu fossi una bugiarda, ma mi sbagliavo."

Lei abbassò la testa, coprendosi gli occhi con le mani. "Non ti farei mai del male, Gunther."

Lui fece una risata triste.

"L'hai già fatto."

"Non ne avevo intenzione. Tutto questo è iniziato con Amy. Ha detto che tu eri..."

"Quella stronzetta? È una buona a nulla..."

"Lo so! Lo so. Mi fidavo di lei. Le ho creduto."

"È stupida e pigra."

"Adesso lo so. Allora, non l'avevo capito. Tuttavia, mi avresti assunta se avessi saputo che volevo diventare un'attrice?'

"Probabilmente no."

"Mi dispiace di averti ingannato..."

"Mi hai mentito. In modo sfacciato e totale..."

"Ok! Ti ho mentito. Mi dispiace. Pensavo che fossi diverso. Non volevo mentirti, nemmeno quando pensavo che tu fossi uno stronzo. Ma avevo bisogno di una svolta. Ero disperata. Riesci a comprenderlo?"

Lui pensò a suo padre. *Scommetto che era disperata. Allora, avrebbe dovuto implorarmi per avere una possibilità. Non avrebbe dovuto mentirmi.* "Capisco che eri disperata. Ma poi? Perché non sei stata sincera?"

"Sapevo quanto ti saresti arrabbiato. Avevo paura."

"Paura di cosa? Che ti urlassi contro, che ti licenziassi?"

"Avrei potuto sopportare le urla. Ma, di certo, non volevo essere licenziata. Non volevo ferirti... perdere..." Le parole le si bloccarono in gola.

"Cosa? Perdere cosa?"

"La buona opinione che hau di me, il tuo affetto.", sussurrò lei.

Lui rimase in silenzio. "Dammi le chiavi."

Erica gli lanciò le chiavi dello schedario. "Non avrei mai..."

"Meglio prevenire che curare."

Le sue parole le trapassarono lo stomaco come un coltello affilato. Le lacrime le offuscarono gli occhi. "È questo che pensi di me?"

"Non so cosa pensare. Ero così sicuro di conoscerti. E poi questo. Non ho idea di chi tu sia."

Erica rabbrividì prima di sprofondare sulla sedia, singhiozzando tra le mani. Qualcosa le solleticò il polso. Gunther le stava porgendo il suo fazzoletto. Lei lo accettò, sorridendo tra le lacrime. "E ora che cosa facciamo?" gli chiese, terrorizzata dalla risposta.

"Niente. Tu andrai sul set e io resterò qui."

"Verrai a vedermi?" Lei rifiutava di perdere le speranze.

"Verrò sul set di tanto in tanto. Devo essere sempre presente per risolvere qualche problema."

"Ma non per vedermi."

"A che scopo? Sei stata chiara. Sei ambiziosa. Hai talento. Whit me l'aveva detto e aveva ragione. Lui ha sempre ragione." Gunther ridacchiò per un momento. "Tu stai voltando pagina. Non hai più bisogno di me."

"Ti sbagli. Ho bisogno di te."

"Non hai mai avuto bisogno di me." Lui abbassò la testa. "Fa male dirlo."

Lei si precipitò verso di lui, mettendogli le mani sugli avambracci. "Non è vero. Non è vero. Ho sempre avuto bisogno di te. Ne ho ancora."

Le sfiorò la guancia per un momento prima di stringerle le mani intorno ai bicipiti e allontanarla da sé. "Pensi di averne. Vedrai. Tra non molto, andrai a letto con il coprotagonista. Mi sostituirai in un batter d'occhio."

"Io non sono così. Non mi innamoro di ogni uomo che incontro."

"Quelli non sono uomini qualunque. Attori bellissimi, registi, agenti. Sarai sempre impegnata il sabato sera."

"Io voglio stare solo con te."

"Ti passerà."

"E a te?"

"Oh, adesso ti preoccupi per me?"

"Io mi preoccupo sempre per te. Non ho mai voluto ferirti e adesso l'ho fatto. Mi dispiace molto."

"Smettila di scusarti. Non è vero."

"Ci saranno almeno una dozzina di donne disposte a venire a letto con te, vero?"

"Certo."

Lei fece di nuovo un passo indietro, come se lui le avesse dato uno schiaffo.

"Non vuol dire che io voglia farlo."

Il suo cuore ebbe un sussulto quando lui le lanciò quella briciolina di pane. "Mi vuoi ancora?"

"Non ha importanza. Perché tra di noi è finita."

"Perché? Perché dovrebbe essere finita? Ho fatto qualcosa... di brutto. Per far avverare il mio sogno. La mia vita è stata molto dura ed è questo che mi ha fatta andare avanti. Tu sei stato spietato per raggiungere il successo. Non riesci a capirlo?"

"Cazzo, sì, lo capisco. Solo che non mi piace quando è diretto verso di me."

"Hai ragione. Avrei dovuto dirtelo, fidarmi di te."

"Non so cosa avrei fatto. Ma scoprirlo in quel modo... È stato subdolo. Hai provato a tenermi lontano dal provino organizzando quell'incontro con Grace, vero?"

Lei annuì. "Mi dispiace. È stato subdolo."

"Già. Piuttosto furba. Finché non ho ricevuto un'email da Whit, che mi ricordava del provino."

"Ecco quello che è successo. Ah, capisco." Lei annuì un'altra volta.

"Ora Grace è furiosa perché ho cancellato il nostro appuntamento all'ultimo minuto. Un'altra cosa a cui dovrò rimediare."

"Oh, no. Cazzo. Continuo a scusarmi. Sono sicuro che ormai suona poco sincero."

"Lo credi davvero?" Lui la guardò, sollevando un sopracciglio.

Erica finì di raccogliere le sue cose. "Bene, allora questo è un addio."

"Ti aiuto a portare le tue cose in macchina."

"Grazie."

"Non è un addio. Lavori ancora per me. Sei un'attrice di supporto nel mio film."

"Oh. Già. Me ne stavo quasi dimenticando." Moriva dalla voglia di chiedergli del provino, ma non osava farlo.

"Sei stata piuttosto brava oggi. Molto brava, in effetti. Sapevo che avresti ottenuto la parte." Lui prese due borse della spesa e riuscì comunque ad aprirle la porta.

"Lo pensi davvero?"

"Non è quello che ho appena detto?"

"Non ne ero sicura."

"Dovresti."

Scesero nel parcheggio. C'erano solo due veicoli parcheggiati. La serata era tranquilla. Erica aprì il bagagliaio e Gunther caricò le borse. Lei si appoggiò allo sportello del guidatore e lo guardò. "Che posso farci se ti amo ancora?"

"Non lo so. Spero che ti passi, come un'influenza."

"Io non voglio che mi passi." Lei gli prese il mignolo con il suo. Ignorando la maschera che indossava, lei gli si avvicinò e fece scorrere le mani sul suo petto. *Questa potrebbe essere l'ultima volta.* "Tra non molto è Natale. Che cosa farai?"

"Andrò nel Maine." Le afferrò i polsi, ma non la respinse.

"A trovare tua madre? Bene."

"Non ti ricordi? Hai comprato tu i biglietti."

Tutto le tornò in mente all'improvviso. Aveva preso i biglietti aerei per due. Lui le aveva chiesto di andarci con lui. "Farei meglio ad annullare l'altro biglietto."

"Perché non cambi semplicemente la destinazione? Non hai familiari o amici con cui vorresti trascorrere il Natale?"

Lei scosse la testa. *Solo te e tua madre.*

"Tieni il biglietto. Fattelo rimborsare. O facci quello che vuoi."

"Vuoi darmi un bacio d'addio?" Lei si alzò in punta di piedi.

"Credo che non sia una buona idea."

Lei gli lanciò la sua occhiata più patetica. Lui ridacchiò. "Mi guardi di nuovo con quegli occhi da cerbiatta. Sai che non posso resistere." Lui si abbassò e appoggiò le labbra sulle sue.

Erica gli mise le braccia intorno al collo, stringendolo a sé. Lei aprì la bocca e lui vi si tuffò dentro. La strinse forte, tenendole le mani sulla sua vita, mentre la sua lingua danzava insieme a quella di lei. Erica si sciolse tra le sue braccia, unendo il corpo al suo. Lei lo voleva e premette i fianchi contro i suoi, sentendo la sua risposta. Lui gemette, ma si staccò da lei.

Lei scrutò i suoi occhi scuri, carichi di desiderio. *Lui mi vuole ancora. Forse, soltanto forse.*

"Addio, Erica. Grazie per tutto quello che hai fatto per la mia attività. Per avermi fatto scusare con Gracie e tutto il resto."

"Grazie per avermi fatto conoscere Whitmarsh Eddy e per tutto quello che hai fatto per me. Ti devo molto."

"Non mi devi niente."

Lui le aprì lo sportello della macchina. Lei mise in moto il suo vecchio macinino e si allontanò. Le lacrime iniziarono a scenderle sulle guance mentre lo guardava allontanarsi sempre di più dallo specchietto retrovisore. *Che cosa ho fatto? Ho rinunciato a un sogno per un altro?*

DICEMBRE NON ERA IL mese preferito di Gunther. Le festività lo deprimevano. L'infinito susseguirsi delle feste natalizie, ognuna più sontuosa della precedente, era impegnativo. Gunther ci andava da solo e veniva preso in giro per questo. Aveva bisogno di farsi vedere, di entrare in contatto con produttori, attori e scrittori, ma quelle riunioni, con la loro finta allegria, portavano il vuoto nel suo cuore.

La gioiosa attesa alla prospettiva di portare Erica a casa da sua madre si era sopita. Impaziente di trascorrere un Natale vecchio stile nel Maine con Erica e sua madre si ritrovò a temere la reazione di sua madre se non avesse portato la sua ragazza e a respingere quella solitudine schiacciante, aggravata dall'atmosfera di festa. Sperava di tuffarsi nel lavoro, ma anche quella si rivelò una delusione.

Mentre lui voleva portare avanti i suoi programmi lavorativi, tutti gli altri si prendevano del tempo libero, rendendo più frustrante il suo tentativo di allontanare Erica dalla sua mente, almeno per alcune settimane. Carla, la sua assistente temporanea era abbastanza efficiente, ma non era sveglia e creativa come Erica. Si chiese se Erica fosse così brava nel suo lavoro perché, essendo un'attrice, aveva un tocco speciale in quel campo.

Le prime settimane di dicembre trascorsero lentamente. Alla fine, lui si preparò per il suo viaggio verso il Maine. Volando da solo, Gunther si sistemò in prima classe, scontento di doversi prendere due settimane di pausa. L'avrebbe trascorso con sua madre.

Non c'era nulla da fare lì, tranne sedersi davanti al camino per riscaldarsi. Non c'è mai abbastanza caldo in casa di mamma. Fa sempre troppo freddo. Gunther comprò dei nuovi vestiti caldi. Si era abituato al clima confortevole di Los Angeles e non era molto entusiasta di trascorrere le vacanze al freddo. Fece una smorfia alla prospettiva di indossare tanti strati di vestiti, che l'avrebbero fatto assomigliare a Babbo Natale.

Quando l'aereo decollò, strinse con forza le dita intorno al bracciolo. Una volta in aria, si calmò, nonostante il suo umore triste. Il Natale era stato importante per lui quando era più giovane ma, con il passare degli anni, senza una donna al suo fianco, Gunther aveva cominciato a considerarlo un giorno come tutti gli altri.

Quell'anno, lo spirito natalizio era tornato nel suo cuore, fino alla rottura con Erica. Sperava di sorprenderla con regali speciali. Ora, avrebbe speso i suoi soldi per comprare dei regalini per sua madre e le sue amiche.

Si chiese cosa avesse in programma Erica per le vacanze, immaginando che non le avrebbe trascorse con suo padre. Una fitta di dolore gli colpì il cuore, immaginandola da sola. Le riprese si erano interrotte durante le vacanze e il cast e la troupe si erano dispersi come i topi quando arriva un gatto.

Non erano più affari suoi, ma gli mancava farla sorridere. Gli era piaciuto rendere felice Laurel e Dorrie mentre erano fidanzati. Poi qualcosa si era spento dentro di lui. Ma Erica l'aveva riacceso.

"Occhi da cerbiatta," sussurrò guardando il posto vuoto accanto a lui, dove avrebbe dovuto esserci lei. Aveva programmato di portarla da sua madre per Natale, per poi noleggiare un'auto e risalire lungo la costa, fermandosi in dei caratteristici bed and breakfast fino al capodanno. Per fortuna, Carla aveva cancellato le sue prenotazioni. Non pensava di poter essere costretto a farlo. Lei gli aveva lanciato uno sguardo stupito, ma non gli aveva fatto domande.

L'hostess gli portò da bere. Lui la guardò senza interesse, anche se era carina. *Ma lei non è Occhi da cerbiatta.* Aveva cercato di non informarsi su Erica, ma uno degli altri produttori l'aveva volontariamente aggiornato sui suoi progressi. Lui aveva assorbito quelle informazioni, chiedendone di più. Gunther sorrise tra sé. *È la migliore in tutto ciò che fa.*

Nonostante tutto, non vedeva l'ora di vedere sua madre. Era passato un anno dall'ultima volta e lei riusciva sempre a fargli vedere le cose dalla giusta prospettiva. Tuttavia, due settimane nel Maine da solo con sua madre sarebbero state difficili.

Appoggiando la schiena, guardò fuori dal finestrino, lasciando vagare la sua mente. Si chiese come sarebbe stato suo fratello Gordon se fosse stato ancora vivo. *Saremmo legati? Lui era un genio della matematica. Sarebbe diventato un mago della finanza?* Gunther dubitava che sarebbero diventati amici del cuore. *Gordon sarebbe rimasto sulla costa orientale.*

Non era stato vicino a nessuno per anni, tranne che a sua madre. *Forse non riesco più ad affezionarmi a nessuno?* Lui scosse la testa. *Impossibile. Ho amato Erica. Ho solo scelto la donna sbagliata.*

Chiuse gli occhi e si addormentò. A New York, dovette cambiare volo e prendere un piccolo aereo per Portland, dove sua madre aveva insistito di andare a prenderlo. Aveva una casa sul mare a York. Quando raggiunse il Maine, una leggera neve aveva iniziato a cadere. Era stanco e irritabile. Clare si accorse del suo umore e mantenne la conversazione al minimo.

Lui mangiò qualcosa velocemente e andò dritto a letto. Si svegliò la mattina dopo in un meraviglioso paesaggio invernale, caratterizzato da un'immensa distesa di neve soffice e candida. Clare gli preparò un'abbondante colazione e si attardarono davanti al caffè.

"Che programmi hai per quest'anno, mamma?"

"Starai qui solo una settimana, quindi non ho fatto molti programmi. C'è davvero molto da fare qui, ma ho ristretto l'elenco."

"Resterò per due settimane." Lui si voltò per guardare fuori dalla finestra. *Non prenderla in giro. Se ne accorgerebbe subito.*

"Oh, davvero? Che cosa è successo alla ragazza che avresti dovuto portare con te?"

"Abbiamo fatto altri programmi." Lui aggiunse la panna nella sua tazza.

Lei lo guardò intensamente. "Ho settantadue anni, non centodue, Gunther Quill! Rispondimi sinceramente." Clare posò la sua tazza.

"Ci siamo lasciati." Gunther evitò il suo sguardo.

"Perchè?"

Prima di rendersene conto, lui le raccontò tutta la storia. Quasi tutta la storia. Omise i dettagli delle loro notti di passione. Clare rimase seduta ad ascoltarlo con pazienza, annuendo di tanto in tanto con la testa. Mentre lui parlava, lei sorseggiò la sua bevanda e mangiò un biscotto fatto in casa.

Lui finì il suo racconto con un profondo sospiro. "Così, è andata via."

"E sembra che tu abbia perso il tuo migliore amico."

"Proprio così," mormorò lui, prendendo un biscotto.

"Che cosa intendi fare al riguardo?"

Lui la guardò.

"Se sei venuto qui per stare giù di morale per due settimane e aspettarti compassione da me, rimetti subito il culo su quell'aereo." Lei raddrizzò la schiena.

"Grazie, mamma."

"Dico sul serio. È Natale e se non riuscirò a passare un momento piacevole perché dovrò guardare ogni giorno una persona che tiene il muso, mi metterò a urlare.

"Io starò bene. Sorriderò."

"Gunther, questa donna è la cosa migliore che ti sia successa dopo Dorrie Rodgers."

"Ma mamma! È una bugiarda, una subdola traditrice..."

"Se la metti in questo modo." Lei finì di bere il suo caffé.

"Che cosa intendi dire?" Lui mise giù la sua tazza.

"Hai rifiutato di assumere un'attrice. Chi altro morirebbe dalla voglia di lavorare per un produttore così stacanovista se non un'attrice?"

Gunther smise di masticare.

"Davvero, Gunther. Se il suo unico crimine è stato quello di cercare di realizzare il suo sogno e di ingannarti per averne la possibilità, non sembra così tragico, non trovi?"

"Non se la metti in questo modo. Però mi ha mentito. Lei non mi amava. Mi stava solo usando per le mie conoscenze, dicendomi di amarmi..."

"Ti ha mai detto di amarti?"

"Non esattamente così, ma un uomo lo capisce."

"Quindi, non ha mentito su questo." Uno sguardo trionfante le irradiò il viso.

"Ha detto di amarmi solo dopo che mi sono arrabbiato. Le ho detto che tra di noi era finita."

"Perché dovrebbe mentirti allora? Sei già furioso e l'hai già lasciata. Lei aveva superato il provino. Tecnicamente, non aveva più bisogno di te."

Gunther si grattò la barba. "Non hai tutti i torti."

"Forse ti ama davvero, ma voleva anche realizzare il suo sogno. È possibile?"

"No!" Lui si alzò in piedi, afferrò la sua nuova giacca *L.L. Bean* e uscì a fare una passeggiata. Fece alcune palle di neve e le lanciò contro gli alberi vicini. *Perché mamma è sempre così maledettamente intelligente? Odio quando ha ragione.* Gunther non riuscì a restare arrabbiato molto a lungo. Sentendo freddo, decise di rientrare. Sua madre stava mescolando la cioccolata sul fornello. Gli versò una tazza.

"Ottima idea, ma." Lui strinse le dita gelide intorno alla tazza calda e ne bevve un altro sorso.

"Ecco il programma. Domani andremo a fare shopping. Hanno aperto un nuovo minioutlet. Ho la lista dei regali. Pranzeremo fuori. Stasera pizza. Mercoledì, ci sarà un incontro di canto, oppure possiamo inserirci nella lista per ricevere i cantori di Natale. Questo giovedì, la chiesa ha organizzato una cena con uno scambio di regali a sorpresa. Per la vigilia di Natale, ho invitato qui le mie amiche per un buffet. Ho cucinato e congelato cibo per tutta la settimana. Poi, il giorno di Natale. Dopo la chiesa, vecchi film, sport, qualsiasi cosa... la scelta è tua."

"Ottima idea, ma." Lui le sorrise. *Mi piace un po' di tradizione quest'anno.* Lui prese la sua bevanda calda e andò nel portico a vetri. La stanza aveva una vista perfetta sul mare. Appoggiando la schiena, guardando le onde, pensò a ciò che gli aveva detto sua madre. *Perché l'hai fatto, Erica? Questa sarebbe stata la migliore vacanza dopo anni.* Lei gli mancava, anche se non voleva ammetterlo.

La mattina seguente, dopo esser stato rassicurato da sua madre che il centro commerciale sarebbe stato riscaldato, indossò una giacca e si mise al volante del SUV di sua madre. Fare shopping fu divertente. Gunther si sentiva generoso. Comprarono regali per le sue amiche, soprattutto per quelle che avevano bisogno di vestiti nuovi e caldi per sostituire i loro indumenti logori con abiti che andavano ben oltre le loro possibilità economiche.

Gunther si assicurò che Clare avesse un regalo pratico per ciascuna. Gli piacque passare la giornata con lei. Lei era sveglia e generosa e aveva una mente acuta. Non poteva ingannarla, quindi non ci provò.

Cenarono in un piccolo ristorante caratteristico, riempiendosi lo stomaco con una bollente zuppa di vongole del New England e di involtini di aragosta. Gunther iniziò a gustare i suoi cibi preferiti tra quelli non a base di carne. "Questa zuppa è buona, ma non quanto la tua," disse lui, soffiando sul cucchiaio.

"Non sarà altrettanto buona, ma di certo è una faticaccia in meno," disse Clare sorridendo.

Tornarono a casa alle cinque in punto, carichi di pacchi. Quattro, cinque, Gunther aveva perso il conto di quanti pacchi avessero. Sembrava che avesse comprato regali per mezza New York. Ma era felice di vedere sua madre sorridente mentre faceva allegramente acquisti per le sue amiche, trovando proprio i regali giusti. *Lei aveva sempre amato le vacanze, i compleanni e fare regali.* Doveva ammettere che il suo entusiasmo era contagioso.

Anche se Gunther fece tre viaggi per portare dentro tutti i pacchetti dalla macchina, oltre alla pizza, non notò una piccola figura semicongelata nascosta nell'ombra. Clare preparò il caffè e dei piatti per il cibo, quando fu interrotta dal suono del campanello. "Gunther! Potresti andare a vedere chi è?"

"Certo, mamma," rispose lui, salendo i gradini con l'ultimo dei regali. Li mise sul pavimento accanto al bancone di granito della cucina, poi andò ad aprire la porta. Ebbe la sensazione di sentir cantare mentre si avvicinava. Chiamò sua madre. "Un coro natalizio, mamma!"

Lei lo raggiunse, aggrottando la fronte mentre si asciugava le mani su un tovagliolo di carta. "Dovrebbero arrivare domani sera. Non stasera." Con la fronte aggrottata, lei aprì la porta.

Lì, sulla veranda, con un cappotto leggero e tutta tremante per il freddo, c'era una ragazza che cantava "Jingle Bells", stonando ogni nota. Si fermò quando Gunther e Clare la fissarono.

"Erica? Che cosa ci fai qui?" le chiese Gunther.

Capitolo Dieci

"Ciao, Gunther. Buon Natale."

Lei era così toccante che il suo cuore ebbe un sussulto. *Ora so quali erano i suoi programmi per Natale. Nessuno.*

Clare prese la mano di Erica e la aiutò a entrare. "Avanti, avanti. Stai congelando. Gunther, per favore, prendi le sue cose."

"Non puoi restare qui," sussurrò lui alla ragazza.

"Certo che resterà qui. Dove altro potrebbe stare?" Clare lanciò a suo figlio un'occhiataccia.

"In albergo?"

"Sono tutti al completo in questo periodo dell'anno. Qui abbiamo un sacco di spazio. Porta le sue borse nella stanza degli ospiti color lavanda, Gunther."

Lui si accigliò, ma portò il bagaglio di Erica nella stanza dall'altra parte del corridoio rispetto alla sua.

"Wow, questa casa è stupenda. Ti va di mostrarmela?" gli chiese, ancora tremante.

Gunther posò le sue valigie. "Certo." Ma era arrabbiato. *Che cosa ci fa qui? Che cos'altro vuole da me?*

Lui le fece strada. La casa era grande: quattro camere da letto, un grande soggiorno e uno studio accogliente con un divanetto di chintz situato davanti a un'enorme finestra con vista sul mare. C'erano anche un camino e un televisore. Lo studio era la stanza preferita di Gunther. Vi aveva sistemato il suo ufficio per gestire eventuali problemi di lavoro che potevano presentarsi mentre osservava i gabbiani che pescavano la loro cena.

Il giro della casa finì in cucina. Clare stava preparando dell'altra cioccolata calda. Erica si sfregò le mani. Gunther notò che cominciava ad avere i geloni.

"Vieni in Maine a dicembre senza guanti?" le chiese, poi continuò, senza aspettare la sua risposta. "Vieni qui" Prendendola per mano, la condusse al lavello. Aprì l'acqua e si assicurò che fosse tiepida prima di mettervi sotto le mani di Erica. Per pochi secondi, lei sussultò per il dolore.

Clare dispose le fette di pizza sui piatti. "Mi dispiace che la cena sia così semplice. Siamo stati a fare shopping tutto il giorno. Quindi, stasera pizza."

"A me va bene qualsiasi cosa. Grazie per avermi accolta."

"Certo! Gli amici di Gunther sono sempre i benvenuti qui."

"Lei non è una mia amica," disse Gunther, mentre si avvicinava al tavolo.

Erica chiuse il rubinetto. "Sarà meglio che me ne vada. Mi dispiace. Non è stata una buona idea."

"Stupidaggini! Tu rimarrai qui e Gunther dovrà farsene una ragione." Clare lanciò uno sguardo arrabbiato a suo figlio. "Gunther, è Natale. Non significa niente per te?"

Lui si guardò le mani. "Ok, mamma. Può restare." *Come farò a starle vicino? Non so se voglio baciarla o ucciderla.* "Una notte." Clare gli lanciò un'altra occhiataccia. "Va bene, due. Ma non di più!"

"È più che giusto. Visita inaspettata, lo so," disse Erica.

"Ma non era inaspettata. Gunther mi ha detto solo quando è arrivato che tu non saresti venuta. Ti aspettavo fino a ieri." Di nuovo, lei lanciò un'occhiataccia a suo figlio.

Lui si spostò. *Riesce a farmi sentire un bambino cattivo in soli cinque secondi.*

"Grazie. Ma capisco come si sente Gunther e non c'è alcun problema. Speravo di scusarmi ma, se non è possibile, domani cambierò i miei programmi e me ne andrò tra due giorni. Grazie mille dell'accoglienza, Clare."

Le bastò dare un'occhiata a Erica per capire che stava trattenendo le lacrime. *Niente pianto, per favore!* Si sedettero a tavola per mangiare. Erica prese la sua cioccolata calda, avvolgendo le dita appena scongelate intorno alla tazza. Lui ridacchiò. *Pensavo di poterti presentare così nel Maine, eh? Qui fa tremendamente freddo.*

"Ho saputo che sei un'attrice, Erica," disse Clare.

"In un certo senso. Sto facendo il mio primo film proprio adesso."

"Un film di Gunther, capisco."

Erica voltò la testa per guardarlo.

Ok, ho detto a mia madre di noi.

"Sì. Un ottimo film. Davvero bello. E anche un grande cast."

"Come se la cava l'autore principale? Ho sentito dire che dovrebbe girare diverse scene insieme a te," le chiese Gunther.

Erica arrossì. "Lui se la cava bene."

"Scene d'amore, immagino, giusto?" Lui proseguì la sua indagine.

"Dovresti saperlo, hai letto il copione." ribatté Erica, aggrottando la fronte.

"Oh, la ragazza morde," sussurrò Gunther, mordendo una fetta di pizza. "Non devi preoccuparti di Erica, mamma, sa badare a sé stessa. Molto bene, molto bene."

La ragazza arrossì ulteriormente.

"Credo che, quando qualcuno viene a scusarsi, Gunther, dovresti lasciarglielo fare." Lo sguardo di Clare passò da Erica a Gunther.

"Che cosa ci fai qui esattamente? Hai avuto quello che volevi da me, che cos'altro vuoi?"

"Penso che dovremmo parlarne in privato." Erica continuò a guardare il suo cibo.

"Io non ho nulla da nascondere. Che cos'altro vuoi da me?" Lui alzò le mani.

"Niente a che vedere con la mia carriera, se è questo che pensi." Lei si asciugò le labbra con il tovagliolo.

Non farlo davanti a me. "Perspicace! È esattamente ciò che stavo pensando."

"Gunther, penso che la signorina voglia parlare un po' con te in privato. Per favore, smettila di prenderla in giro. Mi stai mettendo a disagio. Non sono abituata a un comportamento così maleducato da parte tua."

La rabbia gli ribolliva dentro. Era in trappola. Erica aveva invaso il suo spazio personale, la casa di sua madre, e sua madre si era schierata con lei! Si sentiva offeso.

Prima che potesse agire sui suoi sentimenti, si rese conto che si stava comportando come un bambino di due anni che aveva perso un giocattolo. "Hai ragione, mamma. Erica, possiamo parlare dopo cena."

Il volto della ragazza riprese il suo colorito normale e lei sorrise. Clare ricambiò il suo sorriso. *Non abituarti a lei, ma'. Non resterà qui.*

Finirono la pizza, poi si buttarono sulla torta di mele fatta in casa da Clare. Erica rimase in silenzio, mentre Clare parlava con Gunther delle sue amiche. L'espressione triste dei suoi occhi da cerbiatta attirò la sua attenzione. Cercò di ignorare lei e il suo sguardo, ma non ci riuscì. Sembrava bellissima con i suoi capelli dorati, che lei ricadevano mossi sul viso, e la sua tuta di pile blu scuro che accarezzava le sue curve.

"Scusa, ma'. Ok, che cosa c'è che non va, Erica? Qualche problema con la torta?"

Lei scosse la testa. "È solo che mi ricorda quella di mia madre."

"Per favore, chiedile la ricetta. Mi piacerebbe confrontarla."

Gunther mise la mano sul braccio di sua madre, ma ormai era troppo tardi.

"La mamma non c'è più da tanto tempo. In questo periodo dell'anno, mi manca più del solito. Mi dispiace. Non voglio essere triste e negativa." I suoi occhi si riempirono di lacrime.

Niente lacrime, per favore!

Erica si asciugò le guance con le dita e sorrise a Clare.

"Che vergogna! Mi dispiace." La donna accarezzò la mano di Erica. "Ho alcune lettere e dei biglietti da finire di scrivere." Clare si alzò in piedi e si riempì di nuovo la tazza. "A domattina."

Quando Clare si allontanò, lei ebbe la sensazione che quell'enorme cucina si rimpicciolisse. Gunther stava finendo la sua seconda fetta di torta, mentre Erica sorseggiava del caffè al tavolo della cucina. Si guardarono.

"Allora, qual è il vero motivo per cui sei venuta?" le chiese, mangiando l'ultima forchettata.

"Sono venuta per vederti. Mi manchi. Non vedevo l'ora di andare in vacanza con te..." La sua voce si spezzò e le lacrime iniziarono a scenderle dagli occhi.

"Niente lacrime, Erica!" Le porse il suo fazzoletto.

"Mi dispiace. So che lo odi. Grazie," gli disse, accettando la sua offerta. Lui rimase a guardarla in silenzio. Erica si asciugò gli occhi, stringendo il fazzoletto. "È molto difficile per me."

"Ti ascolto."

"Ti dirò quello che ti ho detto prima. Forse, ora che è passato un po' di tempo, mi crederai. Ti amo, Gunther." Lei lo guardò negli occhi. "Ti amo davvero. Non mi ero resa conto di quanto potesse ferirti questa bugia. Pensavo che ti saresti infuriato, ma credo che tu capisca quanto fossi disperata. Ho accettato il lavoro sotto falsi pretesti... Mi sono approfittata di te e ho sbagliato."

Lui non mosse un muscolo.

"Non volevo innamorarmi di te. Non volevo, ma è successo."

"Mi ami contro la tua volontà?" Lui sollevò le sopracciglia.

"Sì, no. Non esattamente. Innamorarmi non faceva parte dei miei programmi. Volevo imparare tutto ciò che potevo, fare un ottimo lavoro, ottenere una promozione e magari, solo magari, poter incontrare un direttore di casting. Non avrei mai pensato che Whitmarsh Eddy ti avrebbe mandato un'e-mail... e a tutte le cose che sono successe. Per me, era un sogno che si avverava."

"Ma quando l'opportunità si è presentata..."

"L'ho colta al volo. L'ho fatto. L'avresti fatto anche tu. Pensavo che fossi orgoglioso che io avessi trovato il modo di realizzare il mio sogno."

"Fingendo di amarmi?"

"Non stavo fingendo. Immagino di non aver capito il tuo punto di vista. Non avevo idea di come l'avresti presa. Ho sbagliato, Gunther, lo ammetto. Farei qualsiasi cosa per riprendermi il dolore che ti ho causato. Per favore, non ignorarmi. Io... io... sono triste senza di te." Mangiucchiandosi una cuticola, lei si mordicchiò il labbro.

"È stata una lunga giornata. Sono stanco. Dormiamoci sopra, ok?"

Erica sospirò e annuì, ma non sorrise. Gunther entrò nella sua stanza e si distese sul letto. Si mise a fissare il soffitto. *M'ama, non m'ama. Che cosa l'ha spinta a venire qui? Sa già che ci sono il cinquanta per cento di possibilità che io la respinga. Forse anche di più. Ha dovuto avere molto coraggio per venire qui. O ha avuto coraggio oppure mi ama davvero.*

Lui controllò l'orologio. Il jet lag e la temperatura gelida l'avevano sfinito. Si spogliò, andò a lavarsi nel bagno che avrebbe condiviso con Erica, indossò una maglietta per ripararsi dal freddo e saltò sul letto.

La casa era così silenziosa che uno scricchiolio nel bel mezzo della notte fu abbastanza forte da svegliarlo. Si sedette e guardò la porta. Una figura minuta, avvolta in una lunga camicia da notte, stava davanti all'uscio. La luce del corridoio delineava la sua sinuosa silhouette. Gunther aveva l'acquolina in bocca.

"Non riesco a dormire. Questa casa è strana. Posso dormire con te?"

"Stai scherzando, vero? Dormire in questo letto con me?"

"Grazie. Non pensavo che me l'avresti offerto." Lei andò dall'altra parte della stanza e si mise a letto accanto a lui.

"Ehi, non te l'ho offerto. Era una domanda."

"Troppo tardi," disse lei, rannicchiandosi tra le sue braccia per assorbire il suo calore. "Si congela nella mia stanza."

"Accendi il materasso elettrico."

"Preferirei accendere te," sussurrò lei, accarezzandogli il collo e accarezzandogli il petto con la mano.

A Gunther non era mai piaciuta l'astinenza. E adesso lei era lì, stretta a lui, con il suo finissimo négligé. Lui era solo un uomo. Si spostò su un fianco. "Tu mi vuoi?" le chiese, con la voce roca.

"Dio, sì," sussurrò lei. "Tu mi vuoi?"

La strinse tra le braccia e le diede un bacio appassionato. Lei rispose immediatamente, sollevando una gamba e mettendogliela intorno alla vita.

"Indossi qualcosa lì sotto?" le chiese, mentre le dava dei piccoli baci sul collo.

"No." Lei allungò la testa all'indietro per permettergli di baciarle meglio il collo.

Gunther le tirò su il négligé e glielo tolse. "Così va meglio." Lei inarcò la schiena, sollevando il seno verso di lui, che non esitò. Abbassò la bocca e iniziò a succhiare, poi le leccò voracemente un capezzolo, divorandola.

Erica ricambiò la sua passione, baciandolo, toccandolo, accarezzandolo e stringendolo a sé. La desiderava più di quanto avesse mai voluto ogni altra donna. Non poteva resistere ai suoi bisogni. Lei era nel suo letto, carica di passione. Così, fece l'amore con lei, liberando tutto il desiderio, l'angoscia e il dolore che si erano accumulati dentro di lui. Abbracciati, si addormentarono.

ERICA SI SVEGLIÒ PER prima. Disorientata, si guardò intorno e non riconobbe la stanza. Ma riconobbe il profumo del suo amante. Gunther era a pancia in giù, con le braccia che stringevano il cuscino. *Sembra così carino e innocuo. Ahah! Tutt'altro.*

Lei tirò su le coperte fino al mento per proteggersi dal freddo del mattino. Si rese conto che non aveva nulla da indossare tranne la sua camicia da notte trasparente, che aveva gettato sul pavimento la sera prima. Ma erano solo le sei e non era pronta ad alzarsi dal letto.

Rannicchiandosi a lui, gli mise la mano sulla schiena. Lui si voltò e le mise un braccio intorno alla vita, senza svegliarsi. Erica chiuse gli occhi. Il calore e la pace circondavano il suo corpo. *Non so quanto durerà. Me lo godrò, finché sarà possibile.*

Poi, il sole che filtrava dalla finestra le fece socchiudere gli occhi. Gunther era appoggiato su un gomito e la stava osservando mentre dormiva. Lei sbatté le palpebre e sorrise. Un brivido le attraversò il corpo quando vide lo sguardo freddo e rabbioso sul suo viso.

"Non pensare che, se sono venuto a letto con te, stiamo di nuovo insieme. Non è così."

"Ok." Lei si rannicchiò guardando la sua espressione oscura.

"Non ho mai rifiutato una scopata gratuita..."

"Capisco. Io ero disponibile. Nessun vincolo."

Lui sospirò e si rilassò. "Bene. Non voglio incomprensioni."

"Ne abbiamo già avute abbastanza," mormorò lei, tirando su il lenzuolo per coprirsi il petto.

Lui ridacchiò. "Ti nascondi da me? È un po' tardi per questo, non trovi? Mi sembra di ricordare un proverbio che dice qualcosa del tipo 'vuoi chiudere la porta della stalla dopo che il cavallo è scappato?'"

Non fare l'offesa. Non permettergli di renderti nervosa. È quello che sta cercando di fare. Non dargli una ragione per rifiutarti di nuovo. Lei cercò di sorridere dolcemente. "Ottima analogia."

Lui sollevò un sopracciglio, fissandole il viso. "Sei di buon umore, stamattina."

"Perché non dovrei? Stanotte è stato stupendo." Lei si stiracchiò, lasciando cadere le coperte sui suoi fianchi. "Sto benissimo." *Non litigare con lui, seducilo.*

Lei cercò di trattenere un sorriso mentre osservava il suo sguardo posarsi sul suo seno. Lui si leccò le labbra prima di guardarla in faccia.

"Se fossimo da soli, potremmo fare il bis," sussurrò lei, sorridendo.

Prima che lui potesse rispondere, qualcuno bussò alla porta. Entrambi ebbero un sussulto.

"Il sole è già sorto. Pancake e bacon tra cinque minuti. Non arrivare in ritardo." disse Clare attraverso la porta chiusa.

Gunther fece un ampio sorriso. "Mamma fa i migliori pancake del mondo." Lui tirò giù il piumone e si alzò in piedi. Saltellando sul pavimento freddo, aprì il suo armadio. Tirando fuori un paio di jeans e il suo accappatoio, glielo porse. Guardarlo mentre si infilava i jeans senza nulla sotto, la bocca di Erica si seccò. Voleva toccarlo.

"Andiamo. Lei ci tiene molto alla puntualità."

"Non posso scendere così!" Erica si alzò dal letto, infilò le braccia nelle maniche della vestaglia e tornò di fretta nella sua stanza. Indossò rapidamente una tuta da ginnastica, si spazzolò i denti e i capelli e scese al piano di sotto.

L'aroma che veniva dalla cucina era molto invitante. Profumo di bacon fritto mescolato a quello del burro fuso.

"I pancake alla mela sono la mia specialità," disse Clare.

Sa che ero nella stanza di Gunther e non ha detto una parola. Erica cercò di non parlare della loro notte insieme, ma si rese conto di sentirsi in imbarazzo davanti a sua madre.

Gunther riempì due tazze di caffè e riempì di nuovo quella di sua madre. Ne porse una a Erica. *Si sta solo comportando in modo educato davanti a sua madre. Se lei non fosse qui, probabilmente mi manderebbe a fare i bagagli senza nemmeno una tazza di caffè!*

"Ci sono un sacco di cose da fare oggi," disse Clare, posando due piatti pieni di pancake e bacon di fronte ai due amanti.

"Ad esempio, che cosa, ma'?" Gunther bevve un sorso di caffè.

"Prima di tutto, abbiamo un sacco di regali da impacchettare. Poi, preparerò la sala da pranzo. Potremmo anche ascoltare della musica natalizia mentre lo faccio. E non ho ancora decorato l'albero."

Il telefono la interruppe.

"Buongiorno, Hank. Cosa? No, mi dispiace. Non oggi. Mio figlio e la sua... amica sono qui. Anche tu mi manchi. Magari tra un paio di giorni. Cosa? Certo, spero che tu venga. Bene. Allora, potrai conoscerlo. Ciao. Sì, ti amo anch'io."

Sentendo uscire quelle parole dalle labbra di sua madre, Gunther alzò di scatto la testa. "Chi era, ma'?" le chiese.

"Solo... un amico."

"Ti amo anch'io? Mi sembra un po' più di un amico."

"È mio amico esattamente come Erica è tua amica," gli rispose lei, con uno sguardo malizioso.

Gunther si strozzò con il caffè. Erica scoppiò a ridere.

"Chi diavolo è questo tizio? Dovrà vedersela con me."

"Gunther, calmati. Sono single e sono maggiorenne. Posso fare quello che mi piace e andare a letto con chiunque io voglia, proprio come te."

"Vai a letto con quel tipo?" Gunther si alzò.

"Non volevo parlarne, ma sei stato tu a tirare fuori l'argomento..."

"Io non ho tirato fuori niente. Però tirerò fuori una pistola se ti metterà addosso una mano, o anche solo un dito!"

"Calmati, figliolo." Lei gli mise una mano sulla spalla. "Adoro che i più giovani pensino sempre di essere stati loro a inventare il sesso. Come pensi di essere nato, a proposito?"

"Preferisco non pensarci." Gunther teneva lo sguardo fisso sul piatto. Erica soffocò una risatina.

"Hank è il mio uomo. Andiamo a fare colazione insieme al caffè tre giorni alla settimana. Verrà anche lui per il buffet della vigilia di Natale. Allora, potrai conoscerlo."

"Conoscerlo o ucciderlo," borbottò Gunther, tornando a sedersi e concentrandosi nuovamente sui suoi pancake. Erica mangiò in silenzio, osservando tutto.

"Cerca di essere educato, Gunther Alexander Quill!" Clare gli lanciò un'occhiataccia.

"Ok, ok."

"Sta morendo dalla voglia di incontrare il mio famoso figlio." Clare si sedette a mangiare.

"Davvero? Forse, dopotutto, è una brava persona." Le due donne ridacchiarono.

"Stasera verranno i cantori di Natale. Ho dei regalini per loro. Oggi dobbiamo anche cucinare. Manca solo un giorno alla vigilia."

"Io posso aiutarla, signora Quill," disse Erica.

"Per favore, chiamami Clare. Sai cucinare, Erica?" La ragazza annuì, con la bocca piena di bacon.

"Lei non sarà qui per la vigilia, ma'. Parte domani. Ricordi?"

"Gunther! Vuoi mandarla via proprio la vigilia di Natale?" Clare sollevò le sopracciglia.

Il silenzio riempì di nuovo la stanza. Erica deglutì, sperando che il cibo sciogliesse il nodo che aveva in gola. *Se riesce a farlo, allora è davvero finita. Ci rinuncerò se mi manderà davvero via per la vigilia.* Lei sbatté le palpebre un paio di volte per trattenere le lacrime e tenne la testa bassa, con lo sguardo fisso sul piatto. *Cucinare per Natale sarebbe meraviglioso.*

"Questa è casa mia. Decido io chi resta e chi se ne va. E voglio che lei rimanga. Rimani tutto il tempo che vuoi, Erica," disse Clare.

Gunther lanciò un'occhiataccia a sua madre.

"Grazie, ma no, signora...Clare. Se Gunther vuole che me ne vada, allora rispetterò il suo desiderio." Erica si sforzò di finire di mangiare e mise il suo piatto nel lavello. Poi lo lavò.

"Non ce n'è bisogno, tesoro. Lo metterò in lavastoviglie."

"La prego di scusarmi, devo prenotare un volo per domani." Il vuoto che sentiva dentro di sé la tormentava. Le mancavano sua madre e la famiglia che avevano avuto. Stare lì era un doloroso promemoria. *Forse restare sarebbe più difficile. È meglio che me ne vada. Altrimenti, mi innamorerò anche di Clare. Tutto questo rende solo più difficile la mia partenza.* Una fitta di dolore le strinse il cuore, mentre i ricordi delle vacanze con sua madre le tornavano in mente. Le sarebbe piaciuto riviverli.

Quando aveva sentito parlare della madre di Gunther, aveva sperato di poterla conoscere e magari di entrare perfino a far parte di quella piccola famiglia. Ma non sarebbe successo. Sospirò, accettando l'inevitabile.

Il silenzio era assordante. Clare fece una smorfia a suo figlio, che stabilì un contatto visivo con ognuna delle due donne. Nella sua stanza, Erica voleva solo buttarsi sul letto a singhiozzare. Non aveva più idee ed era pronta a mollare. Ma sapeva che l'espressione sul volto di Gunther era seria. Doveva trovare un volo per Portland per la vigilia di Natale.

Alcune lacrime silenziose le scesero lungo le guance quando aprì il suo telefono per controllare il numero corretto sul suo taccuino. Qualcuno si schiarì la gola, attirando la sua attenzione. Alzò lo sguardo e vide Gunther davanti alla porta. Lui si appoggiò allo stipite, con un'espressione carica di emozioni. Erica si asciugò le guance con le mani.

"Scusa."

"Puoi restare. Fino a Natale. Ma non di più."

"Sei sicuro?"

"Ma' è sicura che brucerò all'inferno se ti manderò via alla vigilia di Natale."

"Non mi stai mandando via. Sono io che scelgo di non rimanere dove non sono gradita. È una mia decisione. Tua madre mi ha già detto che posso restare. Quindi, non devi fare questo... questo... grande gesto. Va tutto bene." *Sto mentendo. Non va tutto bene. Non va affatto tutto bene.*

"Ti ho già detto che puoi restare. Se te ne vai adesso, ma' avrà un infarto."

Lei annuì. Le parole le si bloccarono in gola. Questo non era ciò che avrebbe voluto sentirsi dire. La notte precedente, lui l'aveva voluta con una passione senza precedenti nei loro incontri. *Era solo eccitato?* Aveva pensato che l'avrebbe perdonata, ma si sbagliava. *Cavolo, sono stanca di sbagliarmi.* "Ti lascerò in pace."

Lui annuì. Lei prese il cellulare e compose un numero.

"New England Airlines? Sì. Sto cercando un volo da Portland, nel Maine, per il giorno dopo Natale. Sì. Attendo in linea."

Capitolo Undici

Gunther aprì il frigorifero, poi gli armadietti. Aveva fame, ma non di cibo. *Posso sostituire il cibo col sesso?* Sul bancone c'era una scatola di latta natalizia. Lui tolse il coperchio e prese due biscotti.

"Ti ho colto in flagrante?" La voce di Clare aveva un tono canzonatorio.

Gunther le sorrise. "Con le mani nel barattolo dei biscotti." Lui ridacchiò.

"Dov'è Erica?" gli chiese, riempiendo due tazze di caffè e porgendone una a suo figlio.

"Sta prenotando il volo per dopo Natale." Lui si sedette al tavolo della cucina.

"Che sta succedendo, figlio mio?" Clare lo guardò intensamente.

"Non lo so, ma." Gunther si guardò le mani, poi guardò il pezzo di biscotto rimanente.

"Sei innamorato di quella ragazza?"

"Non lo so."

"Non sei un ragazzino. Sei abbastanza grande da capire cosa provi." Clare mise la scatola sul tavolo e tolse il coperchio. Gunther prese altri due biscotti.

"I tuoi sono sempre i biscotti migliori," le disse, sgranocchiando un dolcetto a forma di mezzaluna.

"Smettila di prendere tempo. Le stai spezzando il cuore... e credo che tu stia spezzando anche il tuo."

Lui la guardò. *Ha capito tutto, come sempre.* "Non posso fidarmi di lei. Mi ha mentito troppe volte. Come faccio a capire se mi ama davvero?"

"Io lo so che ti ama davvero. Accidenti, nessuna attrice può essere così brava!" Lei scoppiò a ridere.

"Come fai a esserne così sicura?" Lui esaminò il suo viso. Non c'era nessuno di cui si fidasse come sua madre.

"Non ci guadagnava nulla a venire qui ammettendo di aver sbagliato come ha fatto. È molto umiliante, se vuoi sapere come la penso. E a venire a letto con te stanotte, oltre tutto. Perché lo avrebbe fatto? Professionalmente, hai fatto tutto quello che potevi per lei."

"Non ha nessuno. Qui ha un posto dove trascorrere le vacanze."

"Oh, stronzate, Gunther. Tutte stronzate. Nessuno attraversa tutto il paese per una cena di Natale. È venuta per vederti. Per stare con te. Per chiederti perdono. Non sei un uomo facile da gestire."

"Puoi dirlo forte."

"È per questo che non ti sei mai sposato? Quella povera ragazza, Dorrie. Che peccato! E quello che le hai fatto. Accidenti." Clare scosse la testa.

"È acqua passata, ma'. Dorrie è felicemente sposata adesso."

"Grazie a Dio! Vuoi passare il resto della tua vita da solo?"

"Forse." Lui mise sul suo piatto l'ultimo dolcetto al limone.

"Non farlo. Te ne pentirai. Soprattutto quando sarà troppo tardi."

"Tu sei la prova che non è mai troppo tardi per trovare qualcuno."

"Grazie mille." Lei scoppiò a ridere. "Non aspettare, figliolo." Lei gli mise una mano sul braccio. "Erica è una ragazza adorabile e piena di talento. Lei ti vuole. Impara a perdonare."

Lui si guardò le mani.

"Tuo padre sarebbe stato un uomo molto più felice se avesse imparato a essere un po' più umile e a perdonare. Non essere come lui."

"Non sono affatto come lui!" Gunther balzò in piedi. "Non paragonarmi mai a lui. Lui e io eravamo totalmente diversi." Lui si mise a passeggiare per la cucina.

"Questa freddezza e questo atteggiamento spietato erano tipici di lui. Non me li aspettavo da te."

Gunther si bloccò di colpo.

Erica entrò nella stanza. "Tutto fatto. Ho preso l'ultimo volo per il giorno dopo Natale."

Clare versò un'altra tazza di caffè ed Erica la raggiunse al tavolo.

Un pesante silenzio cadde nella stanza. Gunther diede una sbirciatina a sua madre. I suoi occhi scuri lo imploravano. Lei era una parte di lui. La parte migliore, come lui aveva sempre pensato. Lei viveva nel suo cuore. Lui la adorava e seguiva sempre i suoi consigli, quando aveva abbastanza coraggio da raccontarle quello che stava facendo. Non aveva mai dubitato del suo amore. O della sua logica.

Lui si passò le dita tra i capelli ed emise un respiro. "Cancellalo."

"Che cosa?" Erica lo guardò.

"Ti ho detto di cancellarlo. Puoi restare qui tutto il tempo che vuoi. Io resterò qui altri dieci giorni. Possiamo prendere lo stesso volo."

"Sei sicuro?" Per la prima volta da quando era arrivata, lui notò un vero sorriso sul suo volto.

"Sì. Sono sicuro." Le si alzò lentamente e gli mise le braccia intorno alla sua vita, tirandolo verso di sé per un abbraccio.

Anche con il viso sommerso nella sua camicia di flanella e la voce attutita, lui riusciva a percepire il fremito delle sue emozioni. "Grazie," gli disse.

Le mise un braccio intorno, stringendola più forte. Alzando lo sguardo su Clare, lui notò un piccolo sorriso impertinente e una luce nei suoi occhi, mentre lei si portava la tazza alle labbra. Si sentì sollevato quando il muro che aveva innalzato intorno al suo cuore iniziò a sgretolarsi un po'. Sorrise a sua madre e lei annuì in risposta.

"Adesso basta. Abbiamo dei regali da incartare. Tutti nella sala da pranzo." Clare portò la tazza con sé, mentre Gunther andava a prendere i pacchetti.

"Questa è la mia parte preferita," disse Erica, disponendo in ordine la carta, i nastri e lo scotch. Gunther mise la musica in sottofondo e iniziarono a fare i pacchetti.

"Parlami delle tradizioni natalizie di casa tua, Erica."

La ragazza deglutì a fatica, con le lacrime agli occhi. "È passato molto tempo."

Clare le strinse la mano. "Prenditi il tempo che ti serve. Scommetto che ricordi tutto quello che tua madre faceva a Natale."

Gunther guardò sua madre mentre faceva parlare Erica. Non passò molto tempo prima che lei iniziasse a raccontare alcune delle cose divertenti che erano successe a casa sua quando lei era più piccola. Si rivelò una narratrice piacevole. Gunther si chiese se stesse usando un po' del suo notevole talento di attrice nel raccontare quelle storie e se non le stesse arricchendo un po'. Ma lei riuscì a intrattenerli.

Il tempo passò rapidamente mentre i regali impacchettati si accumulavano sempre di più a un'estremità del tavolo. Lui si ritrovò a ridere alla sua storia, specialmente nella parte in cui i cani trovavano i loro regali alla vigilia di Natale e decidevano che era ora di scartarli.

"Non sapevo che avessi un cane."

"Due carlini. Ferdinand e Isabella." Erica annuì mentre Gunther ridacchiava.

"Anch'io avrei voluto avere un cane. Mi farebbe fare un po' di esercizio e sarebbe un buon compagno."

"Perché non me l'hai detto, ma'?" le chiese Gunther.

"Penso che Hank mi regalerà un cane."

Una piccola fitta di dolore attraversò il cuore di Gunther. Quella sarebbe stata la prima cosa che sua madre voleva che lui non le avrebbe regalato. Gli piaceva farle regali. Era il minimo che potesse fare per ripagarla del suo amore e della sua devozione.

Quando ebbero finito, lo sformato che Clare aveva preparato la mattina presto era ormai pronto e loro si sedettero a mangiare. Durante il dessert, arrivarono i cantori natalizi. Clare prestò a Erica un cappotto caldo e aprirono la porta per cantare insieme. Gunther le mise un braccio intorno. Lui si rallegrò mentre si univa ai festeggiamenti natalizi. Erica e Clare offrirono i brownie ai cantori, che li ringraziarono cantando prima di allontanarsi.

"Guardavamo film di Natale. *La vita è meravigliosa, Una storia di Natale, La taverna dell'allegria.*"

"È un'idea stupenda!" Clare applaudì. "Gunther, dove abbiamo conservato quei vecchi film l'anno scorso?" Lui salì in soffitta, cercando tra le scatole dei ricordi di famiglia.

"Fa terribilmente freddo qui. Spero che non si siano rovinati, urlò lui.

Mentre Clare ed Erica preparavano del tè caldo e una ciotola di popcorn, intervenne Clare. "Spero di non interferire, Erica. Tu dici di amare mio figlio. È vero?"

La ragazza posò il brownie che stava preparando su un piatto e guardò Clare. "È assolutamente vero. Non mentirei mai sull'amore."

"Gunther ha avuto il cuore spezzato. Ti sto chiedendo, per favore, non rompere di nuovo con lui. Se hai intenzione di dichiarargli il tuo amore, fallo solo se ne sei convinta."

"Lo amo davvero. Lo amo con tutto il cuore. Siamo fatti per stare insieme." disse lei, con la voce rotta.

Clare si avvicinò ad Erica per abbracciarla. "Come immaginavo. Volevo solo assicurarmene."

Erica abbracciò la donna più anziana. Finirono di mettere i popcorn in una ciotola e i brownie su un piatto prima che Gunther tornasse. Si sedettero sul divano e si coprirono con delle coperte afgane. Gunther voleva sentire Erica vicino a sé, ma aveva paura che lei potesse prenderla nel modo sbagliato. Man mano che il film continuava, lei gli si avvicinò a poco a poco, fino ad accoccolarsi sulla sua spalla.

Lui le mise un braccio intorno e la tirò verso di sé. *Siamo perfetti insieme. Cazzo. Davvero perfetti.*

Clare andò a letto presto, lasciando da soli i due innamorati.

Alla fine del film, sistemarono la cucina e salirono al piano di sopra.

"Dove vuoi che dorma stasera? gli chiese lei.

"Con me," le rispose lui, senza esitare.

Lei sorrise, portando la valigia nella sua stanza.

Fecero l'amore due volte e crollarono dal sonno prima delle due.

LA MADRE DI GUNTHER bussò alla loro porta un po' più tardi il giorno della vigilia. Erica si accoccolò tra le sue braccia per qualche altro secondo prima che lui tirasse giù le coperte e si sedesse sul bordo del letto. Si precipitarono insieme giù per le scale. Clare, con indosso il suo grembiule, era già intenta a cucinare. Erica preparò per loro una rapida colazione a base di porridge, poi indossò un altro grembiule e si mise ad aiutare Clare.

Gunther andò a spaccare un po' di legna da ardere e la accatastò in un angolo asciutto. Quell'attività gli fece sfogare la rabbia che rimaneva nel suo cuore. All'ora di pranzo, le due donne erano pronte per una pausa. Erica indossò un piumino e andò a fare una passeggiata con Gunther.

"Non sei cresciuto qui?"

"Vivevamo a Los Angeles, ma mamma è di qui. Ha sempre voluto tornarci."

"Vive bene qui, con le sue amiche, il suo uomo."

"Bada a quello che dici! Non sono sicuro di Hank."

Lei sorrise. "Non è necessario che tu lo sia. Tua madre è una donna indipendente."

Lui ridacchiò. "Già."

Erica fece scivolare la mano nella sua e continuarono a passeggiare finché non raggiunsero un piccolo sentiero che conduceva verso il mare. Era ripido. Gunther strinse Erica mentre camminavano lentamente. L'acqua turchese dell'oceano Atlantico era bella, fredda e limpida.

Lei fece un profondo respiro per odorare la fresca aria del mare. Questo la svegliò. Gunther era completamente diverso quando stava nel Maine. Era più silenzioso, più pensieroso. Il suo amore per lui divenne più profondo. Il suo aspetto era vigoroso e alla moda, mentre tagliava la legna con addosso i suoi abiti *L.L. Bean* e i suoi stivali. I suoi occhi scuri non smisero mai di esaminare quelli di lei, cercando di penetrare nella sua anima.

Quella mattina, sotto la doccia, lei aveva semplicemente deciso di divertirsi durante le vacanze. Di lasciarsi alle spalle l'amore, l'impegno e le discussioni pesanti. *Un giorno alla volta.* Nonostante i suoi nervi fossero costantemente in elevato stato di allerta, la respirazione profonda e la presenza pacifica di Clare contribuivano a mantenerla calma. Stare fuori al freddo dell'inverno, rallentando il ritmo, la aiutava anche a rilassarsi e le permetteva di godersi semplicemente la vita.

Le sembrò che il tempo volasse e, prima che Erica riuscisse a riscaldarsi per la passeggiata, dovette iniziare a prepararsi per la festa. Lei e Gunther prepararono il cibo mentre Clare indossava il suo vestito migliore.

Un invitante prosciutto affettato a spirale condivideva un posto d'onore sulla lunga tavola con un tacchino arrosto. Spoonbread, fagiolini con le mandorle e maccheroni al formaggio erano disposti in fila, insieme a un'insalata verde. Vassoi di biscotti al cioccolato, mezzelune alla mandorla, dolcetti al limone e biscotti di melassa erano disposti sulla credenza. Un recipiente di punch riempito fino all'orlo di vino caldo e speziato giaceva su un carrello insieme ad altre bevande alcoliche e analcoliche.

Il campanello cominciò a suonare e ogni dieci minuti, per tutta la sera, arrivavano nuove persone. Una folla di vecchi e giovani, mentre gli amici e i vicini di Clare si fermavano a fare un brindisi e a mangiuc-chiare qualcosa al buffet.

Clare, che all'inizio era un fascio di nervi, si immerse nello spirito della festa. Presentò Erica a tutti come la fidanzata di Gunther. La ragazza fu bombardata di domande su Hollywood, sulla recitazione e su Gunther. Osservandolo, lei ebbe la conferma che lui si stava diver-tendo mentre riempiva i bicchieri e chiacchierava con gli ospiti. Sorsero alcune discussioni vivaci sul merito di alcuni film rispetto ad altri, ma nessuna sfuggì di mano.

Poi, arrivò Hank Littleton. Arrivò con il dono atteso, un carlino di circa sette anni, preso al canile con venticinque sterline. "È perfetto per te, Clare. Spero che sia un buon compagno e che ti protegga." Hank la baciò sotto il vischio e lei arrossì.

Gunther si precipitò da loro alla fine del bacio. Prese Hank da parte. "Quali sono le sue intenzioni con mia madre?"

"Intenzioni?"

"La smetta di tergiversare. Sa cosa intendo."

"Vuole sapere se farò di lei una donna onesta?"

Gunther annuì.

"Non me lo chieda, lo chieda a lei. Le ho chiesto di sposarmi una dozzina di volte. Lei mi respinge sempre." Hank ridacchiò. "Lei hai completamente frainteso la situazione, figliolo."

Clare si avvicinò, mettendo un braccio intorno alla vita sottile di Hank. "Mio figlio ti sta facendo il terzo grado?"

"Farai meglio a dirgli che sei una donna indipendente, prima che mi prenda a botte."

"È protettivo, ma si abituerà." Lei accarezzò la guancia di Gunther. "Chiamerò il carlino Capra, come il mio regista preferito." Quella frase spezzò la tensione. Tutti scoppiarono a ridere.

Gli ospiti non iniziarono ad andarsene prima delle nove. Clare si rilassò con un bicchiere di vin brulè, con accanto il suo uomo da una parte e suo figlio dall'altra.

Alle dieci in punto, il telefono di Erica si mise a squillare. Lei lo aprì. *Chi potrebbe chiamarmi a quest'ora?* Era ancora in contatto con Max Webster e con un servizio che misurava le entrate del botteghino. Lei spalancò gli occhi quando lesse i numeri che arrivavano da tutto il paese per Hustle *and Dance e ricevette*un aggiornamento da parte di Max Webster sulle prevendite di *Sway*.

Erica si scusò e prese il laptop di Gunther. Inserì le vendite dei biglietti dei film della vigilia di Natale, importanti per valutare successi o fallimenti, in un foglio di calcolo *Excel*. Prima i primi cento mercati.

Prima delle dieci e trenta, l'ultimo ospite era andato via. Finalmente anche Hank si congedò. Gunther strinse la mano dell'uomo più grande, anche se non sembrava molto felice. Poi, andò a cercarla.

Erica si voltò e lo guardò, con un sorriso raggiante. "Le vendite del film stasera sono andate alle stelle nel Midwest, a sud e a ovest."

"Fammi vedere." Lui si sedette accanto a lei. Esaminarono tutte le cifre, confrontandole con le settimane precedenti e facendo una previsione sugli incassi finali. I numeri erano buoni. Anche le vendite dei biglietti di *Sway* stavano andando bene per il periodo natalizio. Gunther era chiaramente euforico. Mandò un breve messaggio a Max Webster. Poi, versò dello champagne per Erica e per sé. Clare era già andata a letto.

"Sembra che la East West Productions stia decollando," disse Gunther, sedendosi, con un sorriso di soddisfazione sul viso.

"Al successo." Erica sollevò il bicchiere vicino al suo.

L'attività ininterrotta della giornata, unita alle notizie entusiasmanti, li aveva distrutti. I due innamorati si trascinarono a letto e fecero appena in tempo a mettersi sotto le coperte che si addormentarono, abbracciati come due piccioncini.

IL GIORNO DI NATALE Erica e Gunther erano esausti. Clare li svegliò presto per fare colazione a base di uova e del prosciutto rimasto. Decisero di andare in chiesa alle undici. Dopo aver mangiato, si sedettero davanti all'albero. Sebbene non si aspettasse di ricevere nulla, Erica aveva portato dei regali per Gunther e Clare. Quel viaggio era stato il suo regalo.

"Gunther si vestiva sempre da Babbo Natale e si occupava di distribuire i regali." Clare fece un cenno a suo figlio.

Lui consegnò il primo pacchetto a sua madre con un sorriso. Lei lo aprì e vide una foto splendidamente incorniciata di tutta la loro famiglia. La foto era vecchia, ma ancora in buone condizioni. Quando la vide, Clare scoppiò in lacrime e abbracciò suo figlio.

Uno dopo l'altro, i regali portarono sorprese, sospiri e sorrisi. Erica aveva comprato a Gunther una bellissima camicia di flanella in fantasia scozzese rossa. Per Clare, aveva comprato un morbido scialle di lana viola scuro, fatto a mano, per le fredde notti invernali. Clare sorprese la ragazza regalandole una bella camicetta bianca di pizzo, dalla scollatura ampia. Diede a Gunther l'orologio da polso d'oro di suo padre e un set di gemelli in argento sterling da indossare con il suo smoking.

"Mi dispiace, Erica. Non ti aspettavo..." cominciò Gunther.

Lei sollevò la mano. "Tranquillo. Non preoccuparti. Nessun problema."

"Ma c'è qualcosa sotto l'albero per Erica da parte tua, Gunther." Clare le porse un pacchetto avvolto semplicemente.

Lui impallidì. "L'avevo mandato in anticipo, ma..."

"Davvero, nessun problema. Tieni." Lei gli restituì la scatola.

"Rifiutare un regalo di Natale?" Clare aggrottò la fronte. "Gunther! Che cosa ti viene in mente?"

"Mamma ha ragione. L'ho comprato per te. Dovresti prenderlo." Lui restituì il pacchetto rettangolare a Erica.

Lei arrossì, ma l'aprì lentamente e attentamente. "Non esploderà quando lo aprirò, vero?" "Bene!" esclamò Gunther, scuotendo la testa.

Il suo regalò le tolse il fiato. Al suo interno, adagiato su un letto di velluto nero, c'era un bracciale tennis di diamanti. *Nessuno mi ha mai regalato niente di simile prima.* "Non posso accettarlo. Deve esserti costato una fortuna."

"Tienilo. Può permetterselo," disse Clare, stringendo le dita di Erica intorno alla scatola. "Provatelo."

"Per favore, riprenditelo, Gunther. Non è davvero... necessario e adesso..." La sua voce si affievolì mentre spingeva la scatoletta luccicante verso di lui.

"Tienilo," fu la sua risposta burbera.

"Provatelo. Se non ti piace come ti sta, puoi restituirlo." Clare aveva gli occhi luccicanti.

Le dita di Erica tremavano un po', tanto che lei lo fece cadere più volte prima che Gunther lo raccogliesse e glielo mettesse al polso. Il braccialetto era perfetto. Clare ebbe un sussulto.

"È bellissimo su di te. Devi tenerlo." Erica guardò prima Clare, poi Gunther.

"Mamma ha ragione. Tienilo."

Lei si avvicinò al polso al petto, poi esitò prima di dare un rapido bacio a Gunther. "Grazie. È la cosa più bella che abbia mai avuto." Il suo cuore palpitò. *Non dimenticare che era convinto quando l'ha comprato, ma adesso non lo è.* Il suo sorriso si dissolse. *Qualcosa per la quale ricordarlo.*

All'improvviso, erano le dieci e mezza e dovettero precipitarsi per arrivare in chiesa in orario. Clare fu accolta con gioia dai suoi tanti amici, da alcuni con un "ciao" e da altri con un semplice gesto. Per un attimo, Erica fu invidiosa per il numero di persone che tenevano a Clare.

I suoi problemi familiari misero Erica in imbarazzo. Al liceo, aveva capito che era più sicuro stare in disparte invece di cercare di avvicinarsi alle persone. L'incapacità di suo padre di risparmiare l'aveva costretta a lavorare come cameriera al caffè locale, senza lasciarle molto tempo per avere una vita sociale.

Fisicamente, Erica era sbocciata presto. A quindici anni, era già dotata di una bellezza mozzafiato. I ragazzi della sua classe facevano a gara per uscire con lei, scatenando la gelosia della maggior parte delle ragazze della sua classe. Lei non accettava i loro inviti, ma aveva alcuni ragazzi come amici, con i quali andava a pranzo e trascorreva il suo tempo libero a scuola.

Quando arrivarono il suo fratellino e la sua sorellina, Erica aveva il compito di badare a loro quando stava a casa. Non avendo alcun rispetto per la sua matrigna, che era irresponsabile come suo padre, Erica aveva pietà dei suoi fratellini e cercava di prendersi cura di loro come meglio poteva. Loro erano grati con lei e la adoravano. Quando andò al college con una borsa di studio, si erano separati in lacrime. Erica si era preoccupata per i bambini, ma non poteva fare nulla per aiutarli, a parte mandare loro del denaro.

Lei ridacchiò tra sé e sé per gli sguardi non troppo sottili e le sopracciglia alzate delle persone quando entrò insieme a Gunther. Lui fece un cenno educato agli amici di Clare, rinnovando la loro conoscenza, ma senza sorridere.

"Questa ragazza è uno schianto, signor Quill," disse Barney MacMahon.

Gunther rispose con un sorrisino e continuò a camminare. Quando Erica rallentò per parlare con l'uomo, Gunther le prese la mano e la trascinò in un posto per sedersi vicino a lui. Dopo la funzione, la folla si disperse rapidamente.

"Hank ci ha invitati per la cena di Natale."

"Ho del lavoro da fare, ma."

"Lavoro?"

"Sono arrivate le statistiche ieri sera. Erica e io dobbiamo finire le proiezioni. Immagino che tu mi aiuterai." Si rivolse a Erica per avere la conferma. Lei annuì.

"Gunther, è Natale!" esclamò Clare.

"Ma domani è una giornata lavorativa. Voglio che i miei partner le ricevano domani mattina."

Clare fece un respiro e aggrottò la fronte. "È solo che non ti piace Hank."

"Non ha niente a che vedere con questo."

"Allora lui ti piace?"

"Vuoi che ti menta, mamma?"

"Non lo conosci nemmeno." Clare incrociò le braccia sul petto.

Erica rimase in silenzio, divertita nel vedere uno scontro tra madre e figlio. *Lei è proprio come lui!*

"Non hai bisogno di me, ma'. Vai. Sta con lui. Sono sicuro che lo preferiresti, comunque. Devo farlo."

Lui imboccò il vialetto e si fermò sgommando. Clare strinse la mascella, poi uscì dall'auto. Lei entrò in casa. Gunther la seguì, parlando a voce alta e gesticolando.

"Se non vieni, sei da solo per cena," Clare tirò su con il naso mentre si dirigeva verso le scale.

Gunther si passò le dita tra i capelli. "Lei sa essere una vera seccatura. O si fa come dice lei o niente."

"Mi ricorda qualcuno che conosco," disse Erica, riempiendo d'acqua la caffettiera.

"Chi, io? Non sono affatto come lei."

Erica scoppiò a ridere. "Sei esattamente come lei. Solo che lei è più carina di te."

Gunther le lanciò un'occhiata arrabbiata. "Ma tu da che parte stai?"

"Sto solo dicendo la verità..." Sapeva che, non appena quelle parole le sarebbero uscite dalla bocca, sarebbe stata nei guai.

"Verità? Non riconosceresti la verità nemmeno se te la dicessero in faccia!" ruggì lui.

"Sta succedendo di nuovo?" Lei alzò la voce.

Prima che Gunther potesse lanciarle un altro insulto, Clare riapparve. "Voi due siete peggio di due neonati che fanno i capricci. Smettetela! Perché non riuscita ad andare d'accordo?"

Gunther ed Erica si calmarono. L'unico suono che si sentiva era quello del caffè caldo che gocciolava nella caraffa.

"Se continuate così, potete andarvene entrambi domani. Una volta via amavate. Sicuramente andavate d'accordo. Per favore, ricordatevelo. Fatelo ancora! Questa è la mia vacanza e voglio che sia piacevole. Gunther, verrai a casa di Hank e ti comporterai bene!"

I due amanti si guardarono e annuirono.

Gunther fu il primo a rompere il silenzio. "Ci verrò, per rispetto nei tuoi confronti.

Ma non deve piacermi."

"Hank organizzerà un ricco banchetto. Almeno, mangerai bene."

"Forza, esaminiamo prima quei numeri." Lui prese la mano di Erica e sparirono nello studio.

La cena di Hank iniziò in modo imbarazzante ma, dopo alcuni martini, Gunther si scaldò. Lui e Hank si misero a cantare al pianoforte. Clare mise un braccio intorno a Erica e la presentò a tutti come "l'amica speciale" di Gunther. Lei si crogiolò tra le calde braccia di Clare.

La festa di Hank ruppe il ghiaccio dell'ostilità tra Gunther ed Erica. Gunther non disse mai che stavano di nuovo insieme. Tuttavia, funzionarono come coppia, sia di giorno che di notte, per il resto del loro soggiorno nel Maine.

Anche l'entusiasmo di continuare le riprese del suo primo film non impedì a Erica di piangere quando arrivò il momento di andarsene. Si era affezionata a Clare. E lasciare Gunther era più difficile di quanto si aspettasse. Gunther tornò a Los Angeles, mentre Erica ritornò in Florida. Con un peso nel cuore, guardò il suo aereo decollare dall'aeroporto Kennedy di New York. Si chiese come Gunther stesse gestendo il decollo senza di lei.

"Probabilmente, bene. Ci sarà un'hostess a tenergli la mano." Lei fece una smorfia. Lui era molto abile nel trovare una donna che gli scaldasse il letto. *Mi sostituirà?* Una volta a bordo del suo volo, Erica emise un sospiro, toccò il suo braccialetto e studiò le sue battute prima di cadere in un sonno irrequieto.

Capitolo Dodici

Erica non fu sorpresa di vedere Gunther sul set tre settimane dopo. Si aspettava di essere licenziata. *Quella sarebbe stata la più grande gioia di Gunther. La sua punizione. Licenziarmi una seconda volta.* Ma lei capiva. Era stata male, aveva vomitato e avevo sbagliato le sue battute. Non solo una volta, ma in diverse occasioni.

Aveva capito qual era il problema ed era determinata a mantenere il segreto. Cercando disperatamente di capire cosa fare, aveva preso le distanze da tutti. Un giornalista ficcanaso continuava a chiederle se avesse qualche malattia infettiva. *No, a meno che tu non consideri la gravidanza una malattia.*

Incinta e sola. Lei sbuffò. *Che cos'altro potrebbe succedermi?* Si era rimproverata un centinaio di volte per aver avuto rapporti non protetti con Gunther. Ma, nel cuore della notte, si distese a letto e fantasticò di avere il figlio di Gunther. Sognò che avrebbero cresciuto il bambino insieme. Un sorriso le accarezzò le labbra. *Mi chiedo se lui o lei sarà testardo come Gunther e Clare.* Pensò a Clare. *Sarà felice o proverà vergogna?*

Gli sguardi consapevoli di alcuni degli altri produttori quando Erica si presentò tardi, pallida come un fantasma, le fecero pensare che forse avevano già scoperto il suo segreto. Temeva di apparire sui tabloid.

La mia carriera non è nemmeno decollata e già mi trovo su un giornale scandalistico.

Continuò a studiare le sue battute e cercò di capire in quale momento della giornata sarebbe stato meglio esibirsi. Dopo la prima settimana, lei sembrò abituarsi alla sua routine. Alle undici, la nausea le era passata, per non tornare prima delle quattro del pomeriggio.

I produttori modificarono il programma, in seguito alle lamentele di alcuni attori. Si lamentavano di voler dormire fino a tardi, invece di alzarsi alle cinque per farsi truccare. La gelosia dilagava. Erica era raggelata dall'atteggiamento freddo di alcuni dei suoi coprotagonisti. La preoccupazione di essere sostituita, unita alla nausea, le fece perdere peso. Hanno dovuto far stringere i costumi, ritardando ulteriormente la produzione.

Quindi hanno chiamato i pezzi grossi per parlare con me o licenziarmi. Non posso fare nulla per impedirlo, quindi devo prepararmi all'idea che mi licenzino.

Le voci sull'imminente arrivo di Gunther si diffusero sul set come fili di fumo. Alcuni volevano incontrarlo, altri avevano paura di lui. Nessuno sapeva della relazione che aveva avuto con lui e lei voleva che continuasse così.

Sgranocchiò alcuni cracker mentre guardava il suo coprotagonista, Cliff Townsend, recitare una scena con la protagonista femminile. All'intervallo, qualcuno sussurrò e il set divenne silenzioso. Lei si voltò.

Gunther era lì, attraente, vestito di tutto punto e tremendamente sexy. La sua camicia rossa, leggermente aperta, faceva intravedere alcuni peli sul petto. Con una mano, teneva la giacca di pelle appoggiata su una spalla e i jeans attillati gli mettevano in risalto le cosce. Il suo cuore ebbe un sussulto. Voleva toccarlo. Un fremito le fece aumentare il battito. *Potrei saltargli addosso in questo preciso momento se non fosse qui per licenziarmi.*

"Erica, possiamo parlare un momento?" Lui le fece cenno di seguirlo.

"Certo," gli rispose lei, con la bocca asciutta. Il cuore le batteva così forte che era sicura che gli altri potessero sentirlo. *In tutti i lavori di merda che ho avuto, non sono mai stata licenziata. E, ora che ho il lavoro dei miei sogni, sto per perderlo.* Aveva le lacrime agli occhi. Si alzò in piedi e seguì il produttore.

Gunther aprì la porta e fece cenno ai due uomini all'interno. "Ragazzi, potremmo avere un paio di minuti, per favore?"

Le lanciarono un'occhiata patetica mentre se ne andavano. Gunther si sedette a un lato del tavolo. Lei si sedette di fronte a lui. Le brontolava lo stomaco. Sperò di non dover vomitare il suo pranzo davanti a lui.

"So che vi sto costando molto, dato che sto sempre male. Recupererò subito. Mi sento meglio," iniziò lei. Lui alzò la mano e lei rimase in silenzio per qualche istante.

"Per favore, non licenziarmi." Non aveva intenzione di implorarlo, ma quelle parole le uscirono dalla bocca prima che lei potesse fermarle. Le lacrime iniziarono a scorrerle sulle guance.

Gunther le porse il suo fazzoletto. "Non sono qui per licenziarti."

"Veramente?" Lei si asciugò gli occhi e il naso.

"Sono qui per chiederti di sposarmi. Erica, vuoi diventare mia moglie?"

Diventi sorda quando sei incinta? Lei sbatté le palpebre e lo guardò. "Che cosa?"

"Mi hai sentito. Sposami."

"Davvero? Aspetta. Sai che sono incinta?"

Lui annuì.

"Come?"

Lui mise sul tavolo un ritaglio di giornale. "Me l'ha mandato mia madre. Di solito, non leggo questi giornalacci, a meno che non stia cercando qualche notizia specifica."

> *Quale attrice sul set dell'ultimo film di Gunther Quill sta troppo male per esibirsi? È malaria o è incinta?*

L'articolo andava avanti, ma Erica smise di leggerlo. "Allora, me lo stai chiedendo perché sono incinta."

"No, sì, in un certo senso."

Lei gli lanciò un'occhiata confusa.

"Ti amo, Erica. Ma questo lo sai già."

"Dici?"

"Non interrompere. Ti amo. E questa gravidanza è meravigliosa. Ho sempre desiderato avere dei figli. Sarai una mamma magnifica."

Lei si alzò. "Un matrimonio per pietà? No!"

"Andiamo. Non farlo da sola. Io voglio che tu sia mia moglie."

"Come doveva esserlo Elsa?"

"Una vera moglie questa volta. Sono innamorato di te. Non mi credi?"

Lei scosse la testa.

"Mi ami ancora?"

"Non fa alcuna differenza. Ho fatto abbastanza errori nella mia vita senza aggiungere un brutto matrimonio alla lista."

"Non sarà un brutto matrimonio. Saremo grandi insieme. E con il piccolo..."

"Junior?" Lei socchiuse gli occhi. "Come fai a sapere che è tuo?"

L'avrebbe stordito di meno se l'avesse colpito alla testa con un martello.

"Certo, è mio. Lo è, non è vero?" Lui aggrottò la fronte.

"Non vorresti saperlo?" *Scommetto che non se lo aspettava.*

Lui allungò la mano e strinse le dita intorno al suo braccio. "Smettila di prendermi in giro. È mio figlio o no? O non lo sai?"

"Certo, è tuo figlio."

"Allora qual è il problema? Possiamo sposarci tra qualche giorno."

"Magnifico. Un matrimonio riparatore al municipio. Con un uomo che, fino a due mesi fa, mi parlava a malapena. Che romantico!"

"Per favore, Erica. Voglio te e voglio questo bambino."

Guardandolo negli occhi, capì che diceva la verità. *Lui vuole il bambino. Ma io? Cosa succede se mi mette da parte e cerca di prendere il mio bambino?* "Solo due mesi fa mi odiavi e ora ti aspetti che io creda che mi ami? Non ci credo."

Lei si diresse verso la porta. Lui balzò in piedi, seguendola. "Aspetta, Erica!"

Lei si diresse verso il set. Un forte rumore attirò la sua attenzione. Alzò lo sguardo appena in tempo per vedere un grande riflettore staccarsi dal soffitto e dondolare verso di lei. Successe tutto troppo in fretta perché lei potesse schivare quell'oggetto pesante. La colpì sul ventre, sbalzandola in aria. Fece un volo di circa tre metri prima di schiantarsi contro un muro.

Gunther urlò il suo nome e corse da lei. Cominciò a perdere sangue, che le bagnò i jeans.

"Chiamate il 911!" urlò lui. "Chiamate un'ambulanza!"

lo seguì l'assistente alla regia. Gunther implorò freneticamente: "Per favore, per favore, chiamate qualcuno. Sta sanguinando. Non lo vedete? È incinta. Chiamate qualcuno!" urlò Gunther, prendendola tra le braccia.

Le persone si allontanarono. Fecero alcune chiamate e qualcuno portò una coperta. Altri portarono degli asciugamani. Erica era sveglia e guardava Gunther negli occhi. Erano pieni di lacrime. Le spostò i capelli dal viso e continuò a sussurrare: "Starai bene, starai bene." Lei annuì e cercò di sorridere, ma il dolore la faceva gridare.

L'ambulanza li portò via. Gunther rimase accanto a lei, tenendole la mano per tutto il tempo. Lei sentì le sue lacrime che le scendevano sulle guance. All'ospedale, fu portata via. Medici e infermieri giravano lì intorno, dando ordini ed eseguendoli. La testa le ronzava e aveva la mente confusa. Svenne prima di poter dire una parola.

Quando si risvegliò, era in una stanza privata. Gunther si era appisolato su una sedia accanto al suo letto. Nello stesso istante in cui lei si mosse, lui si svegliò di soprassalto. Le prese la mano.

"Il bambino?" gli chiese.

Gunther fece una pausa. Lui scosse la testa, con le lacrime agli occhi.

Erica si coprì la bocca con la mano. "Dimmi che il bambino sta bene!" urlò lei, afferrandogli il braccio con tutte le sue forze.

"Il bambino non c'è più, Occhi da cerbiatta. Mi dispiace molto."

Lei emise un sonoro lamento, poi crollò, singhiozzando. Gunther si mise sul letto e la prese delicatamente tra le braccia. Un dottore entrò per un momento, poi se ne andò. Quando Erica riuscì a calmarsi, il dottore riapparve. Oltre ad aver perso il bambino, si era rotta la clavicola e alcune costole.

La tennero sedata per un giorno. Quando fu in grado di camminare, Gunther la accompagnò sul set. Quella notte, la portò nella sua suite. Ordinarono la cena. Quando finirono di mangiare, lei si distese su un divano di velluto mentre lui le massaggiava i polpacci.

"Mi dispiace di essere costata così tanto per il tuo film."

"Non importa."

"Davvero?"

"Certo. Il mio tempismo fa schifo, ma..." Lui si alzò in piedi e si mise la mano in tasca. Aprì le dita e le mostrò una scatolina di velluto, mettendosi in ginocchio. "Sposami, Erica. Occhi da cerbiatta. Non sopporto l'idea di stare senza di te. Ti amo tantissimo."

Lei l'ascoltò.

"Sto molto meglio insieme a te. Sono più felice. Una persona migliore. Per favore, piccola. Tu mi ami?"

Lei annuì.

"Allora qual è il problema? Sposiamoci."

Lei gli sorrise e gli porse la mano. "Sì."

Le infilò al dito un bellissimo anello di diamanti di quattro carati.

"Ti amo, Gunther."

"Ti credo." Lui sorrise.

"Possiamo riprovarci?"

"Certo. Tutti i figli che vuoi." La sollevò e la portò a letto.

"Peccato che non possiamo fare l'amore la notte in cui ci fidanziamo."

"Abbiamo tutto il resto della vita per fare l'amore."

"Prometti di inseguirmi in camera da letto fino a quando non avrai novanta anni?" gli chiese.

"Perché fermarsi a novanta?" Lui si mise a ridacchiare.

"Chiama tua madre."

"Sì." Lui controllò l'orologio. "Ha detto che avrebbe aspettato."

"Lo sapeva?" Erica sollevò le sopracciglia.

"Cavolo, sì. Sai che non posso tenere nessun segreto con lei."

"Questa non è stata una sua idea, vero?"

"Davvero? Dai, dammi qualche merito."

Lei si accoccolò sulla sua spalla. Tristezza mista a ottimismo per il futuro.

"Non potremo mai sostituire quel bambino," sussurrò lei, con le lacrime agli occhi.

"No. Ma possiamo condividere il dolore. Per favore, non escludermi. Quello era anche il mio bambino."

Lei gli appoggiò il viso sul petto e scoppiò a piangere. Lui le appoggiò la guancia sulla testa, con gli occhi umidi, e le lacrime scomparvero tra i suoi capelli.

SEI MESI DOPO

Strani amici di letto era andato fuori budget, come Gunther aveva sospettato. Non se ne preoccupò troppo perché credeva che le rivalità delle star sul set avrebbero portato un sacco di pubblicità, aumentando le vendite.

Sway ebbe un grande successo a Broadway e ricevette diverse nomination per il *Tony Award*. Erica tornò a lavorare per Gunther fino al successivo lavoro di recitazione. Stavano facendo i casting per *Sway*. Max Webster aveva firmato i documenti e la East West Productions era stata lanciata come nuova società. Max stava valutando la possibilità di portare *Strani amici di letto* a Broadway, nel caso in cui il film avesse avuto successo.

Erica assunse una collaboratrice temporanea durante la pianificazione della campagna pubblicitaria e promozionale di *Strani amici di letto.* Lei e Gunther avevano messo le loro nozze in sospeso fino a quando i progetti principali della nuova compagnia non presero il via. Nel frattempo, c'era molto da fare. Gunther comprò una casa con quattro camere da letto in città. Erica si trasferì da lui, lasciando a Amy il mal di testa per dover pagare da sola l'affitto del loro appartamento.

Tra di loro, nacquero delle discussioni su chi avrebbe dovuto interpretare i personaggi del film di *Sway*.

"Voglio Jake Matthews," disse Gunther.

"Dubito che ti parlerà dopo quello che è successo tra te e Gracie."

"Ma è il suo film. È stata lei a scrivere la sceneggiatura."

"Ho sentito dire che è ancora incazzato."

"Cara Brewster, Quinn Roberts e Chaz Duncan. Un cast pieno di star? Le vendite al botteghino andrebbero alle stelle!"

"Sì, beh, sarà un po' difficile averli, dato che alcuni di loro non ti parlano."

"Sfodera le tue capacità magiche."

"Non posso fare i miracoli."

"Almeno Dorrie ha accettato di fare le coreografie."

"Grazie a Dio."

Il telefono di Gunther iniziò a squillare ed Erica lasciò il suo ufficio per occuparsi di altri affari e controllare il lavoro dell'altra assistente, Gloria. Erica rispose alla chiamata. "East West Productions."

"Samson Miller, vorrei parlare col signor Quill," disse la voce femminile dall'altra parte del telefono.

"Solo un momento." Erica inoltrò la chiamata a Gunther e lui la accettò.

"È strano," disse a Gloria.

"Che cosa?"

"Gunther ha ricevuto una chiamata da Samson Miller."

"Il famoso avvocato divorzista?"

"Già. Divorzio e alimenti."

"Scommetto che l'abbia chiamata per farti firmare un accordo prematrimoniale." Gloria guardò il viso di Erica.

"Un accordo prematrimoniale? Davvero? Gunther è un uomo molto generoso."

"Sì, lo sono tutti, finché vai a letto con loro. Ma quando si comincia a parlare di matrimonio, vogliono proteggere il loro denaro."

Un'ora dopo arrivò una grossa busta da parte di Samson Miller. Erica firmò la consegnò a Gunther, che era al telefono. *Deve essere l'accordo prematrimoniale.* Una lieve fitta di dolore attraversò il cuore di Erica. *Non si fida di me fino a questo punto? Gunther non si fida di nessuno. Aveva senso. Non è esattamente il modo migliore di affrontare un matrimonio, vero?*

Anche se cercava di essere obiettiva, si sentiva ferita. Quando lui tornò per continuare la loro discussione sulla scelta del cast, lei diventò gelida.

"Com'è andata la conversazione con Samson Miller?" Lei si mise a tamburellare con la penna sul suo taccuino.

"Oh, sì. Come fai a saperlo?"

"Ho risposto io al telefono, ricordi?"

"Sì. Giusto. Niente di preoccupante."

"Davvero? Non farebbe qualcosa che possa influenzare il nostro matrimonio, vero?"

"Non posso parlare di quello che sta facendo, Occhi da cerbiatta. Non sforzare la tua bella testolina, piccola."

"Non trattarmi con sufficienza."

"Non intendevo farlo. Andiamo. Non voglio litigare."

"Non ho voglia di farlo ora. Ho altre cose da sistemare sulla mia scrivania. Facciamolo domani."

"Come vuoi, piccola."

Lui si avvicinò per baciarla, ma lei si allontanò. Lui scrollò le spalle e tornò nel suo ufficio. La luce della sua linea privata si accese. Lei si avvicinò agli schedari, dove poteva ascoltare la conversazione perché la sua porta era socchiusa.

"Me ne sto già occupando, ma'. Non ci sposeremo finché questa situazione non si sistemerà. Secondo Miller, non ci sarà nulla di difficile. Ma non si sa mai con queste cose. Hai ragione. È una questione delicata. Non voglio esagerare e rovinare tutto. Altrimenti, non vincerò mai. Ciao, ma'."

Lei si allontanò dalla porta quando lo senti mettere giù la cornetta. *Quindi vuole fare un accordo prematrimoniale? Cazzo. Non lo firmerò.* Lei finì di lavorare e si preparò per andare a casa.

Gunther si fermò alla sua scrivania. Gloria stava prendendo le sue cose, ma Erica notò che lei li stava osservando.

"Andiamo fuori a cena stasera. Ho bisogno che tu firmi qualcosa. Poi, potremo festeggiare."

"Firmare qualcosa?" Lei vide gli occhi di Gloria illuminarsi.

"Sì. Niente di brutto. Sei pronta?"

Erica deglutì. "Ok."

Lui le aprì lo sportello della Ferrari. *Perché mi sento come se stessi andando alla camera a gas? Non ho intenzione di firmare un accordo prematrimoniale. Se me lo chiede, il matrimonio non si farà più.* Lei iniziò a sudare.

"Vuoi che accenda l'aria condizionata?" le chiese, guardandola.

"Sto bene," rispose lei a denti stretti.

Lui inclinò la testa verso di lei e sorrise. *Sorridi adesso. Non sembrerai così bello e sexy con la camicia sporca di cibo.* Lei si sedette, aggrottando la fronte.

Arrivarono al Satin Club e furono accompagnati a un tavolo in un angolo tranquillo. Gunther ordinò dello champagne. Erica si chiese se sarebbe stata in grado di mangiare o bere qualcosa. *Togliamoci il pensiero.*

"Che cosa vuoi che firmi?" Lei incrociò le braccia sul petto.

Lui seguì i suoi movimenti con il suo sguardo. "Sei nervosa stasera."

Lo saresti anche tu. "Documenti. Presumo che tu non mi stia chiedendo un autografo."

"Oh, sì. Me ne stavo quasi dimenticando." Lui infilò una mano nel taschino della giacca e tirò fuori una busta bianca.

Le lacrime le facevano bruciare gli occhi.

"Niente lacrime."

"Puoi spiegarmelo? Perché vuoi che firmi un accordo prematrimoniale? Non hai fiducia in noi? In me?" Lei si asciugò alcune lacrime che riuscirono a uscire.

"Che cosa?"

"Mi hai sentita. Un accordo prematrimoniale!"

"Quale accordo prematrimoniale? È questo che hai pensato?" Lui scoppiò a ridere. "Ecco perché eri così... così... arrabbiata oggi. Questo non è un accordo prematrimoniale." I suoi occhi brillavano di malizia.

"Allora che cos'è?"

"È un'istanza per ottenere la custodia di Billy e Chickie. Volevo farti una sorpresa, ma l'avvocato ha detto che dovevi firmarla. Quindi... sorpresa!"

"Che cosa?"

"Billy e Chickie? Pensavo che saresti stata più felice se fossero venuti a vivere con noi."

"Che cosa?"

"Hai qualche problema di udito?"

"Non vuoi farmi firmare un accordo prematrimoniale?"

"Perché mai dovrei farlo? Staremo insieme per sempre. Sarebbe solo uno spreco di denaro per l'avvocato."

"Era questo che Samson Miller stava facendo per te?"

"Sì. Vado sempre dal migliore. Non posso credere che tu abbia pensato che volessi farti firmare un accordo prematrimoniale. Accidenti, tesoro. Sarebbe una cosa meschina."

"Io... io... io non ne avevo idea. Che altro avrei dovuto pensare?"

"Avresti potuto chiedermelo. Ti ho sorpresa, vero?"

"Cavoli se l'hai fatto. Vuoi che Billy e Chickie vivano con noi?"

"Se questo ti rende felice. Certo. Potremo fare pratica finché non avremo i nostri figli."

Erica aprì la fontana e iniziò a singhiozzare.

Il cameriere si affrettò, lanciando un'occhiataccia a Gunther, che sollevò le spalle.

"Non ho fatto niente. Davvero!" Gunther le diede il suo fazzoletto. "Questo vuol dire che sei felice?"

Erica annuì. "Non riesco credere che tu abbia fatto questo per me."

"Te l'ho detto, Occhi da cerbiatta. Ti amo."

"È per questo che hai comprato una casa così grande?"

"Sì. Così avremo spazio per loro e per i nostri figli."

"Saranno felicissimi."

"Sei felice?" Lui aggrottò la fronte.

"Tremendamente," disse lei, sporgendosi per baciarlo intensamente.

Gunther ordinò la cena mentre Erica si sedette e provò a rielaborare tutto ciò che era successo.

"Non so quanto ci vorrà per ottenere i bambini, ma Samson ha detto che dovevamo sbloccare la situazione. Quindi, ora che hai firmato, possiamo procedere."

Erica sollevò il bicchiere: "Al mio principe azzurro." Gunther arrossì e sollevò anche il suo. "Sono la donna più fortunata del mondo."

"Non intendo contraddirti," disse. Lei rise mentre faceva tintinnare il flûte con il suo.

Sulla strada verso casa, il suo telefono squillò.

"Erica? Sono io," disse Amy.

"Amy! Come stai?"

"Tutto bene. Volevo congratularmi con te."

"Davvero?" Erica era al settimo cielo e niente poteva rovinare il suo buon umore.

"Certo. Suppongo essermi sbagliata su Gunther. Hai passato un momento difficile. Ti meriti di essere felice e spero che lo sia."

"Grazie. È una cosa carina da dire. Sono più felice di quanto pensassi di poter essere."

"Abbiamo passato molto tempo insieme. Mi sentivo in colpa per non esserci lasciate nelle condizioni migliori."

"Non preoccuparti. Nessun rancore. Sì. Abbiamo vissuto insieme per più di un anno. Non sono arrabbiata."

"Bene. Ti considero ancora un'amica. Spero che tu sia così anche per te."

"Perché non dovrebbe? Abbiamo passato dei bei momenti."

"Sì, grazie. Sono sollevata."

"Verrai al matrimonio?"

"Credi che Gunther approverà?"

"Non penso che sarà un problema. È anche abbastanza felice adesso. Vieni e porta Garth."

"Grazie. Forse verremo. Ci sentiamo presto," disse Amy riattaccando.

"Chi era al telefono?" le chiese Gunther.

"Amy."

"Amy? L'hai invitata al matrimonio? Sei pazza?"

"È lei che ci ha fatti incontrare. Non dimenticarlo. Senza di lei, non saremmo qui."

Lui si mise a ridacchiare. "Non hai tutti i torti. Ok. Prometto di mettermi a urlare contro di lei."

"Bene. Mi sento grata stasera."

"Grata? Questo include anche me?"

"Certo. E se l'auto fosse più grande, te lo farei vedere qui stesso."

Gunther entrò nel garage. "Ti porto subito sul divano."

"Mi sembri pronto," disse lei, abbassando la maniglia per aprire lo sportello della macchina.

Capitolo Tredici

Gunther fece un leggero fischio mentre entrava nel palazzo del suo ufficio. Le cose stavano andando bene. Se solo fosse riuscito a definire bene il casting di *Sway*, sarebbe stato perfetto. Aveva messo il lavoro in attesa per le due settimane successive per potersi concentrare sul matrimonio. Lui prese il cellulare per controllare la lista di cose da fare. Lui ed Erica non erano d'accordo sul luogo del ricevimento. Lei voleva il Malibu Beach Club, mentre lui un matrimonio in hotel. Aveva deciso di lasciarle fare come voleva. *Di solito non lo faccio, ma lei è Occhi da cerbiatta.*

Lui aveva già un bellissimo smoking, quindi non aveva bisogno di comprarne uno. Ma dovevano ancora scegliere i fiori e fare la lista degli invitati. Gunther si offrì di pagare per tutto. Erica aveva guadagnato dei soldi per il suo ruolo nel film, ma non era molto, e lui non le avrebbe permesso di toccarli. Dorrie l'aveva accompagnata a scegliere l'abito da sposa.

Lei e Dorrie stavano diventando amiche. Mmm, la mia quasi moglie e mia moglie. Si mise a ridacchiare per l'ironia della situazione. L'elenco delle cose da fare era lungo. L'unica che lo preoccupava era la lista degli ospiti.

Sedendosi col telefono, scorsa la lista dei suoi contatti, aggiungendone alcuni alla sua lista di nozze. Erica fece capolino, tutta sorridente, troppo nervosa per restare ferma. "Ho tre abiti in sospeso. Sono indecisa sul velo. Dorrie sarà la mia damigella d'onore. Non so ancora di quale colore sarà l'abito che indosserà. Tu chi hai scelto come testimone?" Lei pronunciò quelle parole come se fossero i proiettili di un'arma automatica.

"Wow, aspetta un momento." Gunther alzò le mani. "Rallenta, rallenta. Max Webster mi ha detto che mi farà da testimone. Il marito di Dorrie farà da usciere."

"Il marito di Dorrie! Merda! Ciò significa che ho bisogno di qualcun altro. Ecco! Grace Brewster. Il tuo regalo di nozze è già pronto."

"Non ho bisogno di niente, Erica. Risparmia il tuo denaro." Lui si alzò in piedi.

"Ne hai bisogno e non mi è costato nemmeno un centesimo."

"Sei sicura?" Lui la guardò sollevando un sopracciglio.

"Cavolo, sì... per citare te."

"Il tuo sarà pronto per il giorno del matrimonio."

"Hai prenotato una camera in albergo per tua madre? Vicino alla spiaggia?"

"Hai prenotato al beach club?"

"Tu ami la spiaggia e voglio che il matrimonio abbia luogo nel tuo posto preferito." Lei gli strinse le braccia intorno alla vita e lo abbracciò forte.

"Ok, ok," rise lui. "Ci rinuncio. Lo faremo in spiaggia. I matrimoni sono per le donne."

Lui la strinse a sé per un bacio, poi inclinò la testa per approfondirlo. Erica si sciolse tra le sue braccia e il suo abbraccio la riscaldò. Lui fece scivolare la mano sul suo seno. Lei gemette al suo tocco.

Erica era la moglie perfetta per Gunther e lui lo sapeva. *Com'è che sono così fortunato?* Quando si staccarono, la curiosità ebbe la meglio su di lui. "Che cosa mi hai preso?"

"Non te lo dico."

"Andiamo. Sto morendo dalla curiosità. Questo fantastico regalo che non ti è costato niente. Una cosa di cui ho tanto bisogno."

"Lo vuoi subito? Qui?"

"Qualcosa che ha a che fare con il sesso? Sono pronto." Lui iniziò ad allentarsi la cravatta.

Erica gli mise una mano sul petto. "No. Niente sesso. Anche se sarebbe una buona idea."

"Andiamo. Mi stai uccidendo."

"Mancano ancora tre mesi."

"Impacchettalo e ridammelo tra tre mesi."

"Non posso farlo. In realtà," disse lei, guardando l'orologio, "Devo dartelo oggi."

Lui sorrise e tornò a sedersi. "Ti aspetto qui."

Erica uscì dall'ufficio. Mentre lei era via, lui si lambiccava il cervello, cercando di pensare a qualcosa di cui aveva bisogno che non aveva e che poteva essere gratis.

"Chiudi gli occhi," urlò lei da dietro la porta.

Gunther fece come richiesto. Quando li aprì, vide quattro buste di Manila sulla sua scrivania. Lui la guardò, sollevando le sopracciglia.

"Aprile," strillò lei, saltellando come un'adolescente.

Gunther aprì con cautela la prima. Era un contratto per il film di *Sway,* firmato da Cara Brewster. Lui la guardò. "No. Non l'hai fatto davvero?"

Lei annuì. "Ma l'ho fatto."

Nelle successive c'erano i contratti firmati da Jake Matthews, da Quinn Roberts e da Chaz Duncan.

"Come diavolo hai fatto a farli firmare?" Si appoggiò allo schienale della sedia, stupito.

"Fascino, suppliche e preghiere. Ora devi firmarli tutti, così posso restituirli."

"Quando l'hai fatto?"

"All'ora di pranzo. Non tutti gli appuntamenti dall'estetista erano veri."

"Di nuovo bugie? Dovrei punirti per questo."

I suoi occhi si illuminarono di malizia. "È una minaccia o una promessa?"

"Sono stupito. Puoi fare qualsiasi cosa, perché hai già fatto l'impossibile."

Si alzò dalla sedia in pochi secondi, stringendole la vita e baciandola. La passione tra di loro si intensificò. Gunther le tolse il maglione, aprendo di scatto i gancetti del suo reggiseno con una mano. Erica gli mise le braccia intorno al collo.

"Ma non sul tuo famoso divano, ok?"

"Sulla scrivania," sussurrò lui, ansimando. Lui fece scivolare la mano sul suo sedere e la strinse a sé. Lei gli sbottonò la camicia. La voleva. La voleva sempre, spesso nei luoghi e nei momenti più inappropriati. Durante una riunione del consiglio di amministrazione dell East West Productions. Durante il dessert al Satin Club. Nell'oceano in un fine settimana sulla spiaggia.

Davanti all'oceano, era riuscito a soddisfare il suo desiderio, un giorno nuvoloso, quando la spiaggia era deserta. E adesso questo, in ufficio. Lui si eccitava sempre in quel posto. Le sollevò la gonna fino alla vita. Tirò giù le sue mutandine nere e le afferrò i fianchi, sollevandola.

"Oh, che freddo!" esclamò lei, sollevando le ginocchia.

"Mi dispiace. Ti scaldo io," ridacchiò lui. Gunther le sollevò le gambe più in alto, aprì la cerniera e le si avvicinò.

Erica abbassò il braccio, stringendo le dita intorno a lui. "È duro come una roccia. Come al solito."

Lui non poteva aspettare. Accostandosi a lei, le passò la mano sulla coscia, fino a sentire il suo calore umido. "Oh, piccola. Non sono l'unico, eh?"

"Sai che mi fai eccitare."

"Davvero?"

"Sei in cerca di complimenti? Non è da te."

"Divento... insicuro... qualche volta."

Lei si avvicinò al suo viso per un intenso bacio. Lei gli tolse il respiro.

"Nel caso ti stessi chiedendo cosa mi fai," disse lei con voce rauca.

Gunther si avvicinò e le strinse il sedere, facendola scivolare verso di lui. Fu dentro di lei in un lampo. Erica ebbe un sussulto, mentre lui spingeva più a fondo. Lei piegò la testa per appoggiare la fronte su di lui. "Oh, mio Dio, è fantastico," disse lei.

Lo tirò fuori e spinse forte. Lei si contrasse. Cominciò a muoversi con un ritmo lento e profondo, prendendo velocità. Erica si abbandonò, totalmente in balia di lui. Mentre lui continuava, lei riprese vita, contorcendosi al suo tocco. Lui le strinse le dita intorno al seno, pizzicandole il capezzolo. Lei gemette e lo guardò. Lui lo strinse di nuovo e lei ebbe un sussulto.

Poi, fece scivolare le dita lungo la sua pancia e la accarezzò. Questo la spinse oltre il limite. Lei gridò il suo nome mentre i suoi muscoli si stringevano attorno a lui.

Lui non riusciva più a trattenersi. Un orgasmo gli attraversò il corpo, fino alla punta dei piedi. Il sesso non era mai noioso con Erica. La trovava più eccitante adesso di quanto non lo fosse la prima volta e questo era un evento raro per lui.

Lui la strinse a sé e i loro corpi sudati scivolavano l'uno sull'altro. Lui lasciò cadere la testa sulla sua spalla e iniziò a darle dei piccoli baci sul collo.

"Ti amo," sussurrò lei, accarezzandogli la schiena e grattandolo leggermente con le unghie.

"Anch'io ti amo, tesoro."

Gloria bussò alla porta, distogliendoli dalle loro fantasticherie. "Il signor Webster è qui."

"Cazzo! Max! Mi ero dimenticato," disse lui, aiutando Erica a scendere dalla scrivania e rimettendole a posto la gonna.

"Arriviamo subito, Gloria," rispose Erica, mentre aiutava Gunther ad abbottonarsi la camicia.

Una volta vestiti, andarono nella reception, cercando di sembrare disinvolti. Max si alzò e strinse la mano di Gunther. Quando entrarono nell'ufficio di Gunther, Max scoppiò a ridere. "Le vecchie abitudini non muoiono mai, eh? Ma con la fidanzata, questa volta, eh?"

"Non so di cosa tu stia parlando," rispose Gunther, cercando di fare la sua espressione più innocente.

"La prossima volta, ricordati di chiudere la cerniera."

TRE MESI DOPO

Gunther passeggiava nella stanza con le porte di vetro che conducevano a un'ampia pedana, dove si sarebbe svolta la cerimonia nuziale. Normalmente non era un tipo nervoso, ma alzò gli occhi al cielo per la settima volta, cercando delle nuvole di pioggia, senza trovarne nessuna. L'aereo di sua madre aveva subito diversi ritardi e lei non era ancora arrivata. *Dove cazzo è mamma? Non possiamo farlo senza di lei.*

Lui controllò l'orologio. *Manca ancora un'ora.*

Max gli diede una pacca sulla spalla. "Andrà tutto bene. Voi due vi sposerete."

"Mia madre non è ancora arrivata ed è lei ad avere il mio regalo di nozze per Erica."

"Sono sicuro che arriverà. E per il regalo — oggi, la settimana prossima, cambia qualcosa?"

"In realtà, sì."

Max si scusò e tornò con due bicchieri di champagne. "Bevi questo, Gunther."

Lui lo fece e si scolò il contenuto del bicchiere. Il liquido era caldo mentre gli scendeva fino allo stomaco. Quando lo raggiunse, si ricordò di essersi dimenticato di mangiare. Il vino leggermente acido a stomaco vuoto non era il massimo. Gunther borbottò e si tenne la pancia.

"Hai mangiato qualcosa oggi?" gli chiese Max. Gunther scosse la testa. "Oh, Signore. Fammi vedere cosa trovo." Max si diresse verso la cucina.

Gunther sbirciò di nuovo l'orologio e uscì. Guardò la strada, ma non vide nessuna limousine. Ne aveva mandata una a prendere Clare e ora si chiedeva dove fosse. Un'auto sportiva bianca si fermò e parcheggiò. Erano Chaz Duncan e sua moglie Megan. Salutarono Gunther prima di entrare.

Un cameriere con un vassoio di antipasti seguiva un cameriere con un vassoio di spumante. Gunther fermò l'uomo e prese cinque bignè al formaggio e cinque gamberetti avvolti nel bacon. Se li mise in bocca a due a due.

"Calmati, Gunther. Ti strozzerai prima ancora di sposarti," disse Chaz, dandogli una pacca sulla spalla.

L'alcol senza cibo non va bene," disse Gunther.

A poco a poco, gli invitati al matrimonio continuavano ad arrivare. Naturalmente, c'erano anche i membri del cast di *Sway*. All'inizio, Gunther avrebbe voluto avere ogni persona della sua rubrica telefonica lì. Ma quando si era reso conto che questa conteneva più di trecento nomi, aveva cambiato idea. Avevano invitato circa un centinaio di persone, tutte del settore.

Grace Brewster arrivò insieme a Jake Matthews. Gunther aveva quasi paura di parlare con Grace. Tutto si era risolto in modo cordiale tra di loro e lui non voleva rovinarlo. Lei gli si avvicinò. Fecero un brindisi.

"Non riesco a credere che tu ti stia davvero sposando. E anche con una grande donna." Gracie scosse la testa. "Chi l'avrebbe mai detto?"

"Sono un uomo fortunato, Grace."

"Puoi dirlo forte. E non dimenticarlo mai."

"Non lo farò," rispose lui ridendo.

In seguito, arrivarono Cara Brewster e suo marito Grant Hollings. Poi, Quinn Roberts con sua moglie Susanna. Erano tutti vecchi amici di Max Webster. Mentre tutti erano intenti a bere e parlare, Gunther passeggiava davanti all'edificio. Alla fine, arrivò anche la limousine di sua madre. Gunther la abbracciò e la fece entrare.

Presentò Clare agli altri invitati. Lei lo portò in un angolo tranquillo.

"Che cosa c'è, ma'?" le chiese, con in nervi ancora a fior di pelle.

"Volevo dirti che sono davvero orgogliosa di te." Lei lo abbracciò.

"Mi sto solo per sposare, ma'. Non ho vinto il premio Nobel." Lui sorrise.

Lei gli diede una pacca sul braccio. "Lo so. Ma dopo Laurel... beh. Mi preoccupavo che non ti saresti mai ripreso. Hai pianto per tanto tempo. Finalmente, sei tornato a vivere. E ora sei qui e stai per sposarti." Lei scoppiò a piangere.

"Niente cascate del Niagara, ma'. Per favore. Già ci pensa Erica a piangere. Già, Laurel era unica. Ma lo è anche Erica. Non credevo che un fulmine potesse colpire due volte." Lui cercò in tasca un fazzoletto pulito.

Clare tirò fuori un fazzoletto dalla borsa. "Non posso farci niente. Anche tuo padre sarebbe stato orgoglioso."

"Papà? Mmm. Non credo proprio."

"Sì che lo sarebbe stato. Anche con tutto il suo successo, non ha mai ottenuto tutto ciò che tu hai già."

Gunther sorrise a sua madre. "Grazie, ma'."

"Penso anche che tu abbia trovato la donna perfetta. Erica è davvero la donna giusta. Sa come farsi rispettare da te," ridacchiò lei.

"Hai proprio ragione!"

"È adorabile. Vuoi che le dia il regalo adesso?"

Gunther annuì. "Non abbiamo molto tempo."

Gunther la prese per un braccio e la portò nella parte del club dove Erica alloggiava con Dorrie. La portò fino alla loro stanza. Clare si avvicinò per bussare.

DALL'INTERNO, UNA VOCE nervosa rispose: "Entra pure, a meno che tu non sia Gunther."

Clare aprì lentamente la porta. Lei rimase a bocca aperta alla vista di Erica. Il suo vestito bianco, senza spalline, era bordato di raso bianco. Le linee semplici accarezzavano con grazia la sua figura. Portava un ciondolo d'oro intorno al collo e un paio di orecchini d'oro. I suoi capelli dorati erano raccolti indietro e acconciati con dei morbidi riccioli che le ricadevano sulle spalle. Uno scialle di organza giaceva su una sedia vicina. Dorrie era lì, intenta ad aiutare Erica ad allacciare l'ampia fascia di freschi fiori bianchi e ad attaccarla al velo.

"Sei bellissima, tesoro. Gunther è un uomo fortunato."

Erica abbracciò quella donna minuta. "Grazie, Clare."

"Spero che, dopo il matrimonio, mi chiamerai mamma."

Gli occhi di Erica si inumidirono. "Ne sarei orgogliosa."

"Oh, sto parlando troppo, ecco il tuo regalo di nozze da parte di Gunther."

"Adesso?"

"Oh, sì. Tempismo perfetto, direi."

Erica inclinò leggermente la testa quando Clare aprì la porta. La ragazza ebbe un sussulto e il respiro le si bloccò in gola. Si coprì la bocca con le mani e le lacrime iniziarono a scenderle sulle guance. Billy e Chickie erano proprio lì, in carne e ossa.

"Che cosa ci fate qui? Sono così felice di vedervi!"

"Gunther ha fatto in modo che l'avvocato facesse ottenere ai bambini qualche giorno libero dalla scuola per venire al vostro matrimonio," le spiegò Clare.

Erica corse da loro, prendendoli tra le braccia. Chickie piangeva mentre Billy tirava su con il naso, il che era appropriato per un ragazzo di tredici anni.

"Cominciamo con il trucco," disse Dorrie alzando le mani.

"Oh, cara. Non ci avevo pensato." Erica si rivolse ai bambini. "Come state? Tutto bene? Tra non molto verrete a vivere con Gunther e me."

"L'avvocato ha detto che dovremo andare in tribunale, ma poi ci lasceranno vivere con voi."

"Lo so. Non è stupendo? Gunther ha comprato una casa enorme, dove c'è un sacco di spazio. Molto cibo. E anche dei vestiti nuovi."

Chickie piangeva ancora più forte. "Voglio venire a stare con voi adesso."

"Lo so, tesoro. Ma sto per sposarmi e poi andremo via per un po'. Ma non passerà molto tempo. Spero che non vi mancheranno i vostri amici." Lei guardò Billy.

"No. Non ne abbiamo molti, comunque."

"Le cose cambieranno quando verrete a vivere con noi."

"Chi è questo Gunther di cui continui a parlare?"

"È l'uomo che sto per sposare."

"Sarà meglio che lui sia gentile con te."

"Lo è, Billy. Lo è. E ama i bambini."

Clare portò con sé i bambini per cercare un posto dove sedersi. Il marito di Dorrie si presentò per accompagnare Erica lungo la navata, proprio mentre Dorrie finiva di sistemare il trucco della sposa. Le mani di Erica tremavano un po'. Non riusciva a capire se fosse il nervosismo, l'entusiasmo o una combinazione di entrambi. Voleva sposare Gunther e amarlo con tutto il suo cuore. Portare Billy e Chickie alle nozze aveva allontanato dalla sua mente ogni minimo dubbio che lui fosse l'uomo giusto per lei.

Il suo ampio sorriso rifletteva la sua felicità nel costruirsi una nuova famiglia. Avrebbe avuto tutto ciò che voleva, anche la carriera dei suoi sogni. Prima di andarsene, ringraziò Dio per la fine della sua sfortuna e l'inizio della sua nuova vita.

Il cuore iniziò a batterle all'impazzata quando sentì le prime note della Marcia Nuziale di Mendelssohn. Dando il braccio al suo amico,

Erica percorse lentamente la navata. Il suo sguardo si collegò immediatamente con quello di Gunther. Sul suo viso, comparve il sorriso più ampio che lei avesse mai visto. *È davvero bello con lo smoking. È l'abito perfetto per lui.*

Dopo la cerimonia e il ricevimento, Erica era esausta. Aveva continuato a ballare con Billy quando Gunther aveva voluto smettere. Dorrie la aiutò a indossare un tailleur pantaloni di seta rosa scuro. Lei diede un bacio ai bambini e li lasciò alle cure di Clare, mentre lei e Gunther entravano nella loro limousine.

"Dove stiamo andando?" gli chiese lei, fissando la fede che portava al dito.

"Hai la memoria di un pesce rosso. Prima a St. Thomas. Poi in Costa Rica."

"Spiaggia. Perfetto."

"Il matrimonio è andato benissimo."

"Certo. Era un'altra produzione di Gunther Quill," ridacchiò lei.

Lui la guardò. "Sei fantastica. Sono davvero fortunato."

"Non dimenticarlo mai." Lei gli agitò un dito davanti al volto. "Anch'io sono fortunata."

"Puoi dirlo forte," disse lui.

"Andiamo subito in aeroporto?"

"No. Stasera ci fermiamo al Beverly Hills Palace. L'aereo parte domani a mezzogiorno"

"Oooh, bene."

"Così possiamo cominciare a pensare a creare la nostra famiglia," ridacchiò lui.

"La nostra famiglia?"

"È passato abbastanza tempo, secondo il dottore. Sei pronta?" Lui le prese il mento in mano.

"Sono pronta? Oh, sì, sono pronta."

L'autista accostò davanti al lussuoso albergo e si fermò. Gunther le porse la mano. Erica intrecciò le dita con le sue. Si diressero insieme verso la loro nuova vita.

EPILOGO

Alla boutique Stylish Lady

Erica stava sul piedistallo mentre Magdalena Oliver le sistemava il vestito nuovo.

"Me ne serve uno per gli *Oscar* e uno per la première di Broadway di *Strani amici di letto,* Maggie."

"L'argento è stupendo per Broadway, ma proviamo l'oro per gli Oscar, ok? Si abbina alla statuetta, potrebbe portarti fortuna."

"Perfetto."

"Devo allargarlo un po'," disse Maggie, sorridendo alla ragazza. "Ho sentito dire che anche tu sei candidata per un premio, vero?"

"Non vincerò. Per me è già un onore essere nominata."

"Mai dire mai," disse Maggie, aggiungendo qualche spilla all'orlo. "Fatto. Va' a cambiarti. Devo lavorare sul tuo vestito."

Le campanelle della porta si misero a tintinnare, mentre Erica era si rivestiva nella stanza sul retro. Gunther tirò indietro la tenda e raggiunse sua moglie. Lei lo accolse con un bacio.

"Ti sei fatta sistemare gli abiti?"

Lei annuì.

"Bene. Carly ha prenotato una suite al Plaza per la première di Broadway. Pensavo che avremmo portato i bambini."

"E la scuola?"

"Cavolo, possono perdere un venerdì. Torneremo domenica. Vestiti. Ci sono un paio di sceneggiature di Max che vorrei mostrarti. In uno dei due, c'è una parte interessante per te."

"Per me?"

"Perfetta per te. Andiamo. Dobbiamo controllare la lista degli invitati per il ricevimento degli Oscar. Ho un paio di nomi nuovi da aggiungere da parte di Max."

Erica si infilò un paio di jeans.

"Oh, quasi dimenticavo. Ti ho portato qualcosa da indossare per la cerimonia di premiazione." Lui tirò fuori dal taschino una scatolina rettangolare.

Erica la aprì e vide una collana di diamanti. "Oh, mio Dio, Gunther! È bellissima."

Lui gliela mise al collo. "È ancora più bella addosso a te."

Lei lo baciò. Lui la strinse a sé, accarezzandole i capelli. "Sei felice?" sussurrò lei.

"Tremendamente," rispose lui. Lui fece scivolare la mano sulla sua pancia. "Maggie ha aggiustato il vestito?"

"Lo ha allargato, ma nelle prossime due settimane, potrei ingrassare ancora." Lei appoggiò la mano sopra la sua.

"Mancano solo sei mesi, Occhi da cerbiatta."

"E allora reciterò la parte migliore della mia vita. Oltre a quella di moglie, ovviamente."

"Standing ovation per la neomamma."

Lei entrò nella Ferrari mentre Gunther si metteva al volante.

"C'è una cosa di cui devo parlarti."

"Oh oh. Che cosa ho fatto, adesso?"

"Niente di preoccupante. È solo che sono sorpresa che mio padre e la mia matrigna abbiano rinunciato ai bambini senza combattere."

Gunther smise di sorridere. "Non è andata così."

"Che cosa intendi dire?"

"Hanno combattuto con le unghie e con i denti."

"Non me l'hai mai detto."

"Hai sopportato abbastanza. L'aborto, il matrimonio, volevo risparmiartelo."

"Non mi piacciono i segreti. Dobbiamo condividere le cose," disse lei, chiaramente infastidita.

"Dice la maestra dei segreti di questa famiglia."

"Basta! Ne abbiamo discusso troppe volte. Che cosa è successo?"

"Hanno preso un avvocato, anche se non so come siano riusciti a permetterselo." Lui esitò, rallentando per svoltare a sinistra.

"E?"

"E abbiamo trovato un accordo."

"Hai comprato i bambini?"

"In un certo senso, sì. Sì. Immagino che si possa dire così."

"Oh, mio Dio. Quanto ti è costato?" Erica si coprì il viso con la mano.

"Non preoccuparti. *Strani amici di letto* sta andando alla grande. Possiamo permettercelo. Ora stanno con noi e la vita è bella."

Comunque. Quanto è costato?"

"Non ho intenzione di dirtelo. Sei incinta e non voglio che qualcosa ti turbi. Va bene? C'è mio figlio lì dentro."

"Hai ragione. Non devo pensarci."

"Bene. È tutto passato."

"In ogni caso, penso che sentiremo ancora parlare di mio padre."

"Probabilmente sì. Ma ce ne occuperemo solo in caso di problemi. Ricorda, sono molto bravo a risolvere i problemi. È quello che faccio."

"Oltre a scovare ottime sceneggiature."

"E ad avere un grande talento."

Erica appoggiò la schiena e si mise a guardare il panorama. Cercò di scrollarsi di dosso una vaga sensazione di disagio riguardo a suo padre. *Potrebbe tornare oppure no. Dipende da quanto ci metterà a spendere i soldi che gli ha dato Gunther. Ma non sono sola. Non devo affrontarlo da sola. Gunther è qui con me.*

Lei gli mise la mano sul braccio e lo strinse, facendogli nel frattempo un sorriso.

"Come mai?"

"Perché sei tu. E per essere mio."

Arrivarono a casa tenendosi per mano. Camminando verso la loro magnifica casa in stile spagnolo, Erica sorrise, sentendosi totalmente a suo agio. Aveva l'uomo che voleva. Lui avrebbe protetto lei e i bambini. La loro vita non sarebbe mai stata noiosa. Salirono insieme i gradini, tornando alla loro vita frenetica su entrambe le coste.

A causa della gravidanza, Erica andava a letto ogni sera alle nove. Gunther la coccolava, portandole del latte caldo, massaggiandole i piedi e le caviglie e ascoltandola mentre parlava dei nomi dei bambini e del parto naturale. Lui accettò persino di andare alle lezioni di Lamaze, sorprendendola.

La cosa migliore era che lui andava a letto presto insieme a lei. A lei piaceva che lui lo facesse, perché odiava stare a letto da sola. Spesso, si sedeva con una lucetta accesa a lavorare a letto, mentre lei dormiva accanto a lui.

"Suppongo che non sia giusto che tu abbia tutto il disagio della gravidanza e io sono contento di non usare il preservativo."

"Amo fare sesso senza preoccuparmi di restare incinta," ridacchiò lei. "E sono più eccitata che mai."

"Lo so," ridacchiò lui. "Non me lo sarei mai aspettato."

"A proposito di eccitazione," disse lei, mettendogli le braccia intorno al collo, facendo scivolare il suo corpo nudo vicino al suo. Gunther fece scivolare le mani sulla pelle nuda di Erica mentre le prendeva la bocca con la sua. Il telefono si mise a squillare, interrompendoli.

"Chi è?" chiese lei, chiaramente infastidita.

"Non lo so." Lui alzò la cornetta.

Rimase in silenzio per un po'.

"Come? Davvero? Cazzo. Mi dispiace, Stephanie. Sì. Non ne avevo idea."

Cadde di nuovo il silenzio.

"Certo, certo. No. Lo capisco. Starò più attento la prossima volta."

Erica si mise a sedere sul letto. "Che diavolo è successo?"

"Shyla Hollings, la cugina di Grant."

"Quella alla quale hai procurato quel lavoro?"

"Sì. È la scenografa di quel nuovo show televisivo, *Passioni e Matrimoni.*"

"Quindi? Che cosa è successo?"

"L'hanno licenziata." Gunther scosse la testa.

"Licenziata? Ho sentito dire che era brava. Una bravissima scenografa."

"Già. Lo era... lo è. Non indovinerai mai perché."

"Non tenermi sulle spine."

CONTINUA NEL LIBRO 7 DELLA SERIE FIRST & TEN
HARLEY BRENNAN,, RUNNINGBACK

FINE

Notizie sull'autrice

Jean Joachim è un'autrice di romance di successo e i suoi libri sono in cima alla classifica Amazon Top 100 fin dal 2012. Scrive romance contemporanei, tra cui gli sport romance e la romantic suspense. *Dangerous Love Lost & Found* ha vinto il primo premio International Digital Award dell'Oklahoma Romance Writers of America nel 2015. *The Renovated Heart* ha vinto il premio Miglior Romanzo dell'Anno del Love Romances Café, *Lovers & Liars* è arrivato tra i finalisti del Rom-Con del 2013 e *The Marriage List* ha conquistato il terzo posto nella classifica Miglior Romance Contemporaneo del Gulf Cost RWA. To Love or Not to Love si è classificato al secondo posto del Reader's Choice contest del 2014 della sezione del New England dell'associazione Romance Writers of America. È stata nominata Miglior Autore dell'Anno nel 2012 dalla sezione di New York dell'associazione Romance Writers of America. Moglie e madre di due figli, Jean vive a New York City. Solitamente, di mattina presto la si può trovare al computer a scrivere mentre beve una tazza di tè, con al suo fianco Homer, il carlino che ha salvato, e la sua scorta segreta di liquirizia nera.

Jean ha scritto e pubblicato più di 30 libri, novelle e racconti brevi. Consultate il sito: http://www.jeanjoachimbooks.com.

Iscrivetevi alla newsletter sul suo sito per partecipare alle sue vendite private di libri in formato tascabile. Iscrivetevi alla sua newsletter qui:

https://www.facebook.com/pages/Jean-JoachimAuthor/221092234568929?sk=app_100265896690345

www.ingramcontent.com/pod-product-compliance
Lightning Source LLC
Chambersburg PA
CBHW070944180726
48291CB00004B/1133